Dana Graham

**Regency Roses
Schneesturm ins Glück**

Roman

Bibliografische Information der Deutschen Nationalbibliothek:
Die Deutsche Nationalbibliothek verzeichnet diese Publikation in
der Deutschen Nationalbibliografie; detaillierte bibliografische Daten
sind im Internet über http://dnb.dnb.de abrufbar.

Regency Roses. Schneesturm ins Glück
Copyright © 2022 Dana Graham
1. Auflage 2022
www.danagraham.de / nachricht@danagraham.de
Autorenfoto: Silke Busch / www.bildschöpfung.de
Lektorat: Juri Susanne Pavlovic / www.textehexe.com
Korrektorat: Nadine d'Arachart und Sarah Wedler
www.darachartwedler.de
Umschlaggestaltung: Laura Newman
design.lauranewman.de auf Basis des Designs von
Cover & Books – Buchdesign by Rica Aitzetmüller.
Unter Verwendung von Bildern von Adobe Stock und Period Images.
Buchsatz und Layout: Grit Bomhauer / www.grit-bomhauer.com
Unter Verwendung von Bildern von Despositphotos
Inkludierter Font: Parisienne © Brian J. Bonislawsky
DBA Astigmatic SIL Open Font License v1.10;

Verlag: BoD • Books on Demand GmbH, In de Tarpen 42, 22848
Norderstedt
Druck: Libri Plureos GmbH, Friedensallee 273, 22763 Hamburg
ISBN: 978-3-7543-5989-1

REGENCY
Schneesturm ins Glück
ROSES

Dana Graham

ROMAN

Bisher von der Autorin veröffentlichte Romane:

Greystone Saga: Mit Schwert und Feder
Greystone Saga: Das rote Band
Greystone Saga: Der Schatten im Spiegel
Sophias Krieger

Rabenfeuer: Die Flammen der Göttin
Der Kuss des Zentauren
Tochter des Flusses
Sohn der Unterwelt

Verliebt in einen Ritter
Ein Centurio zum Verlieben

Regency Roses: Eine Lady in Not
Regency Roses: Eine Lady unter Verdacht
Regency Roses: Der Lord ohne Lächeln
Regency Roses: Im Herzen ein Lord
Regency Roses: Schneesturm ins Glück

Für Mama

Die wichtigsten Personen

Felicity ›Feli‹ Sims: jüngere Tochter von Lord und Lady Pratt
Baroness und Baron Pratt: Felicitys Eltern
Margret Russell, Baroness Butterfield: Felicitys ältere Schwester
Archibald Russell, Baron Butterfield: Margrets Ehemann
Sir Rollo Sullyard, Baronet aus Wiltshire

Phyllis Slade: verwitwete Freundin von Felicity
Felton Forbes, Baron Efferton

Alexander Linfield: Kontorangestellter bei ›Balfour's Teehandel‹
Henry Linfield: sein jüngerer Bruder, Leutnant zur See
Caroline Linfield: seine jüngere Schwester
Fanny Linfield: seine jüngste Schwester
Elisabeth Linfield: Mutter der vier Geschwister, Witwe

Reverend Adam Trew: Pfarrer von Mole's End
Sir Lawrence Walford: Ausrichter der Fuchsjagd
Grayson Walford: sein Sohn
Betsy und Walter Mullens, Baroness und Baron Oakley:
Bekannte von Felicity
Lady Diary: anonyme Verfasserin der Klatschkolumne
›A Lady's Diary‹

4. April 1814

A Lady's Diary

Bei den Geschehnissen auf dem Ball der Familie O. vorgestern Abend mag mancher sich an das Gleichnis der törichten Jungfrauen erinnert fühlen. Eine junge Dame in ihrer dritten Saison, deren Initialen ich hier ausnahmsweise verschweige, um den Schaden für die Frau aus gutem Hause nicht zu vergrößern, hatte sich während des Balles mit einem Verehrer im Garten der Gastgeber verabredet. Ein Unterfangen, das von sich aus schon skandalös ist. Doch obendrein kannte die junge Frau ihren Romeo gar nicht!

Er habe ihr zärtliche Briefe zukommen lassen, so die Aussage der unbedarften Dame. Aus diesen sei hervorgegangen, dass er sie bereits länger von Weitem bewundere, sich ihr aber nicht nähern wollte, weil seine Familie eine andere Braut für ihn in Betracht zöge. Deshalb wolle er sich heimlich mit ihr treffen, um herauszufinden, ob sie seine Gefühle erwidere. Durch dieses Rendezvous ermutigt, würde er es wagen, seinen Eltern die Stirn zu bieten.

In romantischer Verklärung gab die junge Frau ihm mittels eines Botenjungen ihre Zusage und eilte zum vereinbarten Zeitpunkt in den Garten. Wie groß war ihr Schrecken, als plötzlich der Domino vor ihr stand und den Saphirring forderte, der über dem Seidenhandschuh auf ihrem Finger prangte. In ihrem Schock, dem maskierten Dieb Auge in Auge gegenüberzustehen, tat die junge Frau wie geheißen. Kaum war der Domino mit seiner Beute verschwunden, kehrte der gesunde Menschenverstand zu ihr zurück. Sie wandte sich sofort an ihre Eltern, die – verbunden mit der Bitte um absolute Diskretion – die Bow Street über diesen dreisten Vorfall in Kenntnis setzten.

Wie die Verfasserin aus gut informierten Kreisen erfahren hat, ist das Erpresserschreiben des Dominos bei der Familie der jungen Frau eingegangen. Es dürfte demnach nicht mehr lange dauern, bis sie ihren Ring, ein kostbares Familienerbstück, zurückerhält.

Möge meine heutige Kolumne als eine Warnung an alle Damen verstanden werden, äußerste Vorsicht beim Wandeln abseits der gesellschaftlich erlaubten Pfade walten zu lassen. Oder diese erst gar nicht zu betreten!

21. Dezember 1814

St. Thomas Day

»Dieses Jahr werden wir Lady Garmond mit unserer Weihnachtsdekoration übertrumpfen.« Mutters Augen funkelten entschlossen. »Im letzten Jahr war jede zweite Walnuss an ihren Girlanden vergoldet. Pah! Bei uns wird zu diesem Fest jede Nuss golden glänzen.« Wie ein General kurz vor der entscheidenden Schlacht schritt sie durch den heimischen Salon. Doch statt eines kampfbereiten Heeres lauschte ihr nur Feli. Zumindest tat Feli so. Viel lieber hätte sie in ihrem Roman weitergelesen. Sehnsüchtig schielte sie zu dem Buch neben sich auf dem Sofa, dessen Lektüre sie wegen dieser Besprechung hatte unterbrechen müssen. Ausgerechnet, als der schmucke Held der jungen Lady seine Liebe hatte gestehen wollen.

»Zudem wird an allen«, Mama streckte den Zeigefinger in die Luft, »ich betone, *an allen* Türen ein Kranz aus Efeu, Stechpalme und Nieswurz hängen. Des Weiteren plane ich Bögen aus Lorbeer und …« Sie blieb stehen und ihre Augen richteten sich auf Feli. »Hörst du mir eigentlich zu, Felicity?«

Hatte sie vergessen, beipflichtend zu nicken? »Selbstverständlich, Mama«, behauptete sie. »Wir könnten auch Kussbälle aufhängen, verziert mit Äpfeln und bunten Schleifen.«

»Damit dir irgendein junger Mann unter einem solchen Mistelball einen Kuss stehlen und dich erneut auf dumme Gedanken bringen kann?« Ihre Mutter schüttelte den Kopf. »Dein Vater und ich müssen sowieso nochmal mit dir über dieses Thema sprechen. Aber erst, wenn Margret hier ist. Schließlich ist es ihr Verdienst, dass du bald allen Grund zur Freude haben ...«

Es klopfte. Hudson trat in den Salon und verbeugte sich. »Baroness Butterfield ist eingetroffen, Lady Pratt«, verkündete er mit steifer Miene.

»Dann schnell herein mit meinem Sonnenschein! Lassen Sie Tee bringen und sagen Sie seiner Lordschaft Bescheid.«

Der Butler ging und Mama wandte ihre Aufmerksamkeit wieder Feli zu. »Steh auf und richte dein Kleid, Kind. Was soll Margret von dir denken?«

Dass ich nach drei erfolglosen Saisons und einem Skandal das schwarze Schaf der Familie bin. Was sonst? Dennoch erhob Feli sich gehorsam und strich ihr gelbes Tageskleid glatt. Gerne hätte sie gefragt, worüber sie sich bald freuen durfte, da rauschte ihre Schwester Margret im dunkelroten Reisekleid herein.

»Oh, Mama, wie habe ich dich vermisst!«

»Ich dich auch, mein Liebling.« Mit strahlendem Gesicht bot Mutter Margret die Wange dar.

Ihre Schwester hauchte ein Küsschen darauf, bevor sie sich weit weniger enthusiastisch Feli zuwandte und ihrerseits die Wange darbot. »Schwesterlein.«

Pflichtschuldig gab Feli ihr einen Kuss. »Willkommen, Margret.« Sie schaute zur Tür. »Wo ist dein Ehemann? Und dein Sohn?«

»Der kleine Reginald ist mit seiner Amme zu Hause

geblieben.« Margret seufzte theatralisch. »Du ahnst nicht, wie schön es ist, zwei Wochen lang von den Mutterpflichten entbunden zu sein.«

Feli wusste nicht, warum ihre Schwester Erholung brauchte, wo sie doch eine Heerschar von Kinderfrauen beschäftigte. Aber um des lieben Friedens willen verkniff sie sich eine Bemerkung.

»Mein Archibald wird hingegen bald eintreffen«, fuhr Margret fort. »Er hat noch etwas Wichtiges zu erledigen.« Sie zwinkerte Mama zu, die wissend lächelte.

Feli fragte gar nicht erst, worum es ging. Bestimmt besichtigte ihr Schwager wieder einmal ein grandioses Zuchtpferd, von dessen Vorzügen er ihnen in aller Ausführlichkeit berichten würde.

»Deshalb sind wir getrennt gereist«, sprach ihre Schwester weiter. »Selbstverständlich in unseren eigenen Kutschen. Denn stellt euch vor, Archibald hat einen zweiten Landauer gekauft. Prachtvoll und bequem. Wir müssen unbedingt damit ausfahren, solange wir hier sind.«

»Wir besitzen auch zwei Kutschen«, sagte Feli. Margrets Aufschneiderei ärgerte sie.

»Wovon eine aus dem letzten Jahrhundert stammt«, schnappte ihre Schwester. »Wahrscheinlich bricht die Deichsel, bevor die Pferde eingespannt sind.«

Mama hob beschwichtigend die Hände. »Streitet euch nicht, Mädchen. Wir wollen unsere gemeinsame Zeit genießen.«

Wie aufs Stichwort traten Mary und Ada ein und servierten Tee, Sandwiches und Gebäck. Mutter ließ sich in einem der Sessel nieder, Feli und Margret nahmen auf dem Sofa Platz. Kaum war der Tee eingeschenkt, griffen ihre Schwester und sie nach den Schokoladeneclairs. Backwerk war das Einzige, worüber sie beide seit jeher einer Meinung waren. Vor allem Eclairs schmeckten zu köstlich, um nur eines davon zu essen. Einige Augenblicke lang herrschte einträchtiges Schweigen im Salon. Bis Margret die unvermeidliche Frage stellte.

»Hat sich inzwischen ein Heiratskandidat für dich gefunden, Felicity?«

Feli legte den Rest ihres Eclairs auf den Teller. »Nein.«

»Was nach dem Vorfall in London im Frühjahr kein Wunder sein dürfte. Bestimmt hat Felicitys törichtes Verhalten sich bis hier draußen aufs Land herumgesprochen.«

Mama schüttelte den Kopf. »Die Bow Street war in ihren Ermittlungen diskret. Selbst Lady Diary verzichtete in ihrer Kolumne auf genauere Angaben, sodass niemand davon erfahren hat. Zudem hat Felicity sich nach dem unsäglichen Zwischenfall nicht mehr öffentlich gezeigt. Sie hat London bald darauf verlassen, unter dem Vorwand einer Krankheit.«

»Ein Fehler, wie ich mehrmals betont habe.« Margret nippte an ihrem Tee. »Wer schlau ist, konnte sich zusammenreimen, dass es Felicity war, die im Garten bestohlen wurde.« Sie stellte die Tasse ab und sah Feli an. »Wie konntest du bloß auf diese angeblichen Liebesbriefe hereinfallen und dich auf ein Stelldichein mit einem Fremden einlassen?«

Weil die Worte in diesen Briefen liebevoll und aufrichtig geklungen hatten. Sie waren genau das gewesen, wonach sie sich nach zwei erfolglosen Saisons gesehnt hatte – und tief in ihrem Herzen weiter sehnte. Sie öffnete den Mund, um sich mit einer weniger romantischen Antwort zu rechtfertigen, doch Mama war schneller.

»Dass Felicity falsch gehandelt hat, steht außer Frage. Es wird ihr eine Lehre sein, sich niemals wieder so einfältig zu verhalten.«

»Das hoffe ich. Schließlich leidet nicht nur ihr Ruf darunter, sondern der unserer gesamten Familie. Gut, dass ich wegen meiner Niederkunft zu dieser Zeit nicht in London war.« Margret griff nach einem Sandwich. »Aber reden wir von Erfreulicherem: Unsere liebe Cousine Emmeline ist in anderen Umständen.«

Mama klatschte in die Hände. »Oh, dieses Glückskind! Erst hat sie diesen gutaussehenden Viscount für sich eingenommen und nun schenkt sie ihm hoffentlich einen Erben.«

»Damit hätte Emmeline alles erreicht, was eine Frau sich erhoffen darf. Genau wie ich.« Margret seufzte andächtig. Dann runzelte sie die Stirn. »Warum hast du dir diesen Viscount nicht gesichert, Felicity? – Ach, ich vergaß! Du hast mit angeblichen Kopfschmerzen zu Hause gesessen, damit niemand von deinem Fauxpas mit diesem maskierten Dieb erfährt.«

Wie oft würde sie sich diese Vorwürfe über die Weihnachtsfeiertage anhören müssen?

»So ist es«, erwiderte sie verärgert. »Außerdem ist es allein meine Angelegenheit, mir einen Gemahl zu suchen.«

»Wo bleibt nur euer Vater?«, fragte Mama, bevor Margret zu einer Erwiderung ansetzen konnte. »Bestimmt hat er Margrets Ankunft über all den Bittstellern vergessen. In dieser Hinsicht ist der St. Thomas Day enervierend.« Sie verzog die dünnen Lippen. »Keine alte Frau und keine arme Witwe, die heute nicht an unsere Tür geklopft hat. Und euer Vater in seiner Güte besteht darauf, jeden frommen Wunsch persönlich entgegenzunehmen. Als ob das nicht die Dienerschaft erledigen könnte.« Sie seufzte leidgeprüft. »Am besten hole ich ihn. Felicity, berichte Margret in dieser Zeit von meinen Plänen für die Dekoration. Sie hat sicher bessere Einfälle als deine Kussbälle.« Mama erhob sich und verließ den Salon.

Feli nahm sich noch ein Eclair. Weihnachtsschmuck war bestimmt das Letzte, worüber Margret sprechen wollte.

»Du glaubst ernsthaft, dass du es nach allem Vorgefallenen allein schaffst, einen Ehemann zu finden?« Wie erwartet griff ihre Schwester das Hochzeitsthema wieder auf.

»Warum nicht? Erst vor zwei Wochen habe ich einen Brief von Phyllis Slade erhalten. Sie lädt mich während der Weihnachtstage zu sich nach London ein. Eine blendende Gelegenheit, passende Gentlemen kennenzulernen. Denn von Heiligabend bis zum Dreikönigsfest veranstaltet Baron Efferton in seinem Stadtpalais täglich Gesellschaften – vorzugsweise für unverheiratete Damen und Herren. Phyllis und ich sind eingeladen.«

Wie erhofft starrte Margret sie mit offenem Mund an, fing sich aber schnell wieder. »Von Lord Effertons Leidenschaft, sich als Amor zu betätigen, habe ich gehört.« Sie trank einen Schluck Tee. »Es wundert mich, dass Mama mir nichts davon geschrieben hat. Hast du ihr von der Einladung erzählt?«

»Das hätte ich, wenn ich einen Ehemann suchen würde.«

»Wie bitte?« Der Tee in Margrets Tasse schwappte bedenklich. »Was ist denn mit dir los? Willst du nicht schnellstmöglich heiraten?«

Feli schüttelte den Kopf. »Nach den Erfahrungen in London brauche ich erst mal eine Pause. Ich kann mir später immer noch einen Bräutigam suchen.«

»Du bist vor Kurzem einundzwanzig geworden! Du hast keine Zeit, zu warten. Oder willst du als alte Jungfer enden?«

Als wüsste sie nicht um dieses Risiko. »Was wäre an einem solchen Dasein schlimm?«, fragte sie dennoch trotzig. Von ihrer Sorge, nochmals in London zu scheitern, wollte sie ihrer Schwester nicht erzählen. »Mir gefällt das Leben auf Pratton Hall.«

»Aber nur, solange Vater lebt.«

»Bei seiner robusten Gesundheit wird er bestimmt hundert Jahre alt.«

»So sehr ich mir das wünsche, gibt es dafür keine Garantie.« Klangvoll stellte Margret die Teetasse ab. »Bei seinem Tod fällt Pratton Hall an unseren Vetter und du müsstest mit Mutter in den Witwensitz ziehen.«

»Ich mag das kleine Haus.«

»Und auch, rund um die Uhr Mamas Launen ausgeliefert zu sein?«

»Als Ehefrau würde es mir kaum besser ergehen. Anstatt unserer Mutter müsste ich mich meinem Gemahl unterordnen.«

»Nicht, wenn du einen Mann mit nachgiebigem Charakter wählst. Und sobald du ihm einen Erben geschenkt hast, genießt du sowieso alle Freiheiten.« Margret lächelte. »Archibald widerspricht mir nie und erfüllt jeden meiner Wünsche.«

Einen solchen Schoßhund von einem Mann würde ich gar nicht wollen, dachte Feli, behielt ihre Einschätzung aber für sich. »Derartige Musterexemplare eines Ehegatten sind höchst selten«, erwiderte sie diplomatisch.

»Vielleicht sind diese Männer hier in Surrey rar. In London gibt es etliche.«

»Wie ich dir bereits sagte, brauche ich erst mal eine Pause von der Gattensuche.«

»Sieht Mama das mit der Pause genauso?«, fragte Margret spitz. »Vermutlich nicht, sonst hättest du ihr Phyllis' Einladung kaum verschwiegen.«

Feli biss sich auf die Lippe. »Ich hatte keine Lust, mit Mutter darüber zu diskutieren. Deshalb habe ich ihr nichts davon erzählt.«

»Rede dir das ruhig ein. Die Wahrheit ist, dass du Angst hast, wieder nach London zu gehen. Du fürchtest dich, dort zum vierten Mal zu versagen – oder unsere Familie erneut bis auf die Knochen zu blamieren.«

Feli spürte, wie ihr das Blut in den Kopf schoss. Keinesfalls wollte sie ihre Schwester wissen lassen, dass sie mit diesen Vermutungen ins Schwarze getroffen hatte. »Ich habe vor nichts Angst. Ich will derzeit einfach keinen Mann, versteh das doch endlich.«

»Und ob du einen Mann willst.« Margrets Blick wanderte zu dem Liebesroman neben Feli auf dem Sofa. *»Miss Eleanor und das Herz des Dukes«*, las sie den Titel auf dem Einband vor. »Und Mama sagte, du willst Mistelbälle im Haus aufhängen. Warum, wenn du keinen Gemahl suchst?«

»Weil Mistelbälle zu Weihnachten dazugehören. In unserer Kindheit hatten wir immer welche. Ich dachte, dein Sohn begleitet dich. Deshalb wollte ich diese nette Tradition wieder aufleben lassen, weiter nichts.«

Anstatt dass sie endlich klein beigab, trat ein lauernder Ausdruck in Margrets Augen. »Vielleicht kannst du dir etwas vormachen. Mir nicht. Du würdest trotz allem lieber heute als morgen heiraten. Wie gut, dass ich eine Lösung für dein Problem habe. Mama und Papa sind von meiner Idee begeistert.« Ihre Schwester wandte den

Kopf zur offenstehenden Salontür. »Da kommen unsere Eltern ja – wie gerufen.«

Mutters Ankündigung fiel Feli wieder ein. Mit einem mulmigen Gefühl im Bauch wartete sie, bis Vater seine ältere Tochter begrüßt und sie sich alle gesetzt hatten. Dann platzte es aus ihr heraus. »Was meint Margret damit, dass sie mein Heiratsproblem gelöst hat, Mama?«

Ihre Mutter schenkte erst Papa Tee ein, ehe sie sich zu einer Antwort herabließ. »Da es bei uns in Farnham keine passenden Heiratskandidaten gibt und auch eine vierte Saison in London für dich vermutlich nicht erfolgreich verlaufen wird, hat deine Schwester dankenswerterweise die Aufgabe übernommen, einen Gemahl für dich zu finden.«

»Wie bitte?«

»Reg dich nicht auf, mein Täubchen«, sagte Papa. »Dafür besteht kein Grund.« Er nickte Margret auffordernd zu.

»Um sicherzugehen, dass du nicht wieder eine Enttäuschung erlebst, habe ich ihn gefragt, ob er sich eine Ehe mit dir vorstellen könnte.« Margret lächelte gönnerhaft. »Er ist einverstanden. Das Einzige, was zwischen dir und einem Leben als Baronetess steht, ist das Wörtchen Ja.« Sie beugte sich zu ihr. »Und tu nicht so, als könntest du dir leisten, abzulehnen – nach deiner Eskapade in London.«

Felis Unterlippe zitterte. »Welchen Herrn hast du gefragt?«

»Der Gentleman ist dir von meiner Hochzeit bekannt. Es ist niemand Geringeres als Archibalds Cousin.«

»Sir Rollo?« Entsetzt starrte sie Margret an.

»Sieh an, du erinnerst dich an seinen Namen.«

»Aus gutem Grund. Sogar der Domino-Dieb war mir sympathischer als dieser Mann.«

»Dann solltest du deine Einstellung gegenüber Rollo Sullyard dringend ändern«, sagte Mama. »Archibald wird heute Abend mit ihm in Pratton Hall eintreffen. Sir Rollo wird mit uns einen Teil der Weihnachtszeit verbringen. Spätestens im Januar erwarten wir deine Verlobung mit ihm. Eure Heirat ist so gut wie beschlossen.«

Wie betäubt starrte Feli auf ihre Teetasse. Es stimmte, sie träumte weiterhin von der Liebe. Doch in Sir Rollos Armen würde sie diese niemals finden. Was sollte sie tun? Gegen Mama war sie noch nie angekommen – und von Papa und Margret war keine Hilfe zu erwarten.

Erst kurz vor dem Dinner rumpelte die Kutsche ihres Schwagers die Auffahrt von Pratton Hall hinauf. Feli erhob sich vom Frisierstuhl, trat ans Fenster und spähte hinter den Brokatvorhängen ins Dunkle hinaus. Im Licht der Fackeln stiegen zwei Herren aus dem Wagen. Sir Rollo war tatsächlich mit Archibald hierhergekommen. Mit einem Seufzen ließ sie sich wieder am Frisiertisch nieder, damit Evie ihr das Haar aufstecken konnte.

Eine halbe Stunde später traf Feli im Salon auf ihren unerwünschten Verehrer. Als sie den Raum betrat, unterbrach Sir Rollo das Gespräch mit ihren Eltern, ihrer Schwester und Archibald und verneigte sich tief in ihre Richtung.

Feli lächelte gezwungen und knickste. In seinem Erscheinungsbild lag ihre Abneigung Sir Rollo gegenüber nicht begründet. Der Baronet war ein kraftstrotzender Mann von stattlicher Statur mit einem angenehm geschnittenen Gesicht und einem gepflegten Backenbart. Sie hatte sich damals bei Margrets Hochzeit gefreut, dass ein solch beeindruckender Gentleman sie um einen Tanz bat.

»Felicity.« Ihr Vater trat einen Schritt vor. »Du hast uns gesagt, dass du dich bestens an Sir Rollo erinnern kannst.«

»Richtig.« Erneut rang sie sich ein Lächeln ab. »Wie schön, dass Sie hier sind, Baronet.«

Geschmeichelt sah Sir Rollo sie an. »Es freut mich, dass ich eine bleibende Erinnerung bei Ihnen hinterlassen habe, Miss Sims. Ich habe fest vor, Ihren exzellenten Eindruck von mir in den nächsten Tagen zu vertiefen.«

In diesem Moment verkündete Hudson, dass das Dinner angerichtet sei und entband Feli von einer Antwort.

Wie zu erwarten, war Sir Rollo ihr als Tischherr zugedacht worden. Sofort trat er an ihre Seite und führte sie mit strammen Schritten an die prachtvoll geschmückte Tafel im weinrot-goldenen Esszimmer, rückte ihr den Stuhl zurecht und ließ sich neben ihr nieder.

Die Diener schenkten Wein ein und servierten eine Lauchcremesuppe mit Speck und geröstetem Weißbrot.

»Welch verheißungsvoller Duft.« Sir Rollo griff den Löffel. »Ich bin sicher, die Suppe ist äußerst delikat, auch wenn das Dinner ungewöhnlich früh stattfindet. Zuhause in Wiltshire nehmen wir es erst gegen acht Uhr ein.«

»Normalerweise essen wir später«, sagte Feli. »Aber heute Abend erwarten wir die Mummenschanzspieler.«

»Nun, das rechtfertigt eine solche Ausnahme.«

»Seien Sie gewiss, Sir Rollo«, mischte sich Mama vom Tischende ins Gespräch ein, »dass wir an den anderen Tagen ebenfalls erst um acht Uhr dinieren. Doch mein Mann legt Wert auf die Einhaltung der Weihnachtstraditionen.«

Papa nickte. »Das gilt für das Brauchtum ebenso wie für meine Christenpflicht. Heute, am Tag des Apostels Thomas, war es für mich selbstverständlich, die Not armer Frauen zu lindern.«

»Das sieht meine Mutter genauso«, sagte Sir Rollo. »›Wer viel hat, soll viel geben‹, pflegt sie zu sagen.«

»Wie recht sie hat«, erwiderte Papa. »Durch den Krieg auf dem Kontinent sind etliche Frauen zu Witwen geworden. Sie freuen sich über ein großzügiges Almosen. Dafür erhält man viel zurück – einen dankbaren Blick, ein erleichtertes Lächeln und hübsche Stechpalmen- und Mistelzweige für unsere Weihnachtsdekoration.« Er blickte zu Mama. »Ich dachte, dass wir damit die Eingangshalle schmücken könnten.«

»Nichts von diesem hässlichen Zeug kommt mir ins Haus. Was soll sonst Lady Garmond denken?«

»Aber meine Liebe, wir können die Gaben dieser bedauernswerten Frauen nicht wegwerfen.«

Mamas Gesichtsausdruck nach zu urteilen, wäre dies das einzig Angebrachte gewesen. »Du kannst die Tür zum Pferdestall damit schmücken lassen«, sagte sie süßlich. »So haben alle etwas davon.«

»Eine vortreffliche Idee, Lady Pratt«, pflichtete Sir Rollo ihr bei, bevor Papa etwas entgegnen konnte. »Kein Tag, an dem ich nicht den Pferdestall betrete.«

Kaum ging es um sein Lieblingsthema, klinkte Schwager Archibald sich ins Gespräch ein. »Ja, regelmäßige Ausritte sind erfrischend und gut für die Gesundheit.«

»Das sagt meine verehrte Mutter auch immer.« Sir Rollo strahlte. »›Rauf aufs Pferd ist nie verkehrt‹ lautet ihr Motto. Leider kann sie wegen ihrer Gicht nicht mehr in den Sattel steigen, sie war eine begnadete Reiterin. Natürlich berichte ich ihr jeden Tag von meinen Ausflügen hoch zu Ross.«

»Das freut Ihre Mutter bestimmt«, sagte Feli.

»Nicht nur sie. Als treuer Sohn ist es mir Aufgabe und Vergnügen zugleich, ihr davon zu erzählen.« Sir Rollo legte den Löffel in seinen leeren Suppenteller. »Der Vollständigkeit halber sei gesagt, dass ich nicht nur den Pferdestall täglich betrete. Auch dem Schweinestall gehört meine ständige Aufmerksamkeit. ›Ein erfolgreicher Mann packt selbst mit an‹.«

»Ist das ebenfalls ein Spruch Ihrer Mutter?«, konnte Feli sich nicht verkneifen zu fragen.

»Allerdings.« Stolz schwang in seiner Stimme mit. »Keine Situation, die sie nicht durch einen Sinnspruch zu erhellen weiß. Ohne ihren beständigen Rat wäre ich nicht der gutsituierte Mann, der ich heute bin.«

»Gewiss nicht«, murmelte Feli und warf Margret einen vernichtenden Blick zu.

Die Diener räumten die Suppenteller ab und servierten den Hauptgang: üppig angerichtete Platten mit verschiedenen Sorten Fleisch, gedünstetem Gemüse und in Aspik eingelegtem Hering, Körbchen mit zartem Weißbrot sowie helle und dunkle Soßen.

Sir Rollo griff beherzt zu, worüber Feli froh war. Wenn er aß, konnte er nicht reden. Bereits bei Margrets Hochzeit hatte sie ihren guten Eindruck von ihm revidieren müssen, kaum dass sie drei Sätze jenseits der üblichen Floskeln miteinander gewechselt hatten.

Nachdem Sir Rollo seinen ersten Hunger gestillt hatte, wandte er sich ihr wieder zu. »Bestimmt wundern Sie sich, Miss Sims, warum ein Mann wie ich nicht verheiratet ist?«

Mit Mühe brachte Feli ein Nicken zustande. »Das tue ich«, behauptete sie und trank einen Schluck Rotwein. Einen sehr großen Schluck.

»Meine Mutter hat mir dazu geraten. ›Rollo‹, hat sie gesagt, ›stoß dir erst einmal die Hörner ab, wenn du ein guter Ehemann werden willst.‹ Wie stets bin ich ihrem Ratschlag gefolgt.« Er beugte sich vertrauensvoll zu ihr. »Sie können versichert sein, meine Liebe, dass ich mich dank Mamas Hinweisen im Ehebett nun ebenso hervorragend auskenne wie im Viehstall.«

Feli schoss die Hitze ins Gesicht. »Wie schön«, hauchte sie. Hilfesuchend blickte sie zu ihrer Mutter. Doch Sir Rollo hatte so leise gesprochen, dass Mama seine Taktlosigkeit nicht gehört zu haben schien.

Sir Rollo rückte von ihr ab, um zwei Scheiben Fleisch auf seinen Teller zu laden. »Darf ich Ihnen auch etwas nachlegen, Miss Sims? Hering oder mehr Soße?«

Feli schüttelte den Kopf. Der Appetit war ihr vergangen.

»Sie müssen in meiner Gegenwart mit dem Essen nicht zurückhaltend sein, wie es von feinen Damen oft verlangt wird.« Auffordernd hielt er ihr den Brotkorb hin. »Ich finde es schön, wenn ein Fräulein etwas mehr auf den Rippen hat – so wie Sie. Mama sagt, dass fülligere Frauen die Schwangerschaften und Geburten besser durchstehen.«

Feli spürte, wie sie rot anlief.

»Oh, ich wollte Sie nicht brüskieren.« Sir Rollo stellte den Brotkorb ab. »Ich bin davon ausgegangen, dass Sie ebenso wie ich … nun ja … um den Zweck meines Aufenthalts in diesem Haus wissen. Schließlich wäre es von Vorteil, wenn wir beide uns rasch kennenlernten.«

»Danke für Ihre Offenheit«, murmelte sie. »Ich habe erst vorhin vom Grund Ihres Besuchs bei uns erfahren und bin …«

»… überfordert mit dieser Situation.« Er lächelte verständnisvoll. »Ich habe gehört, dass Sie eine scheue junge Dame sind. Deshalb wohl Ihre Misserfolge in London.«

Wie hatte Margret so indiskret sein können? Wenn es möglich gewesen wäre, hätte sie ihrer Schwester unter dem Tisch einen Tritt gegen das Schienbein verpasst.

»Das ist nicht als Vorwurf zu verstehen«, fuhr Sir Rollo fort. »Diese laute, stinkende Stadt muss auf ein zartes Frauengemüt wie das Ihre einschüchternd wirken. Ich verspreche Ihnen, dass Sie an meiner Seite niemals dorthin zurückkehren müssen. Meine Mutter betont stets, dass es für eine Lady nichts Wohltuenderes gebe als das Landleben. ›Eine wahre Dame von Stand bevorzugt das Leben auf dem Land‹.« Er schnitt sich ein Stück Rinderbraten ab und steckte es in den Mund.

»Nun, ich finde, dass London auch Angenehmes zu bieten hat.«

»All das ist nichts gegen die Schönheit Wiltshires. Wenn Sie erst einmal ein paar Wochen dort leben, werden Sie nicht wieder fortwollen. Mama hat nach der Hochzeit mit meinem Vater nie mehr einen Fuß nach London gesetzt.«

Feli verzichtete auf weiteren Widerspruch. »Sie dürften mir bitte Wein nachschenken.« Anders war die Vorstellung nicht zu ertragen, dass sie Sir Rollo heiraten sollte.

Sofort legte der Baronet sein Besteck nieder und kam ihrem Wunsch nach. »Am besten erzähle ich Ihnen etwas über mich, um Ihnen Ihre Befangenheit zu nehmen«, sagte er, als der Rotwein dunkel in ihrem Glas schimmerte. »Dann merken Sie, dass ich ein ehrbarer, bodenständiger Mann bin und kein geckenhafter Stutzer, wie sie in London *en masse* auftreten. Ich würde niemals das Herz einer Dame brechen – oder ihr ein Familienerbstück stehlen.«

Feli traute ihren Ohren nicht. Margret hatte Sir Rollo auch von der Episode mit dem Domino erzählt. Und entgegen seinen Beteuerungen war der Baronet sich nicht zu schade, es zu erwähnen.

»Ich habe in Oxford studiert« sprach er weiter. »Doch es hielt mich nicht lange an der Universität. Ich bin ein Mann der Tat, nicht des Wortes. Auch die übliche Kavaliersfahrt in fremde Länder reizte mich nicht. Lieber reiste ich durch unser schönes England und eignete mir Wissen über die Viehzucht an. Inzwischen bin ich Besitzer mehrerer preisgekrönter Deckhengste und erhalte Anfragen aus dem ganzen Land! Mit meinen Schweinen will ich ebenfalls Erfolge erringen. Dafür kreuze ich das Berkshire-Schwein mit Essex- und Suffolk-Schweinen, aber ebenso …«

Feli hörte nur noch am Rande zu. Sollte das ihre Zukunft sein? Dabei schreckten sie nicht die Schweine ab, sondern dieser wenig feinfühlige Mann. Jeder Bauer besaß mehr Anstand als der Baronet. Unauffällig schielte sie zu ihrer Mutter. Wenn diese nur einen Bruchteil des Tischgesprächs mit Sir Rollo mitgehört hatte, musste sie doch ein Einsehen haben.

Nach der Abhandlung über seine Viehzucht beschrieb Sir Rollo ihr seinen Wohnsitz Lincoln Lodge. »Sicherlich nicht vergleichbar mit Pratton Hall. Doch jeder Raum – mein Schlafzimmer eingeschlossen – ist von meiner Mutter mit so viel Geschmack eingerichtet, dass das Haus noch in den nächsten Jahrzehnten ein Vorbild für Eleganz und Stilsicherheit sein wird.«

Feli verdrehte innerlich die Augen. Vermutlich bestimmte Sir Rollos Mutter immer noch, wie sich ihr Sohn zu kleiden hatte.

Beim Nachtisch ließ Sir Rollo sie wissen, welche Bücher er in den zurückliegenden Monaten gelesen – »fast alles Empfehlungen meiner Mutter« – und welche Tageszeitungen er abonniert hatte – »ein Mann von Welt hat informiert zu sein, auch wenn mich die Diskussionen im Parlament langweilen«.

Sicherlich ebenfalls ein Rat seiner Mutter. Diese Frau war ihr schon jetzt zuwider. Appetitlos stocherte Feli in ihrem Mandelkuchen herum. Es war eine Erlösung, als sie sich nach dem Dessert mit Mama und Margret in den Salon zurückziehen konnte und die Herren bei einer Zigarre und Portwein im Esszimmer verblieben.

Mit einem Stöhnen ließ sie sich auf das Sofa fallen.

Ihre Schwester setzte sich neben sie. »Und, wie gefällt dir Sir Rollo?«

»Mein Eindruck von ihm hat sich aufs Unangenehmste bestätigt. Ein wenig einfühlsamer Mann, der sich für nichts interessiert als seine Schweine, seine Pferde und seine Mutter.«

»Übertreibst du da nicht, Liebling?«, wandte Mama ein.

»Sicher nicht. Er hat mir gesagt, dass er niemals mehr nach London fahren will.«

»Aber das willst du doch ebenfalls nicht«, spöttelte Margret.

»Ich will nicht mehr unverheiratet dorthin. Als Ehefrau sieht das anders aus. Auf die Theater- und Opernvorführungen möchte ich auf Dauer nicht verzichten, ebenso wenig wie auf die Vauxhall Gardens, die Museen und Konzerte. Auch Bälle dürften als verheiratete Frau wesentlich entspannter sein.«

»So ist es«, sagte Margret. »Andererseits wäre es vermutlich besser, wenn du mit Rollo nicht in London erscheinst. Wobei Lady Diary sich freuen würde, über ihn zu berichten.«

»Also gibst du zu, dass Sir Rollo nicht annehmbar ist«, rief Felicity.

»Mädchen, nicht so laut.« Mama hob beruhigend die Hände. »Es stimmt, dass er kaum Londoner Erwartungen an einen Gentleman entspricht. Aber er scheint das Herz am rechten Fleck zu haben. Schließlich hört er auf seine Mutter.«

Feli verzog das Gesicht. »Das kommt dazu. Wenn ich ihn heirate, würde ich eine Ehe zu dritt führen.«

»Du wolltest doch gerne einer älteren Dame Gesellschaft leisten«, stichelte Margret. »Das hast du jedenfalls vorhin behauptet. Von Rollos Mutter könntest du viel lernen.«

Verärgert starrte Feli ihre Schwester und Mama an. So kam sie in ihrem Anliegen nicht weiter. Sie brauchte andere Argumente. »Es gibt noch etwas, das gegen Sir Rollo spricht.« Sie versuchte, ihre Stimme ruhig und sachlich klingen zu lassen. »Er ist nur ein Baronet.«

»Das ist richtig.« Ihre Mutter räusperte sich. »Doch ich befürchte, dass du auf keine bessere Partie mehr hoffen kannst.«

»Aber du hast gesagt, dass wir nicht unter Stand heiraten dürfen, Mama.«

»Ich habe aber auch gesagt, dass du dich nicht mit einem Mann an einem abgeschiedenen Ort treffen darfst.«

Margret kicherte. »Sir Rollo ist das Beste, was du in deiner Lage bekommen kannst. Immerhin ist er ein Landedelmann mit einem gewissen Besitz.«

»Ich will ihn trotzdem nicht heiraten.«

»Dann hättest du besser Phyllis' Einladung angenommen, Schwesterherz.«

Feli sah sie warnend an, doch es war zu spät.

»Von welcher Einladung sprichst du, Margret?«, wollte Mama wissen.

»Das erklärt dir Felicity am besten selbst.«

Feli bedachte ihre Schwester mit einem vernichtenden Blick, dann berichtete sie ihrer Mutter von Phyllis' Brief und Lord Effertons Einladung.

»Warum hast du mir dieses großzügige Angebot verschwiegen?«, fragte Mama streng, kaum dass Feli geendet hatte.

Feli blickte auf ihre Fußspitzen. »Weil ich vorerst nicht mehr auf Bräutigamsuche gehen möchte.«

»Soso.« Mama faltete die Hände. »Ich bin enttäuscht von dir, Felicity. Du hättest meinen Segen für diese Reise gehabt. Viele von Baron Effertons Bekannten sind von Adel. Mit ein wenig Glück hättest du trotz allem einen guten Fang machen können. Nun ist es zu spät, da wir Sir Rollo durch Margret unser Einverständnis zu eurer Verbindung signalisiert haben. Du wirst mit ihm vorliebnehmen müssen.«

»Aber …«

»Kein Aber, Felicity. Du hattest genug Chancen, einen Gemahl deiner Wahl zu finden. Dich unverheiratet zu lassen, kommt nicht infrage. Was sollen sonst die Leute denken?«

Schritte und lauter werdende Stimmen aus dem Esszimmer verhinderten jeden weiteren Einwand.

»Die Herren kommen, um uns abzuholen.« Mama erhob sich. »Man erwartet uns vor dem Haus bei diesem grässlichen Mummenschanz.«

Gegen die Kälte der Dezembernacht in einen pelzverbrämten Umhang gehüllt, die Hände mollig warm in einem Muff vergraben, begab Feli sich kurz darauf zur Auffahrt von Pratton Hall, in Begleitung der anderen und gefolgt von der kompletten Dienerschaft. Dort hatten sich bereits die Mummenschanzspieler eingefunden. Es waren zwölf Männer des Dorfes mit Holzschwertern und bunten Bändern an Kleidung und Hüten. Im flackernden Schein der aufgestellten Fackeln wirkten ihre schwarz bemalten Gesichter wie teuflische Fratzen.

»Es besteht kein Grund zur Furcht, Miss Sims.« Sir Rollo trat einen Schritt näher zu ihr. »Ich werde nicht von Ihrer Seite weichen.«

Feli unterdrückte ein Aufstöhnen. »Ich sehe dem Mummenschanz seit meiner Kindheit zu. Das einzige Gefühl, das ich verspüre, ist freudige Erwartung, sodass ich Ihr großzügiges Angebot nicht in Anspruch zu nehmen brauche.«

Statt Enttäuschung, dass sie seinen Beistand ablehnte, erschien ein Strahlen in seinem Gesicht. »Ich sehe, Sie sind ebenso mutig wie meine Mutter. Sie zeigt nie ein Zeichen weiblicher Furchtsamkeit.«

Glücklicherweise richtete in diesem Moment ihr Vater Begrüßungsworte an die Schauspieler. Dann begann das Spektakel.

Wie üblich stellten sich zuerst die beiden Hauptfiguren des Stückes ihren Zuschauern vor. Der Heilige Georg, Verkörperung des Guten, und sein Gegenspieler Schlitzer, ein bösartiger Soldat, berichteten in prahlerischen Worten von ihrem Können und ihren Taten. In der kühlen Luft stieg der Atem der Schauspieler als helle Wölkchen nach oben. Am Ende ihrer Aufschneidereien stürzten der Heilige Georg und der Schlitzer aufeinander zu und ein wilder Kampf entbrannte zwischen ihnen, begleitet von den Anfeuerungsrufen und dem Klatschen der Zuschauer. Gemäß der Tradition verletzte der Soldat den Heiligen gefährlich und dieser drohte zu unterliegen. Im letzten Augenblick erschien Doktor Quack und heilte den verwundeten Helden. Dabei pries der Arzt fortwährend sich und seinen medizinischen Genius. Wieder im Vollbesitz seiner Kräfte, besiegte der Heilige Georg den Schlitzer und beendete damit den ersten Teil der Vorführung.

»Eine ansprechende Darstellung«, sagte Sir Rollo zu Feli.

»Ja, die Dorfleute geben sich jedes Jahr viel Mühe.«

»Ich bin sicher, die Vorstellung in Lincoln Lodge würde Ihnen auch zusagen.« Er räusperte sich. »Ich möchte Sie für mein Benehmen bei Tisch um Verzeihung bitten. Im Nachhinein ist mir aufgefallen, dass ich Sie nicht habe zu Wort kommen lassen, so getrieben war ich von meinem Wunsch, Ihnen meine Person näherzubringen.«

Die unerwartete Einsicht überraschte sie. Sollte sie sich in Rollos Charakter geirrt haben? »Bitte grämen Sie sich nicht. Ich habe mich keineswegs missachtet gefühlt.«

»Sie sind zu großzügig. Doch wie meine Mutter zu sagen pflegt: ›Das Einzige, was unerträglicher ist als eine schwatzhafte Frau, ist ein schwatzhafter Mann.‹«

Mit den Sprüchen dieser Dame ließe sich ein Buch füllen. »Ich werde Ihrer Mutter Ihren Fauxpas nicht verraten«, versprach Feli.

»Oh, Sie können ruhig offen mit ihr sprechen. Meine Mutter ist eine großzügige Person und verzeiht anderen ihre Fehler.« Er senkte die Stimme. »Über Ihr Malheur mit dem Domino war sie sofort bereit, hinwegzusehen. ›Niemand wird dir treuer sein als eine gefallene Frau, mein Sohn‹. Mama ist wirklich eine Seele von Mensch.«

Feli nickte stumm. Versteckt in ihrem Muff ballte sie ihre Hände zu Fäusten. Lieber wollte sie gegen den Schlitzer kämpfen, als Sir Rollo zu ehelichen.

Ein heißer Punsch vor dem Kamin im Salon bildete den Abschluss des Abends. Papa hatte die Mummenschanzgruppe großzügig entlohnt und nun besprach man die Pläne für den nächsten Tag.

»Wir Männer werden dem Vergnügen der Jagd frönen.« Papa klopfte Archibald auf die Schulter. »Mein Schwiegersohn will schon lange mein Jagdgebiet kennenlernen. Und Sir Rollo ist auch ein begeisterter Waidmann, wie er mir vorhin mitteilte.«

Dem emsigen Nicken des Baronets und ihres Schwagers nach freuten sich die beiden Herren auf den Jagdausflug. Feli gefiel dieses Vorhaben ebenfalls, bedeutete es doch, einige Stunden von Sir Rollos Gegenwart befreit zu sein.

»Was unternehmen wir, Mama?«, fragte Margret.

»Wir statten Lady Garmond einen Besuch ab. Sie ist furchtbar neugierig, von deinem Mutterglück zu hören.« Ein zufriedenes Lächeln erschien auf Mamas Zügen. »Es gibt keinen Grund, warum du ihr nicht in aller Ausführlichkeit von deinem paradiesischen Leben als Baroness berichten solltest, Schatz.«

Margrets selbstgefälliger Gesichtsausdruck verriet, dass sie mit diesem Ausflug und ihrer Rolle darin absolut einverstanden war. Feli würde bei Lady Garmond kaum zu Wort kommen. Doch die Aufgabe der dankbaren Zuhörerin reichte ihr, zumal die Köchin der Garmonds köstliche Tartes zauberte.

Nachdem der Punsch ausgetrunken war, wünschte man sich allseits eine angenehme Nachtruhe und der Salon leerte sich. Feli wollte sich in ihr Zimmer zurückziehen, doch Mama legte die Hand auf ihren Arm.

»Ein paar Andeutungen Lady Garmond gegenüber, dass dein Eheglück ebenfalls kurz bevorsteht, werden morgen nicht schaden«, sagte sie mit gedämpfter Stimme. »Lady Garmond tut nicht nur wegen ihrer Weihnachtsdekoration überheblich, sondern auch, weil sie bereits alle drei Töchter unter der Haube hat.«

»Mama, es ist doch noch nicht offiziell, dass Sir Rollo und ich heiraten.«

»Ich wüsste nicht, was diese Ehe verhindern sollte. Freunde dich am besten schnell mit dem Gedanken an, bald als Lady Sullyard in Lincoln Lodge zu residieren. Eine Stellung, mit der du in deiner Lage mehr als zufrieden sein kannst.« Entschieden schob Mama sie aus dem Salon. »Ich freue mich auf Lady Garmonds missfälligen Gesichtsausdruck, wenn sie all diese beeindruckenden Neuigkeiten unserer Familie erfährt. Und jetzt schlaf gut, Liebes.«

Von wegen. Mit Tränen in den Augen lief Feli die Treppe hinauf in ihr Zimmer. Undamenhaft warf sie die

Tür hinter sich zu und in ihrer Entrüstung eines der Zierkissen vom Bett auf den Boden. Warum hatten Mama und Papa einer Verbindung mit Sir Rollo zugestimmt? Sie wünschte sich doch einen Ehemann, der liebevoll und vermögend war. Am besten mit einem Titel vom Viscount an aufwärts, damit Margret nicht länger auf sie herabsehen konnte. Leider hatte sich dieser Traum in drei Jahren nicht erfüllt. Wieso nicht? Ihre Freundinnen hatten doch auch einen Gemahl gefunden.

Cleopatra Rowley, mit der sie ihre erste Saison in London begangen hatte, war nun die Countess of Sheringham.

Lady Juliana war es hinter dem Rücken der Gesellschaft gelungen, sich den umwerfend attraktiven Sebastian Colbourne zu sichern. Zwar trug Juliana durch diese Ehe keinen Titel, aber sie war zur Schwiegertochter des Dukes of Pembroke geworden, des mächtigsten Mannes nach dem König. Und sie hatte eine bezaubernde kleine Tochter.

Selbst Lavinia Allen, eine mittellose Waise, hatte es dieses Jahr in ihrer ersten Saison geschafft, Gemahlin eines Barons zu werden.

Ein hässlicher Anflug von Neid überkam Feli. Und was war ihr gelungen? Nichts. Kein Gemahl, kein Kind, kein Titel. Der einzige Mann, der sich für sie interessiert hatte, hatte sich als Dieb entpuppt. Gottlob, dass außer ihrer Familie nur Sir Rollo und seine Mutter darüber Bescheid wussten. Schon Margrets Spott zu ertragen, war bitter. Sollte der gesamte *ton* davon erfahren, würde sie bis an ihr Lebensende nicht mehr froh werden.

Feli nahm ein Stück Nougatkonfekt aus der Dose auf ihrem Sekretär. Wenn sie traurig oder aufgeregt war, half Süßes ihr am besten, sich zu beruhigen. Unzählige Male hatten Schokoladeneclairs sie über frustrierende Ballabende gerettet, weil ihre Tanzkarte nicht einmal halb gefüllt gewesen war. Leider war der Verzehr dieser süßen Seelentröster nicht optimal für die Figur. Sofort fielen ihr Sir Rollos Worte über ihre Fülle wieder ein. Sie verzichtete auf ein zweites Stück Nougat, schloss den Deckel und betrachtete sich im Spiegel. Zugegeben, ihre Taille war nicht so schlank wie bei den Zeichnungen in den Modemagazinen. Sollte ihre Leidenschaft für Schokolade der Grund sein, warum sie keinen Gemahl fand? Andererseits war Julianas Teint dunkler, als es die Mode für eine Lady vorschrieb, und Mr. Colbourne hatte es nicht gestört.

Feli nagte an ihrer Unterlippe. Wenn nicht ihre Figur die Ursache für ihre Erfolglosigkeit war, was dann? Ihr Gesicht? Sie schüttelte den Kopf. Dass sie hübsch war, hatte man ihr häufig gesagt. Und um ihr dichtes, dunkelbraunes Haar, das sich herrlich leicht frisieren ließ, wurde sie genauso oft beneidet wie um ihre nussbraunen Augen. Was also hatte die Herren abgehalten? Im Geiste sah sie sich im Ballsaal. Nicht auf der Tanzfläche mit einem adretten Lord, sondern an der Seite ihrer Mutter. Mama, die auf sie einredete, sie von Junggeselle zu Junggeselle schleppte, deren laute Stimme über die Musik hinweg zu hören war …

Feli schloss die Augen. Konnte das die Erklärung sein? Hatten die Gentlemen sich von Mamas Penetranz abgeschreckt gefühlt? Ihr erging es ja kaum anders. Wie oft war sie zum Büfett geflohen, weil sie Mutters bestimmende Art nicht mehr ertragen hatte.

Tanz mit diesem Herrn, Felicity!

Ignoriere diesen Gentleman!

Freunde dich mit diesen Ladys an, sie sind einflussreich!

Hör auf, ständig Eclairs zu essen!

Und jetzt gab Mama ihr wieder vor, was sie zu tun hatte: Sir Rollo zu ehelichen.

Nachdenklich rieb Feli sich das Kinn. Sollte ihre Vermutung stimmen, konnte sie nur einen Ehemann finden, wenn Mutter nicht zugegen war. Doch eine vierte Saison, und diese auch noch ohne ihre Begleitung, würde Mutter nie erlauben. Vor allem, da Sir Rollo bereitwillig als Bräutigam zur Verfügung stand.

Wie von selbst richteten sich Felis Augen auf die unterste Schublade ihres Sekretärs. Verstohlen öffnete sie diese, zog unter einem Stapel Zeichenpapier Phyllis' Einladung hervor und überflog die Zeilen.

… da Deine Mutter sicherlich über die Weihnachtszeit Gäste in Pratton Hall hat, bist Du mir mit Deiner Kammerzofe herzlich willkommen.

Die Witwe lud eindeutig nur sie ein. Ihr Blick wanderte zum vorletzten Absatz.

Von Heiligabend bis zur Zwölften Nacht lädt Baron Efferton uns beide (täglich!) zu den Weihnachtsgesellschaften in seinem Stadtpalais ein – Bälle, Scharaden, Konzerte, Dinnerpartys, Kartenabende und eine Fuchsjagd. Ich darf Dir verraten, dass mehrere unverheiratete Adlige aus Schottland und vom Kontinent ihr Kommen zugesagt haben …

Als hielte sie etwas Verbotenes in der Hand, klopfte Felis Herz plötzlich schneller. Zwei Dinge wurden ihr schlagartig bewusst. Wenn sie wahrhaft einen Gemahl suchte, musste sie umgehend nach London, in die Stadt ihrer Niederlagen, zurück. Da Mama das niemals erlauben würde, müsste sie ohne das Wissen ihrer Eltern fahren.

Sie starrte auf das Papier. Sir Rollo ehelichen oder heimlich eine vierte Chance? Was ihr Herz wollte, war eindeutig. Doch wie würden ihre Eltern reagieren? Nervös drehte sie den Brief zwischen ihren Händen. Wenn sie in London Erfolg hatte, wären Mama und Papa vermutlich versöhnt. Und wenn nicht? Dann würde sie sich deren Wünschen beugen und heiraten, wen immer diese wollten.

»Alles oder nichts«, murmelte Feli und ignorierte das flaue Gefühl in ihrem Magen. Sie trat ans Fenster, schob den schweren Vorhang zurück und blickte wie Stunden zuvor hinaus in die Dunkelheit. Die Fackeln in der Auffahrt waren erloschen. Kälte drang durch die Scheibe und ließ sie frösteln. Am schwarzen Winterhimmel funkelten einzelne Sterne – winzige Hoffnungsschimmer in einem Meer von Finsternis. Sie hauchte gegen das Glas und malte mit dem Zeigefinger einen Schweifstern hinein. In ein paar Tagen war Weihnachten. Vielleicht hielt diese besondere Zeit für sie ja ein Wunder bereit.

Sie trat vom Fenster zurück und läutete die Dienstbotenglocke. Kurz darauf kam Evie ins Zimmer.

»Soll ich Ihnen beim Entkleiden behilflich sein, Miss Sims?«

»Das auch.« Feli straffte den Rücken. »Zuallererst möchte ich etwas mit dir besprechen. Du musst mir jedoch schwören, dass du mit niemandem darüber redest.«

Die Augen ihrer Kammerzofe wurden groß, aber dann nickte sie. »Ich werde keiner Menschenseele davon erzählen.«

»Gut. Denn morgen Vormittag werden wir beide aus Pratton Hall fliehen.«

22. Dezember 1814

Feli schaute von den prall gepackten Lederkoffern neben ihrem Bett zur Uhr auf dem Sekretär. Halb zehn. Bisher hatte ihr Plan funktioniert. Mama und Margret hatten ihr am Morgen ohne Argwohn abgenommen, dass sie am Vorabend zu viel Punsch getrunken hatte und nun unter Kopfschmerzen litt. Die beiden waren wie vorgesehen zu Lady Garmond aufgebrochen und die Herren zur Jagd.

Noch in der Nacht hatte Feli einen Brief an Phyllis verfasst, um ihr Eintreffen am nächsten Mittag in London anzukündigen. Evie hatte das Schreiben in aller Frühe an einen zuverlässigen Reiterboten in Farnham übermittelt. Einen zweiten Brief würden ihre Eltern bei ihrer Rückkehr auf Felis Bett vorfinden. Ihr schlechtes Gewissen wegen des verbotenen Unterfangens hielt sich in Grenzen. Mama hatte doch gesagt, dass sie ihr die Reise zu Phyllis erlaubt hätte.

Es klopfte und Evie trat ein. »Die alte Kutsche steht bereit. Wie aufgetragen, habe ich Steve mitgeteilt, dass Sie sich wieder wohlfühlen und den anderen zu Lady Garmond folgen möchten.«

»Hervorragend. Wir brechen sofort auf, damit wir bis heute Abend den Gasthof in Esher erreichen.« Feli griff nach einer Tasche, die alle notwendigen Kleinigkeiten für eine längere Kutschfahrt enthielt. Ihr warmes, dunkelgrünes Reisekleid trug sie bereits, ebenso die gefütterten Handschuhe aus Ziegenleder.

Evie trat von einem Fuß auf den anderen. »Sind Sie sicher, Miss Sims, dass Sie Steve unterwegs überzeugen können, dass er nach London fährt statt zu Lady Garmond?«

»Gewiss.« Feli setzte ein selbstsicheres Lächeln auf. Diesen Schwachpunkt in ihrem Plan hoffte sie notfalls mittels einiger Münzen überwinden zu können. Unwillkürlich tastete sie nach dem Geldbeutel in der Tasche ihres Kleides. Ohne Papas moderne Einstellung, dass nicht nur junge Herren, sondern auch junge Damen in der Saison über eigenes Geld verfügen sollten, wäre ihr Vorhaben unmöglich. In dieser Hinsicht war es vorteilhaft, dass sie die Saison nach wenigen Wochen hatte abbrechen müssen und kaum Gelegenheit gehabt hatte, etwas auszugeben.

Evie zeigte auf die Koffer. »Und wenn Steve fragt, warum Sie Gepäck auf einen Tagesausflug mitnehmen?«

»Dann sagen wir ihm, dass sich darin Schmuck für Weihnachtsdekoration befindet, die wir nach dem Lunch alle zusammen anfertigen wollen.«

Ihre Kammerzofe runzelte die Stirn, nickte dann aber. »Ich gebe einem Burschen Bescheid, dass er die Koffer zur Kutsche bringt.«

»Hast du an den Korb mit Verpflegung gedacht?« Je weniger Pausen, umso besser.

»Natürlich, Miss. Ein heißer Ziegelstein liegt ebenfalls bereit.«

Dann war alles vorbereitet. Mit einem letzten Blick zu dem Brief auf ihrem Kopfkissen und etwas Angst vor ihrer eigenen Courage verließ Feli ihr Zimmer. Es wird gut gehen, sprach sie sich Mut zu. An diesem Weihnachtsfest würde ihr sehnlichster Wunsch sich erfüllen: einen angesehenen Lord zu finden, der sie über alles liebte!

Als die ersten Häuser von Farnham in Sicht kamen, klopfte Feli energisch gegen die Kutschendecke. Steve brachte das Gespann am Wegesrand zum Stehen, stieg vom Bock und schaute kurz darauf zu ihr und Evie in den Innenraum.

»Alles in Ordnung, Miss Sims?« In dem dicken Kutschermantel wirkten die Schultern des jungen Mannes breiter als gewöhnlich. »Oder fühlen Sie sich wieder unwohl und wir sollen umkehren?«

»Mir geht es bestens. Allerdings habe ich meine Pläne geändert. Ich möchte nicht mehr zu Lady Garmond, sondern nach London.«

Steves Mund klappte auf. »London?«

»Richtig. Und zwar so schnell wie möglich.«

Er rieb sich das Kinn. »Was werden Lord und Lady Pratt zu Ihrer Entscheidung sagen?« Hilfesuchend sah er zu Evie, die nur mit den Achseln zuckte.

»Ich habe meinen Eltern eine entsprechende Nachricht hinterlassen. Es besteht keinerlei Grund zur Sorge.«

»Dennoch halte ich es für keine gute Idee, dass wir uns auf den weiten Weg nach London machen.«

»Falls Sie wegen der Zollstationen und der Übernachtung Bedenken haben sollten, ich habe genug Geld für Hin- und Rückreise bei mir.«

»Das meine ich nicht, Miss.« Steve legte den Kopf in den Nacken. »Ich befürchte, es wird bald Schnee geben. Und zwar 'ne ganze Menge.«

»Schnee?« Feli reckte den Hals und blickte zum Himmel. Über ihnen hing eine dichte weißgraue Wolkendecke. »In den letzten Jahren hat es nie an Weihnachten geschneit.« Sie zog den Kopf wieder zurück. »Im Gegenteil, es war eher mild.«

»John hat auch gesagt, dass wir Schnee bekommen werden, bevor er heute früh Ihre Mutter und Ihre Schwester zu den Garmonds gefahren hat. Hofft, dass er mit den Ladyschaften rechtzeitig zurückkommt.« Abschätzend betrachtete Steve die Kutsche. »Vielleicht verschieben Sie Ihre Reise einige Tage, bis wir mit dem Wetter sicher sind.«

Sein angespannter Blick ließ Feli zögern. Was, wenn sie wirklich in einen Schneesturm kämen? Auch Evie wirkte plötzlich nervös. Ach was, dachte Feli. Es würde nicht schneien. Sonst hätte Mutter die Fahrt zu Lady Garmond nicht unternommen. Zudem konnte kein Unwetter schlimmer sein als eine Ehe mit Sir Rollo – zu der es unweigerlich kommen würde, wenn sie umkehrten. »Wir fahren«, sagte sie und legte all ihre Autorität in ihre Stimme. »Notfalls verbringen wir einen Tag in der Herberge in Esher, bis es nicht mehr schneit.«

»Wie Sie meinen, Miss.« Steve tippte an seine Mütze, stieg wieder auf den Bock und die Kutsche fuhr an.

Feli stieß die Luft aus und lehnte sich im Polster zurück. Steve zu überzeugen, war geschafft. Sie lächelte Evie aufmunternd zu, die daraufhin schicksalsergeben ihr Strickzeug hervorholte.

Unter dem gleichmäßigen Klappern der Stricknadeln überquerten sie den Marktplatz mit seinen hübschen Häusern und bogen auf die Poststraße Richtung London ein. Außerhalb des Städtchens ließ Steve die Pferde weit ausgreifen, als hoffte er, einem drohenden Schneesturm entkommen zu können, wenn ihr Tempo nur hoch genug war.

Um sich abzulenken, malte Feli sich ihre Ankunft in der Hauptstadt aus. Phyllis würde begeistert sein, dass sie doch kam. Und die gesellschaftlichen Ereignisse im Hause von Baron Efferton klangen verheißungsvoll. Der Baron liebte ebenso wie sie erstklassiges Essen, schon aus kulinarischer Sicht würde sich die Teilnahme an seinen Veranstaltungen lohnen.

Sie betrachtete eine Weile die karge Dezemberlandschaft vor dem Fenster, dann holte sie ihren Liebesroman hervor und las.

Um die Mittagszeit stand ein Pferdewechsel an. Sie nutzten die Zeit für einen Lunch in der zugehörigen Herberge. Da Feli oft mit ihren Eltern gereist war, kannte man sie dort und behandelte sie zuvorkommend. Dass bisher alles problemlos lief, wertete sie als gutes Zeichen. Dennoch richtete sie ihre Augen gen Himmel, als sie in die Kutsche stieg. Die Wolken hingen weiterhin weißgrau über ihnen.

Steve, der ihr beim Einsteigen half, folgte ihrem Blick. »Bis nach Esher müssten wir's trotz des Umwegs schaffen.«

Feli verharrte auf dem Trittbrett. »Welcher Umweg?«

»Seit einem Gewitterregen vor zwei Tagen ist ein Stück der Poststraße unterspült. Wir müssen nach der Mole-Brücke rechts abbiegen und nähern uns Esher von Süden. Kostet uns laut dem Herbergsbesitzer kaum 'ne halbe Stunde.«

»Wir sind geschwind vorangekommen, das sollte nichts ausmachen.« Im Wageninneren zog Feli die Decke über die Beine, stellte die Füße auf den wieder aufgewärmten Ziegelstein und vertiefte sich in ihre Lektüre.

Erst als es dämmrig wurde, legte sie das Buch zur Seite. Evie war eingeschlafen, das Strickzeug auf dem Schoß. Die Kutsche rollte weiter munter durch die Grafschaft Surrey. Auf den Weiden und Obstwiesen ragten kahle Bäume empor, uralte Steinmauern schützten die Äcker vor den Launen des Windes und in der Ferne schmiegten sich Bauernkaten in die Landschaft. Aus einigen der Häuser leuchtete Kerzenschein.

Eine Bö ergriff die Kutsche und rüttelte am Wagen. Feli zog die Wolldecke enger um sich. Müssten sie nicht längst in der Nähe des Flusses sein? Angestrengt sah sie aus dem Fenster. Tatsächlich, dort vorne war der Mole. Im schwächer werdenden Licht glänzte er wie eine silberne Schlange. Gleich darauf rumpelte die Kutsche über die alte Steinbrücke. Kurz danach bogen sie wie geheißen von der breiten Poststraße in einen schmaleren Fahrweg ab.

Feli gähnte. Sie wollte sich tiefer in die Decke kuscheln, um bis zur Ankunft in Esher ein wenig zu dösen, da sah sie es. Weiße Flöckchen tanzten vor dem Kutschenfenster.

Steve hatte sie ebenfalls bemerkt. Er knallte mit der Peitsche und die Pferde trabten schneller. Die Kutsche schaukelte auf dem unebenen Fahrweg. Feli zog die Arme aus der Decke und stützte sich auf dem Polster ab. Evie schreckte auf und sah sie mit der Orientierungslosigkeit frisch erwachter Menschen an.

»Wir befinden uns auf dieser Nebenstraße nach Esher. Steve hat das Tempo angezogen, weil es ein bisschen zu schneien begonnen hat.«

Evie schaute an ihr vorbei aus dem Fenster und runzelte die Stirn. Auch Feli sah wieder nach draußen — und schauderte. Aus den Flöckchen war ein Schneegestöber geworden. »Es kann nicht mehr lange dauern, bis wir da sind«, sagte sie.

Die Zofe murmelte eine unverständliche Antwort, ohne den Blick vom Fenster abzuwenden.

Dass Steve noch zügiger fuhr als zuvor, hieß Feli gut, sie wollte endlich im Gasthof eintreffen. Andererseits schwankte der Wagen dadurch bedenklich. Konnte Steve in der einsetzenden Dämmerung und dem Schneetreiben genug sehen? Hoffentlich kamen sie in dieser Geschwindigkeit nicht vom Weg ab oder beschädigten die Achse in einem Schlagloch. Trotz der zunehmenden Kälte begann Feli zu schwitzen.

Auch Evies Gesichtsausdruck war angespannt. »Wenn wir sowieso bald ankommen, könnte Steve doch langsamer fahren. Ich habe Angst, dass wir …«

Ein unheilvolles Knarzen ertönte, gefolgt von einem Knacken. Evie schrie auf und klammerte sich in die Polster.

Feli hämmerte gegen das Wagendach. »Nicht so schnell, Steve.«

Die Kutsche verlangsamte das Tempo, bis die Pferde nur noch bedächtig trabten. Erleichtert sahen die Zofe und sie sich an. Im nächsten Moment knirschte und ächzte es unter ihnen. Holz barst und Steve fluchte. Der Wagen schlingerte und sackte nach vorne ab. Feli schrie auf, stemmte die Füße auf den Boden und suchte nach Halt. Evie griff ihren Arm. Draußen hörte man panisches Hufgetrappel. Als die Kutsche zur Seite kippte, schloss Feli die Augen.

»Miss Sims? Miss Sims! Sagen Sie doch bitte was.«

Steves Stimme drängte sich in ihr Bewusstsein, begleitet von einem sachten Rütteln an ihrer Schulter. Schwerfällig öffnete Feli die Lider. Dann setzte ihre Erinnerung ein und sie war schlagartig wach. Der Unfall. Die Kutsche lag auf der Seite und sie zusammengekauert auf dem zerbrochenen Fenster. Steve kniete neben ihr. Vorsichtig bewegte sie ihre Glieder. »Ich bin unverletzt, glaube ich«, murmelte sie. »Und mein Mantel scheint mich vor den Scherben geschützt zu haben.«

Er atmete hörbar auf. »Ich helfe Ihnen nach draußen. Evie ist ebenfalls unversehrt und wartet dort.«

Feli hob den Kopf. Die Wagentür der umgekippten Kutsche befand sich direkt über ihr und dicke Schneeflocken fielen von einem sich verdunkelnden Himmel auf sie herab. Mit Steves Unterstützung richtete sie sich auf. Unter fortwährenden Entschuldigungen über die Unschicklichkeit der Situation hob er sie hoch, sodass sie sich durch die Türöffnung nach draußen auf die Seitenwand ziehen konnte. Behände kletterte er ihr hinterher und geleitete sie von der Kutsche hinunter.

»Oh, Miss Sims, Gott sei Dank.« Evie griff ihre Hand und drückte sie. »Das hätte für uns alle böse enden können.«

Allerdings. Feli betrachtete die Kutsche, doch in der beginnenden Dunkelheit konnte sie wenig erkennen. »Sind wir in ein Schlagloch gefahren?«

Steve schüttelte den Kopf. »Die Achse ist gebrochen, das Holz war wohl morsch. Hätte ich vorher nicht das Tempo verlangsamt …« Er räusperte sich. »Leider ist auch die Deichsel gerissen. Hab' die Zügel losgelassen, damit ich nicht über'n Bock fliege und mir's Genick breche. Die Pferde sind auf und davon. Vermutlich laufen sie zur Wechselstation nach Esher, die kennen ja ihre Ställe. Wenn ein herrenloses Gespann dort eintrifft, sucht man bestimmt nach der zugehörigen Kutsche.«

»Und wenn nicht?«

»Dann müssen wir warten, bis jemand zufällig hier vorbeikommt, Miss.«

Feli schauderte. Sie waren mitten auf freier Flur verunglückt. Kein Haus war zu sehen, nicht einmal ein Heuschober oder ein Viehunterstand. Fröstelnd strich sie sich über die Arme.

»Ich hole die Decken aus dem Wagen«, sagte Steve. »Danach entzünde ich eine Laterne. Und ich probiere, eine Pferdedecke zwischen der Einstiegstür und dem Hinterrad einzuklemmen, sodass Sie beide ein notdürftiges Zeltdach haben.« Er sprang auf die umgestürzte Kutsche und verschwand im Inneren.

Das Zeltdach war eine schlaue Idee, aber würde es viel nützen? Ihr war jetzt schon eiskalt, obwohl sie erst wenige Minuten hier draußen standen. Wenn sie im Gasthof in Esher waren, würde sie sofort ein heißes Bad verlangen. Falls sie jemals dorthin kamen. Fröstelnd trat Feli von einem Fuß auf den anderen. Evie zitterte ebenfalls. Auf ihrer Haube hatte sich eine Schneeschicht gebildet.

Feli ging dicht an ihre Kammerzofe heran. »Stellen wir uns eng beieinander, dann wird uns beiden wärmer.«

»Ich habe ein Gebet gesprochen, dass uns bald jemand findet.« Klappernd schlugen Evies Zähne aufeinander. »Sonst haben wir das Kutschunglück nur überlebt, um uns hier draußen den Tod zu holen.«

Steve kam aus der Kutsche zurück. Er stellte den Proviantkorb neben ihnen ab und hängte erst ihr und dann Evie die Wolldecken um.

Feli tat es ihrer Zofe gleich und zog die Decke bis über den Kopf. Schon besser.

Aus einem Verschlag am Ende des Wagens holte Steve eine Laterne und zündete sie an. »Sonst sehen wir bald nix mehr. Vielleicht lockt das Feuer Helfer an.«

Hoffentlich, dachte Feli. Die gesamte Nacht hier draußen verbringen zu müssen, war eine entsetzliche Vorstellung.

Der junge Kutscher warf wie angekündigt eine Pferdedecke über das nach oben ragende Hinterrad und klemmte einen Zipfel in der Wagentür ein. »Wird 'ne Weile halten.«

Rasch traten Feli und die Zofe unter das provisorische Dach. Immerhin bot es Schutz vor den wirbelnden Flocken. »Danke«, sagte sie und starrte in das Schneegestöber. Mit ihrem Wunsch, nach London zu reisen, trug sie die Verantwortung für diesen Schlamassel. Natürlich hätte Steve nicht so rasant fahren müssen, schließlich hatte er gewusst, dass die Kutsche alt war. Dann hätten sie es vielleicht bis vor die Tore Eshers geschafft ...

»Möchte jemand etwas essen?« Evie wies auf den Korb. »Wir haben noch Sandwiches und Äpfel.«

Feli verneinte, ebenso wie Steve. Wer wusste, wie lange diese Nacht werden würde.

Zusammen mit der Dunkelheit senkte sich Schweigen über ihre kleine Gruppe. Steve warf sich die zweite Pferdedecke um, lehnte sich gegen den Unterboden der Kutsche und starrte in die Finsternis. Evie rutschte dichter an Feli heran und schaute genauso elend, wie Feli sich fühlte.

War ihre Entscheidung für London richtig gewesen? Ihr Optimismus vom Morgen war verschwunden. Bestand wirklich Grund zu der Annahme, dass sie dort an den Weihnachtsfeiertagen einen Gemahl fand? Oder hatte die Abneigung zu Sir Rollo sie zu falschen Hoffnungen verleitet? Feli stiegen Tränen in die Augen. Ach, was gäbe sie dafür, im warmen Salon ihrer Eltern zu sitzen. Wäre sie doch niemals fortgelaufen. Sie schniefte. Wenn sie Esher jemals erreichten, fuhren sie am besten zurück nach Pratton Hall.

»Es wird alles gut werden, Miss Sims.« Evie tätschelte ihren Arm. »Sie werden sehen, morgen früh reisen wir nach London weiter.«

Beschämt wischte Feli sich die Augen trocken. Wie konnte sie aufgeben wollen, wo ihre Zofe so viel Zuversicht zeigte? »Du hast recht. In vierundzwanzig Stunden werden wir bei Mrs. Slade vor dem prasselnden Kamin sitzen.« Und während Evie freie Zeit genießen konnte, würde sie den Mann ihres Lebens finden. Wenn nur endlich jemand käme, um sie aus dieser frostigen Misere zu retten.

Mühsam kämpfte sich das Pferdefuhrwerk durch den Schneesturm. Die schmale Straße war selbst bei schönem Wetter eine Herausforderung, jetzt war sie geradezu heimtückisch. Wer hätte gedacht, dass es vor Weihnachten schneien würde? Alexander schob die Hände tiefer in die Manteltaschen und starrte in die Nacht, die die Laternen am Wagen spärlich erhellten. Gut, dass die Pferde den Weg nach Hause ebenso sicher kannten wie Bob. Mit stoischer Gelassenheit saß der betagte Kutscher neben ihm auf dem Bock, als gingen ihn die Widrigkeiten dieser Winternacht nichts an.

Alexander nahm die Hände aus den Taschen und hauchte hinein. »Wie freue ich mich auf den warmen Kamin zu Hause.«

»Und auf einen Schluck Whisky, der von innen wärmt.« Bob drehte den Kopf zu ihm und grinste. »Haben Sie heute Vormittag noch im Kontor arbeiten müssen?«

»Nein. Ich bin gestern Abend länger geblieben, um alles erledigt zu bekommen.«

Irgendwann nach Mitternacht war Mr. Balfour im Schlafrock aus seiner Wohnung im ersten Stock zu ihm hinuntergekommen. »Was würde ich bloß ohne einen fleißigen und gewissenhaften Angestellten wie Sie machen, Mr. Linfield?«, hatte der alte Kaufmann gesagt und ihm väterlich die Hand auf die Schulter gelegt. »Aber jetzt ist es genug. Schließlich wollen Sie morgen nach Hause reisen. Ich wünsche Ihnen und Ihrer Familie eine glückliche Weihnachtszeit.«

Eine glückliche Zeit? Alexander seufzte, woraufhin Bob ihn fragend ansah. »Ich hoffe, ich habe heute Morgen die richtigen Geschenke für Caroline und

Fanny gekauft«, schwindelte er. Was ihn in Wahrheit bedrückte, konnte er dem Kutscher ebenso wenig sagen wie seiner Familie. Zumindest nicht an Weihnachten. Denn die Frage war nicht, was Mr. Balfour ohne ihn machen würde, sondern, was er ohne den Kaufmann machen würde.

Mr. Balfour hatte die siebzig längst überschritten und wollte sich aus dem Arbeitsleben zurückziehen. Er hatte bereits einen Käufer für seine kleine, aber äußerst profitable Reederei gefunden. Ab Februar würde *Balfour's Teehandel* der *Cottman's Trade Company* gehören. Eine Handelsgesellschaft, die so groß war, dass sie keinen der drei Kontorangestellten übernehmen würde. Damit würde Alexander in sechs Wochen arbeitslos sein.

Kaum dass Mr. Balfour ihm und den anderen beiden die Hiobsbotschaft übermittelt hatte, hatte er sich nach einem neuen Posten umgesehen. Doch Stellen waren in London knapp. Und kein Arbeitgeber zahlte annähernd so viel wie Mr. Balfour oder würde großzügig wie dieser gestatten, dass Alexander seinen Arbeitsplatz für mehrere Tage verließ, wenn dringende Familienangelegenheiten ihn riefen. Wie vor drei Jahren, als es ausgesehen hatte, als würde seine kleine Schwester Fanny an einer Lungenentzündung sterben.

Er musste wohl anfangen, außerhalb Londons nach einer Stelle zu suchen, in aufstrebenden Städten wie Manchester oder Liverpool. Auch wenn das bedeutete, im Notfall nicht mehr schnell bei seiner Familie sein zu können. Er hatte die Stellenanzeigen der letzten Tage eingepackt und würde die Feiertage nutzen, um Bewerbungen zu schreiben. Heimlich, denn er wollte weder seine Mutter noch seine Geschwister beunruhigen.

»Dort ist Licht auf dem Weg, Mr. Linfield.« Bob zeigte über die Pferdeohren hinweg nach vorne.

Tatsächlich, mitten in der Düsternis und dem Schneetreiben flackerte etwas. Alexander schirmte die Augen mit der Hand gegen die Schneeflocken ab und fixierte den hellen Schein. »Verdammt, ich glaube, da ist etwas passiert!«

Je näher sie kamen, desto klarer war das Unglück erkennbar. Eine umgestürzte Kutsche, hinter der just ein Mann hervor auf den Fahrweg trat und die Arme über dem Kopf schwenkte.

»In Gottes Namen, bitte haltet an«, rief er ihnen zu. »Wir brauchen Hilfe.«

Alexander bedeutete Bob, dem Flehen des Mannes nachzukommen. »Was ist geschehen?«, fragte er, nachdem die Pferde stillstanden.

Erleichtert sah der Fremde ihn an. Dem Mantel nach musste er der Kutscher sein. »Die Achse ist gebrochen, die Deichsel gerissen und das Gespann ist auf und davon. Zum Glück ist niemand verletzt, nur durchgefroren sind wir bis auf die Knochen. Seit Stunden sind Sie die Ersten auf dieser Straße.« Er blickte über die Schulter und winkte. Aus dem Schatten des umgekippten Wagens lösten sich zwei in Wolldecken eingemummte Frauengestalten. Eine von ihnen trat neben den Unglückskutscher.

»Wir wollten zur Poststation in Esher, Sir«, sagte sie. »Könnten Sie mich, meine Zofe und meinen Kutscher dorthin bringen?« Obwohl sie von Kopf bis Fuß in die Decke gehüllt war, verriet ihr Tonfall sie als Dame von Stand.

»Aufgrund des Schneegestöbers nein, Mylady. Wir haben für die Strecke aus Esher hierher mehr als doppelt so lange gebraucht wie gewöhnlich. Doch ich kann Sie drei bis nach Mole's End mitnehmen. Es ist das nächstgelegene Dorf.«

»Finden wir dort eine Unterkunft?«

»Auf jeden Fall.«

Erleichterung zeichnete sich in ihrem Gesicht ab. »Dann nehme ich Ihr Angebot gerne an. Seien Sie meines Dankes versichert, Mr. ...?« Fragend sah sie ihn an.

»Alexander Linfield.« Er neigte den Kopf.

»Miss Felicity Sims. Mein Vater ist Baron Pratt aus Farnham.« Sie deutete einen Knicks an. »Dann kann mein Gepäck jetzt umgeladen werden, Mr. Linfield.«

Auf was hatte er sich da eingelassen? Während Bob Miss Sims' Kutscher mit den Koffern zur Hand ging, half Alexander den beiden Frauen ins Fuhrwerk, damit sie alle nicht noch länger in dieser Eiseskälte ausharren mussten.

Dankbar griff Miss Sims seinen dargebotenen Arm. »Hoffentlich passiert meiner Kutsche in unserer Abwesenheit nichts.«

»Schlimmeres kann Ihrem Wagen kaum mehr zustoßen.« Als sie aufkeuchte, hob er beruhigend die Hand. »Bei diesem Wetter wird niemand unterwegs sein, der sie entdecken könnte.«

»Wenigstens ein Vorteil, den diese scheußliche Witterung mit sich bringt.«

Nachdem er die Ladefläche bestmöglich vom Schnee befreit hatte, ließ Miss Sims sich darauf nieder. Sie rutschte mehrmals hin und her auf der Suche nach einer halbwegs bequemen Position. »Ich hoffe, wir bereiten Ihnen nicht allzu große Unannehmlichkeiten, Mr. Linfield. Selbstverständlich werde ich für die Fahrt bezahlen.«

»Von einer Dame in Not nehme ich kein Geld.« Er wandte sich von ihr ab und half der Dienerin ins Fuhrwerk.

Nachdem das Gepäck verstaut war und auch der junge Kutscher Platz genommen hatte, schloss Alexander die Klappe der Ladefläche und kletterte zurück auf den Bock. »Halten Sie sich fest«, rief er nach hinten und der Wagen setzte sich in Bewegung. Miss Sims mit ihrer Entourage hatte ihm gerade noch gefehlt.

Krampfhaft hielt Feli sich an der Umrandung der Ladefläche fest. Nicht weniger angestrengt durchforstete sie ihre Erinnerung. War ihr der Name Alexander Linfield schon einmal begegnet? Eher nicht. Sein Gesicht kam ihr ebenfalls unbekannt vor, soweit sie es durch den Hut und den hochgeklappten Mantelkragen hatte sehen können. Ihr Retter schien keiner angesehenen Familie zu entstammen – wofür ja auch dieses grausige Gefährt sprach, das älter als ihre Kutsche sein musste. War es eine gute Idee gewesen, bei einem Fremden in den Karren zu steigen? Aber noch länger auf Rettung warten, die vielleicht niemals gekommen wäre? Feli zog die Decke enger um sich. Sie fühlte sich wie ein Eiszapfen. Obwohl ihre Füße in gefütterten Stiefeln steckten, spürte sie diese kaum mehr. Wie freute sie sich auf ein heißes Bad in dem Gasthof in Mole's End. Am allerwichtigsten war jedoch, dass sie ihre Reise rasch fortsetzen konnten. Wie lange es dauern würde, die Kutsche zu reparieren?

Vorsichtig wandte sie sich in dem schaukelnden Wagen um und tippte Mr. Linfield auf die Schulter. »Gibt es einen Stellmacher in Mole's End?«, fragte sie, als er sich zu ihr umdrehte. Kaum, dass er genickt hatte, sprach sie weiter: »Weisen Sie Ihren Kutscher an, kurz bei dem Mann zu halten, damit ich ihm sagen kann, worum er sich morgen früh als Erstes kümmern muss.«

»Wie Sie möchten, Miss Sims.«

Klang seine Stimme ungehalten? Ehe sie nach Zeichen des Unmuts in seinem Gesicht suchen konnte, drehte er sich zurück nach vorne und bedeutete dem Kutscher, ihrem Wunsch nachzukommen. Es war auch nicht wichtig, was Mr. Linfield dachte. Hauptsache, er tat, was sie verlangte. Feli richtete sich wieder auf ihrem unbehaglichen Sitzplatz ein. Sollte die Reparatur länger dauern, könnte sie mit der Postkutsche nach London fahren, während Steve die Arbeit des Stellmachers überwachte. Ihr Traum von einem Gemahl würde an diesen Widrigkeiten nicht scheitern, schließlich hatte sie so viel gewagt.

Schneller als erwartet erreichten sie das Dorf. In der Dunkelheit konnte Feli kaum mehr als ein Dutzend Gebäude ausmachen. Zum Glück öffnete der Stellmacher gleich nach dem Anklopfen die Tür und zeigte sich nach der ersten Verwunderung erfreut, die verunglückte Kutsche eines Barons herrichten zu dürfen.

»Kann jeden Penny extra gebrauchen, Miss. Schicken Sie Ihren Kutscher morgen früh gleich zu mir. Je mehr Hände, desto eher rollt Ihr Wagen wieder.«

»Können Sie mir sagen, wie lange die Reparatur dauern wird?«

»Ich will nichts versprechen, doch morgen gegen Mittag sollte es für Sie weitergehen. Bis Esher kann ich Ihnen mein Gespann leihen.«

Feli atmete auf. Von Esher aus war es eine halbe Tagesreise bis London. Sie würde also nur ein paar Stunden später als geplant bei Phyllis eintreffen.

»Dann bringen wir Sie jetzt zu Ihrem Quartier«, sagte Mr. Linfield.

Die Pferde setzten sich wieder in Bewegung. Im Flockenwirbel hielt Feli nach dem Gasthof Ausschau. Sie konnte es kaum erwarten, in einer Wanne mit dampfendem Wasser und duftendem Schaum zu liegen.

Doch statt vor einer Herberge mit hell erleuchteten Fenstern kam das Fuhrwerk kurz darauf vor einem niedrigen Bauernhaus zum Stehen.

»Wir sind da, Miss Sims.« Mr. Linfield wies auf das Haus. »Ich bin sicher, Donaldson und seine Familie werden Sie gerne aufnehmen.«

Ungläubig wechselte Felis Blick zwischen ihm und der Kate. »Ist das Ihr Ernst? Ich soll in einer Bauernstube übernachten? Womöglich noch im Viehstall?«

»Aber Sie waren damit einverstanden, dass ich Sie nach Mole's End bringe«, erwiderte er verwirrt.

»Weil ich angenommen habe, mit der zugesagten Unterkunft meinen Sie einen Gasthof!«

»Einen Gasthof gibt es hier nicht.« Er räusperte sich. »Das war wohl ein Missverständnis.«

»Allerdings.« Sie kräuselte die Stirn. »Und jetzt? Hier schlafe ich keinesfalls – und auch nicht in irgendeinem anderen Bauernhaus.«

»Nun, dann …« Mr. Linfield zögerte. »Wenn Sie möchten, können Sie drei bei mir Unterschlupf finden«, sagte er schließlich mit wenig Begeisterung. »Das Haus meiner Familie liegt nicht weit vom Dorf entfernt. Ich war auf dem Weg dorthin.«

Durfte sie sich darauf einlassen? Sie kannte ihn nicht. Doch eine bessere Alternative gab es nicht. Feli sah zu ihren Angestellten. Evie schaute höchst unglücklich drein, Steve hielt den Kopf gesenkt. »Wir kommen mit Ihnen«, sagte sie. »Ihrer Sprache nach scheinen Sie ja ein Gentleman zu sein.«

Er nickte knapp und der Kutscher ließ die Pferde antraben.

Diese eine Nacht bei Mr. Linfield würde sie überstehen. Sie durfte ihn bloß keinen Moment vergessen lassen, dass sie eine Dame war, die Wert auf eine angemessene Behandlung legte.

Nach kurzer Zeit verschluckte die Dunkelheit das Dörfchen und sie befanden sich wieder auf offenem Feld. Außer ihnen war niemand auf der Straße unterwegs. Plötzlich war das Gefühl der Einsamkeit stärker als die Kälte. Als wären sie auf diesem Karren die einzig verbliebenen Menschen auf der Welt. Die Flocken fielen weiterhin dicht und Feli fegte den Schnee von ihrer Decke. Wo war denn nun Mr. Linfields Haus? Er hatte doch etwas von »in der Nähe des Dorfes« gesagt? Erneut tippte sie ihm auf die Schulter. »Wie weit ist es noch?«

»Wir sind gleich da, Miss Sims.« Mit einem Seufzen wandte er sich von ihr ab.

Eingebildeter Kerl. Sie würde wohl fragen dürfen, vor allem, wenn sie auf dieser unbequemen Ladefläche ausharren musste. Schließlich wäre es seine Aufgabe als aufmerksamer Gastgeber gewesen, sie wissen zu lassen, wie lange die Fahrt dauern würde. Suchend sah sie nach beiden Seiten, um eine mit Fackeln beleuchtete Einfahrt zu entdecken oder den Glanz von Kronleuchtern aus hohen Fenstern.

Sie erkannte die niedrige Einfriedung erst, als das Fuhrwerk in das Grundstück einbog. Von Fackeln keine Spur. Dafür schien Licht im Erdgeschoss des Wohnhauses, das unweit von der Einfahrt entfernt stand. Feli atmete auf. Ein wärmendes Kaminfeuer war nahe, vielleicht sogar ein heißes Bad.

Der Wagen ruckelte die kurze Auffahrt zum Haus hinauf. Die Räder standen noch nicht still, da schwang die Eingangstür auf und mehrere Personen drängten ins Freie. Im Lichtschein sah Feli, dass es sich um vier Frauen handelte. Mr. Linfields Gemahlin und seine Töchter?

Mr. Linfield sprang vom Bock und sofort trat eine der Frauen auf ihn zu.

»Alexander, endlich seid ihr da. Wir waren in großer Sorge um dich und Bob wegen dieses entsetzlichen ...« Sie brach ab und schaute zu Feli auf die Ladefläche. »Du hast Gäste mitgebracht?«

Die anderen Frauen reckten die Hälse und begannen zu tuscheln.

Mr. Linfield räusperte sich. »Miss Sims' Kutsche ist auf dem Weg nach Esher liegengeblieben, Mutter. Alles Weitere erkläre ich euch, sobald wir im Haus sind.« Raschen Schrittes ging er zur Rückseite des Fuhrwerks und half erst Feli, dann Evie und schließlich Steve samt dem Gepäck hinunter.

Mit steifen Gliedern folgte Feli ihren Gastgebern ins Haus. Die Anwesenheit anderer Damen beruhigte sie mehr, als sie zugeben wollte. In der kleinen Empfangshalle entpuppte sich eine der Frauen als Dienstmädchen und nahm ihnen die feuchte Überkleidung ab.

»Bitte, kommen Sie in den Salon, Miss Sims.« Mrs. Linfield wies in einen Raum, in dem ein Feuer verheißungsvoll prasselte. »Ihr Personal kann sich in der Küche aufwärmen.«

Gleich darauf saß Feli in einem Sessel am Kamin und streckte die Hände zu den Flammen. Welch Wohltat! Dass das Polster durchgesessen und der Salon winzig war, spielte keine Rolle.

Mr. Linfield ließ sich auf einem zweiten Sessel neben ihr nieder. Ohne Hut und den hochgestellten Mantelkragen war sein Gesicht nun gut zu erkennen. Er hatte dichtes, dunkelbraunes Haar, das ihm tief in die Stirn fiel, einen kurzen Vollbart und graue Augen mit strengen, buschigen Brauen.

Seine Mutter nahm mit den anderen beiden Frauen auf einem altmodischen Sofa Platz. Bei Lichte erwiesen sich diese als junge Damen, die Feli unverhohlen musterten.

Mr. Linfield stellte Feli seine Mutter Elisabeth vor sowie seine Schwestern – die siebzehnjährige Miss Caroline Linfield und die zehn Jahre alte Miss Fanny. Dann fasste er die Ereignisse auf der Landstraße zusammen.

Die Schwestern rissen die Augen auf und Mrs. Linfield schlug die Hand vor den Mund. »Dem Herrn sei Dank, dass Ihnen allen nichts zugestoßen ist. Selbstverständlich können Sie bei uns übernachten. Kammern für Ihren Kutscher und Ihre Zofe stehen sowieso frei. Und Caroline wird zu Fanny ins Zimmer ziehen.«

Bei dieser Ankündigung verdrehte Miss Linfield die Augen, nickte dann aber artig.

»Sie können so lange bleiben, wie Sie möchten, Miss Sims«, schloss Mrs. Linfield.

»Sie wird morgen wieder abreisen, Mutter.«

»Man erwartet mich für die Feiertage in London«, beeilte Feli sich zu erklären. »Ich bin dankbar für Ihre großzügige Gastfreundschaft.«

»Kann ich Ihnen nach all dem Schrecken etwas Gutes tun?«, fragte Mrs. Linfield.

O ja. »Es wäre sehr entgegenkommend von Ihnen, wenn ich ein heißes Bad …«

»Ein heißes Getränk«, übertönte Mr. Linfield ihre Bitte. »Das würde mir auch guttun.«

Empört sah Feli ihn an. Nach dem stundenlangen Stehen in der Kälte und der Tortur auf dem Fuhrwerk hatte sie sich ein Bad mehr als verdient. Doch seine zusammengeschobenen Brauen ließen sie von ihrem Wunsch absehen. »Richtig, eine Tasse Tee wäre herrlich.«

»Warum habe ich nicht gleich daran gedacht?« Mrs. Linfield schüttelte den Kopf. »Fanny, lauf in die Küche und bestelle Tee bei Mrs. Jones. Und sag ihr, dass wir einen Gast zum Essen haben. Danach hilfst du Caroline, eure Zimmer herzurichten. Ich werde mich derweil um die Betten kümmern.«

»Das kann ich übernehmen, Mutter«, sagte Mr. Linfield. »Bleib du hier bei Miss Sims.« Ohne ihre Zustimmung abzuwarten, erhob er sich und verließ mit seinen Schwestern den Salon. Demonstrativ schloss er die Tür.

Mrs. Linfield seufzte. »Ich könnte mir keinen verantwortungsvolleren Sohn als Alexander wünschen. Doch ich befürchte, er trägt schwer daran.«

Wenn sie damit meinte, dass Mr. Linfield bestimmend, gar unhöflich war, hatte sie absolut recht.

»Falls es Ihnen nichts ausmacht, eine Weile allein zu bleiben«, fuhr Mrs. Linfield fort, »würde ich doch gerne überall nach dem Rechten sehen.« Sie lächelte. Ihre Augen waren ebenso grau wie die ihres Sohnes, nur blickten sie um ein Vielfaches wärmer.

Auf ihr Nicken hin ging die Hausherrin aus dem Zimmer. Feli lehnte sich im Sessel zurück. Die Kälte in ihrem Körper war Müdigkeit gewichen und sie fühlte sich erschöpft wie lange nicht mehr. Was freute sie sich, bald in einem Bett liegen zu dürfen.

Alexander lief in den hinteren Teil des Flures zum Wäscheschrank. Für Mutter und seine Schwestern war dieser überraschende Besuch eine willkommene Abwechslung zu ihrem Alltag. Er sah Miss Sims' Gegenwart schlicht als das, was sie war: zusätzliche Arbeit. Dabei waren bereits die normalen Aufgaben für ihre drei verbliebenen Angestellten kaum zu bewältigen. Deshalb war er Miss Sims vorhin bei ihrer Frage nach einem Bad ins Wort gefallen – obwohl er auch nichts gegen ein solches gehabt hätte. Doch wenn Hannah Wassereimer hoch ins Badezimmer schleppte, statt Mrs. Jones in der Küche zu helfen, würden sie erst um Mitternacht zu Abend essen. Hannah sollte Miss Sims nachher eine Schüssel heißes Wasser für ein Fußbad bringen, das musste reichen. Und in ein paar Stunden würde dieser Spuk vorüber sein. *Gentleman* hatte Miss Sims ihn vorhin genannt. Dass er nicht lachte. In London hätte sie ihn nicht mal eines Blickes gewürdigt.

Er nahm drei Sätze Bettwäsche aus dem Schrank, brachte zwei davon Miss Sims' Kutscher und Kammerzofe und machte sich auf den Weg in den ersten Stock. Dort war Caroline dabei, ihr Zimmer mit Fannys Hilfe für Miss Sims zu räumen.

»Was weißt du über die fremde Lady?«, fragte sie ihn neugierig.

»Nichts.«

»Aber ihr hattet die gesamte Fahrt über Zeit, euch zu unterhalten.«

»Ein zugiger Karren im nächtlichen Schneetreiben ist nicht der richtige Ort für ein Gespräch.«

»Dann frage ich sie nachher beim Abendessen.«

»Das lässt du schön bleiben, Caroline.«

»Aber wir wollen wissen, ob sie in einem Schloss lebt«, krähte Fanny. »Und warum sie allein in einer Kutsche reist.«

Alexander senkte das Kissen, welches er in einen frischen Überzug gesteckt hatte. »Das geht uns alles nichts an. Morgen Mittag fährt sie nach London weiter und wir können in Frieden das Christfest begehen.«

Die Aussicht auf Ruhe schien seinen Schwestern nicht so erstrebenswert wie ihm. Besonders Carolines Gesichtsausdruck verriet Unmut.

»Dürfen wir Miss Sims wenigstens fragen, ob sie schon einmal in London war?«

Seit Kurzem interessierte Caroline sich für alles Gesellschaftliche und träumte von einem Debüt in der Hauptstadt. Ein Wunsch, den Alexander ihr wie vieles andere nicht würde erfüllen können. Er legte das Kissen an der Kopfseite des Bettes ab. »Miss Sims hat heute einen Unfall gehabt und anschließend stundenlang in der Kälte auf Rettung gewartet. Sie wird froh sein, wenn das Dinner zügig vonstattengeht und sie sich zurückziehen darf.«

»Daran habe ich gar nicht mehr gedacht«, sagte Caroline betroffen. »Ich werde mich zurückhalten.«

»Ich auch«, rief Fanny.

»Sehr gut.« Er strich Fanny über den dunklen Schopf. »Eine wahre Dame weiß ihre Neugier zu beherrschen. Schließlich soll euch Miss Sims nicht für unerzogene Landeier halten, oder?«

Entsetzt schüttelten beide die Köpfe.

Er lächelte. »Dann lasst uns hier alles fertig machen, damit Miss Sims später rasch zum Schlafen kommt.«

Caroline nickte und schnappte sich eifrig den Bettbezug. »Wenn sie morgen früh ausgeschlafen hat, ist sie bestimmt bereit, uns beim Frühstück Rede und Antwort zu stehen.«

Alexander rollte mit den Augen. Seine Schwestern von ihrem Vorhaben abzubringen, war aussichtslos. »Solange ihr nicht auf die Idee kommt, sie zu wecken.« Tatsächlich hatte ein Teil von ihm nichts dagegen, mehr über Felicity Sims zu erfahren. Unter der Wolldecke hatte sich eine äußerst attraktive junge Frau verborgen. Allerdings war das der Teil in ihm, der völlig ignorierte, dass Miss Sims eine anstrengende, egozentrische und verwöhnte Dame war, die unter anderen Umständen niemals einen Fuß in sein Haus gesetzt hätte.

23. Dezember 1814

Kurz nach zehn Uhr betrat Feli am Morgen das Esszimmer der Linfields. Es hatte aufgehört zu schneien, die Sonne schien und in wenigen Stunden würde ihre Kutsche vorfahren, um sie nach London zu bringen. Gut gelaunt setzte sie sich zu den Damen des Hauses an den Frühstückstisch und schaute sich um. Gestern beim Dinner war sie so müde gewesen, dass sie kaum von ihrem Teller aufgeblickt hatte. Das Esszimmer war ebenso klein wie die anderen Räume, die sie bisher gesehen hatte. An blau tapezierten Wänden hingen Gemälde mit Schiffen.

»Alexander hat in aller Frühe Ihren Kutscher zum Stellmacher gefahren«, sagte Mrs. Linfield nach der Begrüßung und schenkte ihr Tee ein. »Milch und Zucker?«

Sie hatte kaum genickt, da hielten ihr Miss Linfield das Milchkännchen und Miss Fanny die Zuckerdose hin. Dass der Porzellanrand der Dose angestoßen war, übersah Feli geflissentlich. Nachdem sie sich bedient hatte, reichten die Schwestern ihr Toast, Butter und Marmelade. Geschmeichelt griff Feli zu. Die beiden brachten ihr mehr Achtung entgegen als ihr Bruder, der nicht einmal die Höflichkeit besaß, mit ihr das Frühstück einzunehmen oder nachzufragen, ob sie gut geruht hatte. »Wo ist Mr. Linfield jetzt?«, erkundigte sie sich.

»Im Arbeitszimmer am Schreibtisch.« Fanny verzog das Gesicht. »Wie immer, wenn er hier ist.«

Mrs. Linfield sah ihre jüngere Tochter tadelnd an.

»Euer Bruder hat während seiner ebenso seltenen wie kurzen Besuche bei uns etliches zu regeln. Er wird sicher bald kommen, um Miss Sims Neues über ihre Kutsche mitzuteilen.«

Fanny senkte unter der Zurechtweisung den Blick. Auch Feli fühlte sich unwohl. Musste sie ein schlechtes Gewissen haben, weil sie Mr. Linfield durch ihr Anliegen von seinen Aufgaben abhielt? Aber so aufwendig konnte ihr Aufenthalt kaum sein.

»Sie haben gestern erwähnt, dass Ihr Ziel London sei, Miss Sims«, sagte Miss Linfield. »Waren Sie schon einmal dort?«

»Sogar mehrmals. Meine Eltern besitzen ein Stadthaus in der Mount Street. Waren Sie schon in London?«

Caroline Linfield schüttelte den Kopf. »Obwohl ich Alexander jedes Mal darum bitte, nimmt er mich nie mit. Dabei bin ich alt genug, um nach ein paar Tagen allein mit der Postkutsche nach Esher zurückzufahren und dort von Bob abgeholt zu werden.«

Mrs. Linfield sah sie mahnend an. Familienzwistigkeiten vor Gästen zu erörtern, gehörte sich nicht.

Miss Linfield errötete.

»Ihr Bruder lebt in der Hauptstadt?«, fragte Feli, um den Fauxpas der jungen Frau vergessen zu machen.

Sie nickte. »Er hat ein Zimmer in Cheapside.«

Dann konnte sie ihn natürlich nicht kennen. Bis auf Phyllis residierten ihre Bekannten in Mayfair oder höchstens noch in Bloomsbury.

»Alexander kommt alle paar Wochen zu uns«, erklärte Miss Fanny. »Er arbeitet in London in einer Reederei. Dort sitzt er in einem Kontor am Schreibtisch und muss …«

Von der Tür erklang ein Räuspern. »Ich denke, Miss Sims weiß, welche Aufgaben in einem Kontor anfallen, Fanny.« Mr. Linfield neigte den Kopf. »Guten Morgen, Miss Sims. Ich hoffe, Sie haben gut geschlafen.«

Wie lange hörte er ihnen schon zu? »Hervorragend«, murmelte sie und nestelte verlegen am Bündchen ihres Kleides. Dabei bestand dazu kein Grund. Er war bloß ein Angestellter und im Tageslicht spiegelte seine Kleidung das wider. Ordentlich und sauber, aber von einfacher Qualität und ohne jeden modischen Esprit. Ein Mann, den sie auf der Straße in London schlichtweg übersehen hätte. Wobei sie aufgrund seiner Sprechweise und seines Auftretens einen anderen Hintergrund erwartet hätte, sonst hätte sie ihn am gestrigen Abend nicht als Gentleman eingeschätzt. »Können Sie mir etwas zu meiner Kutsche sagen?«, griff sie hastig Mrs. Linfields Hinweis auf.

»Der Stellmacher wird sie notdürftig flott machen. Er will eine neue Achse und Deichsel einsetzen und das zerbrochene Fenster mit einer dünnen Holzplatte abdecken.« Er betrachtete ihr Reisekleid. Evie hatte es gestern Abend zum Trocknen aufgehängt und heute Morgen ausgebürstet, sodass Feli es wieder hatte anziehen können. »Ein wenig werden Sie sich noch gedulden müssen.«

»Setz dich und trink eine Tasse Tee mit uns«, forderte Mrs. Linfield ihren Sohn auf. »Wir haben gerade über London gesprochen.«

»Aha.« Mit einem Blick auf seine Schwestern, den Feli nicht deuten konnte, nahm er am Tischende Platz.

Caroline Linfield ließ sich von diesem Blick nicht stören. Neugierig sah sie Feli an. »Wenn Sie die Feiertage in der Hauptstadt verbringen, haben Sie gewiss schon debütiert?«

Eine Frage, die man einer Dame, deren Familienverhältnisse man nicht kannte, nicht stellte. Doch in Anbetracht von Miss Linfields Jugend und der Tatsache, dass ihr eigenes Debüt wohl bald bevorstand, verständlich. »Ich habe meinen Knicks vor der Königin gemacht«, antwortete Feli lächelnd.

Caroline Linfield schaute so ehrfurchtsvoll, als wäre Feli Ihre Majestät persönlich.

»Aber Sie haben keinen Ehemann gefunden«, stellte Miss Fanny mit der gnadenlosen Ehrlichkeit eines Kindes fest. »Sie tragen ja keinen Ring.«

Felis Lächeln erlosch. Obwohl sicher keine böse Absicht dahintergesteckt hatte, fühlte sie sich von dem Mädchen ebenso bloßgestellt wie von Lady Diary. Dass Mr. Linfield sie unentwegt taxierte, machte die Sache nicht besser. »Ich musste die Saison nach kurzer Zeit abbrechen«, stotterte sie. »Weil ich krank geworden bin.«

»O nein.« Miss Linfield legte ihre Hand auf Felis Arm, als wären sie langjährige Freundinnen. In ihren

Augen stand echtes Mitgefühl. »Hoffentlich erlauben Ihnen Ihre Eltern eine zweite Saison in London. Über die Weihnachtsfeiertage dort einen Gemahl zu finden, ist vermutlich schwierig.«

»Ich … ich denke, dass Mama und Papa mir eine weitere Saison gestatten werden.«

»Dann stehen Ihnen noch alle Chancen offen.« Miss Linfield lächelte. »Sie können ja höchstens ein Jahr älter sein als ich.«

Mrs. Linfield hüstelte. »Man fragt niemals nach dem Alter einer Dame, Caroline.«

»Unter zwanzig Jahren ist das nicht schlimm. Das hast du selbst gesagt.«

»Mein liebes Kind, du musst noch viel lernen.« Mrs. Linfield seufzte und sah entschuldigend zu Feli.

»Ich bin keineswegs beleidigt.« Es war ihr angenehmer, von Alexander Linfield für eine achtzehnjährige Debütantin gehalten zu werden als für eine Einundzwanzigjährige, die in ihrer dritten Saison versagt hatte. Mit neu erstarktem Selbstbewusstsein sah sie in die Runde. »Wenn Sie möchten, erzähle ich Ihnen, was ich in London alles erleben durfte.«

Mr. Linfield erhob sich. »Verzeihen Sie, dass ich Ihren Schilderungen kein Gehör schenken werde, Miss Sims. Ich habe zu arbeiten.« Er neigte den Kopf und verließ das Frühstückszimmer, ohne eine Erwiderung ihrerseits abzuwarten.

»Beachten Sie meinen Bruder nicht«, bat Miss Linfield. »Bitte, berichten Sie uns von London. Ich platze vor Neugier, auch wenn ich das als Dame nicht dürfte«, fügte sie mit einem Seitenblick auf ihre Mutter an.

»Ich tue gelegentlich auch Dinge, die sich für eine Dame nicht gehören.« Feli zwinkerte Miss Linfield zu. Dann legte sie ihren Finger ans Kinn und wiegte den Kopf. »Womit fange ich an? Am besten mit dem magischsten Ort bei Nacht – mit den Vauxhall Gardens …«

Geschichten über London. Alexander schnaubte. Jetzt würde Caroline ihm noch mehr in den Ohren liegen, ein paar Tage in der Hauptstadt verbringen zu dürfen. Heftiger als nötig schloss er die Tür zum Arbeitszimmer und ließ sich auf den Stuhl hinter dem Schreibtisch fallen. Die Ellenbogen auf die Tischplatte gestützt, rieb er sich die Schläfen. Missgelaunt sah er auf die Papierstapel vor sich. Rechnungen, Pachtverträge, Bankbelege und Briefe bildeten einen Halbkreis auf der Schreibtischplatte, in dessen Mitte das in Leder gebundene Haushaltsbuch lag. Zwischen Deckel und erster Seite steckten wie üblich mehrere Stücke Papier. Er öffnete das Buch und betrachtete das oberste Blatt. Eine Liste, auf der seine Mutter seit seinem letzten Besuch fortlaufend vermerkt hatte, um was er sich zusätzlich zu kümmern hatte. Seufzend las er die in ihrer akkuraten Handschrift verfassten Notizen:

Stalldach an einigen Stellen undicht

Roderick und Ferguson bitten um Pachterleichte-
rung wegen Missernten

Fannys Pianoforte-Lehrerin wird die Preise er-
höhen

Debüt Caroline (Budget für ihre Ausstattung
festlegen)

Alexander ließ das Blatt sinken und nahm die anderen
Zettel hervor. Auf ihnen hatte seine Mutter die Ausga-
ben der letzten Wochen vermerkt. Diese Summen und
weitere Verbindlichkeiten musste er ins Haushaltsbuch
übertragen und mit den Einnahmen verrechnen. Bereits jetzt wusste er, welches Ergebnis ihn erwarten
würde. Das Geld reichte gerade so. Er schielte auf die
Liste. Pachterleichterung? Ein undichtes Dach? Fanny
würde ihren Musikunterricht aufgeben müssen. Und
Carolines Debüt schoben sie besser um ein Jahr auf.
Die Reaktion seiner Schwestern auf diese Maßnahmen
konnte er sich lebhaft vorstellen. Vor allem Carolines,
wenn Miss Sims durch ihre Erzählungen die Sehnsucht nach einer Saison in London in ihr befeuerte.
Am liebsten wäre er in den Salon zurückgegangen und
hätte der Dame verboten, davon zu berichten. Hoffentlich wurde ihre Kutsche bald fertig, bevor sie seinen Schwestern weitere Flausen wie Malstunden oder

eine Sommerfrische in Bath in den Kopf setzte. Sie waren keine Adligen und konnten sich solche Vergnügungen nicht leisten. Und wenn er keine neue Stelle fand, würden sie sich nicht einmal mehr dieses Haus leisten können.

Er schlug das Haushaltsbuch zu und starrte auf das Miniatursegelschiff am Fuß des Kerzenständers. Warum hatte Vater nicht besser für die Familie vorgesorgt? Von Anfang an Geld für seine Frau und Kinder beiseitegelegt? Er hatte gut verdient, doch statt einen Teil des Soldes zu sparen, hatte Vater alles ausgegeben. Für eine erstklassige Bildung seiner Kinder, für wohltätige Zwecke und Luxusgegenstände. Aber leider auch, um seiner Spielleidenschaft zu frönen. Nach seinem Tod hatten Mutter und er einer desaströsen finanziellen Lage und einem Berg von Schulden gegenübergestanden. Damals war er fünfzehn Jahre alt gewesen ... Alexander schüttelte den Kopf. Es hatte keinen Sinn, über die Vergangenheit zu grübeln. Er trug nun die Verantwortung für alle und er würde ihr gerecht werden. Auch wenn das bedeutete, unangenehme Entscheidungen durchsetzen zu müssen, für die Fanny und Caroline ihn hassen würden.

Seine Gedanken wanderten zurück in den Salon zu Miss Sims. Ob sie schon einmal auf etwas hatte verzichten müssen, was sie sich von Herzen wünschte? Wohl kaum. Als Tochter eines Barons führte sie ein sorgenfreies Leben, das sich bei ihrem Gemahl fortsetzen würde. Frauen wie sie kannten keine Probleme.

84

Alexander zog eine Schublade auf und nahm die Zeitungsseiten mit den Stellenanzeigen heraus.

Feli nippte an ihrem Tee und genoss die gebannt blickenden Gesichter ihrer Zuhörerinnen. Für die Frauen des Hauses Linfield war sie die Tochter eines Barons, Mitglied des *tons*. Nicht das schwarze Schaf der Familie, über dessen Eskapaden man tunlichst schwieg und das man schnellstmöglich unter der Hand mit dem erstbesten Mann verheiratete. Sie stellte die Tasse ab, um Mrs. Linfield und ihren Töchtern von den wilden Tieren im Tower of London zu berichten, da drangen Hufgeklapper und das Geräusch rollender Räder auf der Auffahrt zu ihnen. Das musste ihre reparierte Kutsche sein. Rasch blickte Feli zu der Standuhr in der Ecke. Fast eins. Lächelnd erhob sie sich.

Die kleine Miss Fanny verzog den Mund. »O nein, jetzt müssen Sie uns verlassen. Ich hätte gerne mehr gehört.«

Miss Linfield und ihre Mutter schauten ebenfalls betrübt. »Fanny, such Miss Sims' Zofe und sag ihr, dass das Gepäck nach unten …«

Die Angesprochene erhob sich. Sie hatte die Tür des Salons noch nicht erreicht, da schwang diese auf. In Erwartung von Steve wandte Feli sich um. Sie hielt überrascht inne, als sie auf der Schwelle einen unbekannten, äußerst ansehnlichen Mann um die zwanzig in der blauweißen Uniform der Royal Navy erblickte.

»Henry!« Miss Fanny sprang auf und lief jubelnd zu ihm. Ihre Schwester folgte ihr gemäßigten Schrittes, aber ebenso strahlend.

Mrs. Linfield erhob sich. »Mein Sohn, wie schön, dass du doch zum Fest kommen konntest.«

Der Fremde umarmte seine Schwestern, dann ging er auf seine Mutter zu. Als er Feli entdeckte, blieb er stehen und neigte den Kopf.

»Das ist Miss Sims«, stellte Caroline Linfield sie vor und gab in dramatischen Worten, die jeder Schriftstellerin zur Ehre gereicht hätten, die Gründe für Felis Anwesenheit wieder. »Und das ist mein zweitältester Bruder Henry«, schloss sie.

In seinem Gesicht erschien ein charmantes Lächeln. Er verneigte sich tief, griff ihre Hand und deutete einen Kuss an. »Henry Linfield, Leutnant zur See und Ihnen stets zu Diensten, Mylady.«

Feli spürte, wie ihr das Blut in den Kopf schoss. In dem blauen Gehrock mit den goldenen Beschlägen, mit dem schwarzen Dreispitz auf dem dunklen Haar und den funkelnden grünen Augen sah der jüngere Mr. Linfield unverschämt gut aus. »Sehr erfreut«, hauchte sie. Sie hätte gerne weiter mit ihm geplaudert, da betrat Alexander Linfield den Salon.

»Henry, was machst du hier?« Im Gegensatz zum Rest seiner Familie zeigte sein Gesicht nur verhaltene Freude.

»Man hat uns über die Feiertage unerwartet Landgang gewährt, den ich natürlich mit euch verbringen möchte.« Er lachte. »Lass dich umarmen, Brüderchen. Wir haben uns Monate nicht mehr gesehen.«

Alexander Linfield ließ die Begrüßung über sich ergehen, dann suchte sein Blick Feli. Der Ausdruck in seinen grauen Augen verhieß ihr nichts Gutes.

»Der Stellmacher hat einen Boten geschickt, Miss Sims. Beim Einsetzen der neuen Achse hat sich der Boden Ihrer Kutsche als brüchig erwiesen. Er muss ersetzt werden, bevor die Achse montiert werden kann. Vor morgen Vormittag wird die Kutsche nicht fahrbereit sein.«

»Das sind ja furchtbare Neuigkeiten.«

»Der Wagenbauer meint, die Kutsche sei sehr alt, sodass ihn der Durchbruch des Bodens nicht verwundert.«

Klang da ein Hauch von Spott in seiner Stimme mit? »Meine Eltern benötigen unsere neue Kutsche, daher musste ich auf diese ausweichen«, schnappte sie. Was nun? »Da ich Ihre Gastfreundschaft nicht weiter strapazieren möchte, werde ich von Esher aus die Postkutsche nach London nehmen. Wenn Sie die Freundlichkeit besäßen, mich dorthin zu bringen, wäre ich Ihnen sehr verbunden.«

Henry Linfield trat einen Schritt vor. »Ich kann Sie gerne kutschieren, Miss Sims.«

Bevor Feli ihm ein dankbares Lächeln schenken konnte, schüttelte Alexander Linfield den Kopf. »Den

Weg könnt ihr euch sparen. Die letzte Postkutsche nach London fährt um 13 Uhr.«

»Es gibt keine spätere Verbindung?«

»Nicht im Winter. Sie müssen wohl eine weitere Nacht bei uns bleiben.« Seine zusammengezogenen Brauen verrieten, dass ihm diese Aussicht noch weniger gefiel als ihr.

Sollte sie sich trotzdem nach Esher in den Gasthof der Poststation bringen lassen? Doch bei den Linfields würde sie besser über den Stand der Kutschenreparatur auf dem Laufenden bleiben. Zudem konnten sie hier kostenlos wohnen, was vor dem Hintergrund der sicher teuer werdenden Instandsetzung von Vorteil war.

»Ich nehme Ihr Angebot gerne an«, verkündete sie huldvoll, was ihr die erfreuten Blicke der Damen des Hauses und Henry Linfields einbrachte.

»Würde sich Ihr Verdruss über die länger dauernde Arbeit bei einem Spaziergang legen?«, fragte der Leutnant. »Nach all der Zeit auf See, der Fahrt in der engen Postkutsche und auf Bauer Smiths Wagen würde ich mir gerne die Beine vertreten – vor allem in Gegenwart dreier bezaubernder Damen.« Er verneigte sich vor ihr und seinen Schwestern.

Die Mädchen sahen sie entzückt an. »Bitte, kommen Sie mit uns, Miss Sims, dann können wir Ihnen Mole's End zeigen. Und auf dem Weg dorthin erzählt Henry uns seine neuesten Abenteuer auf dem Meer.«

Der Eifer der beiden ließ Feli schmunzeln. »Würde sich im Dorf ein Bote finden, der einen Brief zu meiner Freundin nach London bringt? Sie soll sich wegen meiner Verspätung keine Sorgen machen.«

Mrs. Linfield nickte und so sagte Feli Henry Linfield und seinen Schwestern noch viel lieber zu.

»Wir ziehen uns um«, rief Miss Fanny begeistert und verließ mit Miss Linfield den Salon.

Alexander Linfield sah den zweien mit verschlossener Miene hinterher. »Damit ist wohl alles geklärt.«

»Begleitest du uns ebenfalls?«, fragte sein Bruder.

»Da sich meine Arbeit nicht von selbst erledigt, nein.« Mit einer knappen Verbeugung in Felis Richtung verließ er den Salon.

Henry Linfield schüttelte den Kopf. »Alexander ist genauso langweilig wie eh und je.« Als er den missbilligenden Blick seiner Mutter sah, fügte er an: »Seine ach so wichtige Arbeit würde ihm zwei Stunden Abwesenheit sicher verzeihen.« Er wandte sich Feli zu und bot ihr den Arm. »Darf ich Sie aus dem Salon geleiten?«

Wenigstens er wusste, wie man sich einer Dame gegenüber zu benehmen hatte. Feli schenkte ihm ein tiefes Lächeln. Nicht nur die Töchter des Hauses freuten sich auf den Spaziergang mit dem schmucken Leutnant zur See.

Alexander schritt im Arbeitszimmer auf und ab. Vom Flur aus hatte er Henrys Worte über ihn gehört. In den Augen seines Bruders musste sein Leben langweilig erscheinen: Kontor statt Meereswellen, Tintenflecke statt Uniform, und Schlachten führte er nur gegen die hohen Papierstapel auf seinem Schreibtisch. Dass die Arbeit in *Balfour's Teehandel* interessant war, hätte Henry ihm kaum geglaubt. Missmutig stützte er sich auf die Lehne des Schreibtischstuhls. Sein Bruder hatte kein Recht, sich über ihn lustig zu machen. Wie ein Pfau war er in seiner Leutnantsuniform vor Miss Sims umherstolziert und hatte ihre bewundernden Blicke genossen. Dabei war Henry nicht besser als er, bloß weil er zur See fahren durfte. Das würde er Miss Sims beweisen. Im Gegensatz zu seinem Bruder zeigte er Verantwortung für die Familie, das musste einer Frau doch gefallen, oder?

Ruckartig richtete Alexander sich auf. Was sollten diese Gedanken? War er eifersüchtig, weil Miss Sims Henry mehr Sympathie entgegenbrachte als ihm? Ihre Aufmerksamkeit konnte ihm egal sein, schließlich interessierte sie ihn nicht. Er horchte in sich hinein. Nein, außer einer latenten Gereiztheit löste Miss Sims keinerlei Gefühle in ihm aus. Erleichtert ließ er sich auf dem Schreibtischstuhl nieder. Es war bestimmt die übliche Rivalität zwischen Henry und ihm, die ihn derart aufbrachte. Sobald es eine Sache nur einmal gab, beanspruchte jeder diese für sich. So war es seit frühster Kindheit gewesen. Nun ging es eben um Miss Sims' Wohlwollen. Er griff nach dem Federhalter, aber statt ihn in die Tinte zu tauchen, rollte er ihn zwischen den Fingern. Langweilig, von wegen! Er würde Henry zeigen, dass er auch ohne Uniform in der Lage war, ein unterhaltsames Gespräch mit einer Dame von Stand zu führen.

Obwohl Feli langen Fußmärschen normalerweise nichts abzugewinnen vermochte, erwies sich der Weg ins Dorf an Henry Linfields Arm trotz der verschneiten Straße als Vergnügen. Wie die Schwestern vorausgesagt hatten, war der zweite Sohn des Hauses ein gekonnter Erzähler, der sich selbst nicht zu ernst nahm.

»Ich kam mit dreizehn zur Navy. In meiner Vorstellung sah ich mich hinter dem Steuerrad, wie ich napoleonische Schiffe jagte. Stattdessen habe ich in meinen ersten Wochen als Schiffsjunge das Deck geschrubbt und in der Kombüse geholfen.« Er schmunzelte. »Ich habe schnell begriffen, dass man sich auch auf See seine Sporen verdienen muss.«

»Und das ist Ihnen gelungen«, stellte sie mit Blick auf seine Uniform fest.

»Alles andere wäre für den Sohn eines Kapitäns unter Nelson eine Schande. Obwohl ich es auch in der Kombüse nett fand.«

»Ist Ihr Vater in der Schlacht von Trafalgar gefallen?«, fragte sie leise.

Er schüttelte den Kopf. »Er verstarb an einem Fieber, das er sich auf einer seiner Reisen eingefangen hatte.«

»Das tut mir leid. Besonders Ihre Schwestern muss sein Verlust schmerzen.«

»Alexander ersetzt Caroline und Fanny den Vater gut. Fast zu gut.« Er seufzte. »Ich kann mich nicht erinnern, dass Papa jemals so streng zu uns war, wie Alexander sich unseren Schwestern gegenüber zeigt.«

Das glaubte sie sofort. »Wie schön, dass die beiden noch einen Bruder haben, der ihnen beiseitestehen und seine Strenge ausgleichen kann.«

Er nickte, wenn auch verhalten. »Langweilt Sie mein Seemannsgarn inzwischen oder soll ich Ihnen erzählen, wie ich fast den Durchbruch französischer Schiffe durch unsere Blockade vor Toulon verschlafen hätte?«

»Oh, ich bitte darum. Ich weiß nur, was im letzten Jahr in der Zeitung dazu stand.«

»Machen Sie sich darauf gefasst, dass meine Geschichte mich nicht im vorteilhaftesten Licht erscheinen lassen wird.«

»Das stört mich nicht im Geringsten. Egal, was Sie erzählen, es ist mir ein Vergnügen, zuzuhören.« Und so lauschte sie Mr. Linfields Ausführungen, die ein ebensolcher Genuss waren wie seine gesamte Person, bis sie die ersten Häuser des Dörfchens erreichten.

Bei Tageslicht war Mole's End größer, als es Feli in der Nacht vorgekommen war. Die Sonne ließ den Schnee glitzern und mit den pittoresken Fachwerkhäusern wirkte das Dorf wie ein verwunschener Ort. Etliche der Bewohner gingen ihrem Tagewerk nach und grüßten sie höflich. Schnell fand sich ein zuverlässig wirkender Mann, der ihre Nachricht nach Esher bringen und dort einem Boten nach London übergeben würde. Er würde auch in der Wechselstation nach dem entlaufenen Gespann fragen.

Anschließend ließ Feli sich von den Linfield-Schwestern zum einzigen Geschäft des Ortes führen, das neben Lebensmitteln auch Bücher und Stoffe führte.

»Sie sind bestimmt Besseres gewohnt«, sagte Miss Linfield. »Doch man bekommt hier auf Bestellung alles. Und unsere Schneiderin ist geschickt mit der Nadel und weiß um die Londoner Mode.«

Eine Behauptung, die sich bei Miss Linfields Kleidern leider nicht bestätigte. Die Schneiderin schien sich an einer Ausgabe des *La Belle Assemblée Magazines* von vor fünf Jahren zu orientieren. So nickte Feli nur.

Nachdem sie das Backhaus und den winzigen Marktplatz bewundert hatte, warf sie einen Blick in die Werkstatt des Stellmachers, um ihn an die Dringlichkeit ihres Auftrags zu erinnern und nach Steve zu sehen, der den Handwerker weiterhin unterstützte. Danach machten sie sich wieder auf den Heimweg. Dabei unterhielt Mr. Linfield sie erneut mit amüsanten Erzählungen über Seeleute, mit denen er die Meere bereist hatte – Säbel-Pete, dem langohrigen Jim und dem Papagei eines Commanders, der derber zu schimpfen verstanden hatte als mancher Pirat.

Feli schmunzelte immer noch, als sie mit den letzten Sonnenstrahlen vor dem Haus der Linfields ankamen. Kurz betrachtete sie das in die Jahre gekommene Gebäude, dessen Umrisse sie gestern Nacht bloß erahnt hatte. Es war ein gedrungener, zweigeschossiger Bau aus roten Ziegelsteinen und weißen Sprossenfenstern. Im Salon im Erdgeschoss waren bereits Kerzen entzündet, in deren Licht sie Mrs. Linfields Silhouette vor dem Kamin erkannte. Das Zimmer nebenan war ebenfalls erleuchtet. Mit verschränkten Armen schaute Alexander Linfield durch die Fensterscheibe zu ihnen heraus, das bärtige Gesicht missmutig verzogen. Miss Fanny und Miss Linfield waren wirklich nicht zu beneiden.

Henry Linfield öffnete die Haustür für seine Schwestern und sie. »Wollen wir in einer halben Stunde den Tee einnehmen?«

»Gerne.« Feli lächelte. »Vielen Dank für den kurzweiligen Spaziergang.«

Er deutete eine Verbeugung an. »Die Freude war ganz meinerseits.« Da das Hausmädchen nicht zu sehen war, nahm er erst ihr und dann seinen Schwestern Umhang, Handschuhe und Hut ab.

Beschwingt stieg Feli die Treppe hinauf zu ihrem Zimmer und läutete nach Evie. Für den Tee mit Henry Linfield lohnte es, sich herauszuputzen. Durch die Bewegung an der frischen Luft schimmerten ihre Wangen rosig, wie ein Blick in den Spiegel verriet – ein Umstand, den das cremefarbene Kleid mit der goldenen Schleife aufs trefflichste betonen würde.

Schritte näherten sich im Flur und gleich darauf trat Evie ein. Feli öffnete den Mund, um der Zofe ihre Wünsche zu schildern, doch nach den ersten Worten brach sie ab. »Was ist mit dir los?«, fragte sie. Auch Evies Wangen waren rot, aber auf eine ungesunde, fiebrige Weise.

»Ich fühle mich nicht wohl, Miss Sims. Und mein Hals kratzt.«

Das klang nicht gut. »Du hast dir eine Erkältung eingefangen. Nach den Stunden in dieser Kälte kein Wunder. Am besten legst du dich ins Bett, damit du bis zu unserer Abreise morgen wohlauf bist.«

»Danke«, sagte Evie kläglich. »Kommen Sie denn allein zurecht?«

»Natürlich.« Am wichtigsten war, dass Evie rasch gesundete. »Ich begleite dich nach unten und bestelle in der Küche einen heißen Bettstein und eine Brühe für dich. Dann schläfst du dich aus.«

Eine Viertelstunde später lag ihre Zofe warm eingepackt in ihrer Kammer. Eine weitere Viertelstunde später betrat Feli den Salon – nicht ganz so perfekt aussehend, wie sie es sich vorgestellt hatte. Dennoch schenkte Henry Linfield ihr einen bewundernden Blick und die Damen des Hauses maßen sie anerkennend. Von Alexander Linfield war nichts zu sehen, was Feli nicht sonderlich bedauernswert fand.

Just in diesem Moment trat er hinter ihr in den Salon.

»Du hier?«, fragte Henry Linfield erstaunt. »Ich nahm an, deine Arbeit würde die Teilnahme an einem sinnlosen Zeitvertreib wie einer Teestunde verhindern.«

»Ich bin gut vorangekommen.« Mr. Linfield ließ sich auf den freien Sessel fallen, ohne ihn zuvor Feli angeboten zu haben. »Ich habe gehört, Ihre Zofe sei erkrankt, Miss Sims.« Er musterte ihre Aufmachung. »Soll ich im Dorf nach einer Frau schicken, die Ihnen zur Hand geht? Unser Dienstmädchen kann dies nicht übernehmen.«

»Danke, ich komme allein zurecht«, schnappte sie und nahm neben Miss Fanny auf dem Sofa Platz. Sie war immer noch besser zurechtgemacht als die anderen Frauen hier.

»Was gibt es Neues in Mole's End?«, fragte Mrs. Linfield hastig und goss allen Tee ein. Offenbar war ihr Felis Verärgerung nicht entgangen.

Während die Schwestern berichteten, wem sie begegnet und welche neuen Waren im Laden eingetroffen waren, blickte Feli mit großen Augen auf die Servierplatte. Es gab Schokoladeneclairs! Mit ihrem Lieblingsgebäck hatte sie hier nicht gerechnet. Erfreut nahm sie sich eines von der flachen Schale. Nach Alexander Linfields Worten konnte sie Eclairs bestens gebrauchen. Erwartungsvoll biss sie hinein – und verzog das Gesicht. Der Boden war durchgeweicht und die Füllung schmeckte ranzig. Was hatte die Köchin bloß mit ihnen gemacht?

Alexander Linfield sah sie mit zusammengeschobenen Brauen an. »Trifft das Gebäck nicht Ihren Geschmack, Miss Sims?«

Fast verschluckte sie sich an den Krümeln in ihrem Mund. »Mitnichten. Ich bin nur von zuhause eine andere Zubereitung gewöhnt.«

»Von London sicher ebenfalls.«

Was sollten diese Bemerkungen? Besonders, da die allgemeine Unterhaltung verstummt war und alle Blicke auf sie gerichtet waren. »Jeder bereitet Eclairs ein wenig anders zu«, sagte sie. »Dass ich einen Unterschied feststelle, bedeutet nicht, dass sie mir nicht schmecken. Auch meine Eclairs müssen sich gelegentlich Kritik unterziehen.«

»Sie stehen in einer Küche und backen?«

»Miss Sims ist eben eine Frau mit vielen Talenten«, wies Henry Linfield ihn zurecht. Dann wandte der Leutnant zur See sich mit einem Lächeln ihr zu. »Schade, dass Ihre Zeit es nicht zulässt, dass wir in den Genuss Ihrer selbstzubereiteten Eclairs kommen. Vielleicht schicken Sie uns bei Gelegenheit welche zu? Ich verspreche, dass wir meinem ungläubigen Bruder kein einziges davon abgeben werden.«

Caroline und Fanny Linfield begannen zu kichern, Mrs. Linfields Mundwinkel zuckten und auch Feli musste ein Lachen unterdrücken. »Das ist eine grandiose Idee, mich für Ihre Gastfreundschaft erkenntlich zu zeigen. Im Übrigen hat unsere Köchin mir schon als Kind beigebracht, wie man Eclairs backt. Papa hat es mir erlaubt, weil ich es mir sehnlichst gewünscht hatte.«

Während der anschließenden Unterhaltung über die richtigen Zutaten eines Christmas Puddings schaute Feli immer wieder verstohlen zu Henry Linfield. Jemanden wie ihn hätte sie gerne in London getroffen. Ein Ball mit ihm musste ein Vergnügen sein, zumal er bestimmt ein ausgezeichneter Tänzer war. Sie sollte ihn

unbedingt fragen, ob er vorhatte, in der Weihnachtszeit in die Hauptstadt zu kommen. Beseelt von dieser
Idee trank sie einen Schluck Tee und war gleich wieder
mittendrin in der Diskussion um das beste Pudding-
Rezept.

Nach seinem missglückten Konversationsversuch zog
Alexander sich bei erster Gelegenheit aus dem Salon
zurück ins Arbeitszimmer und schloss die Tür. Leider
blieb sie nur wenige Sekunden geschlossen. Henry trat
zu ihm in den Raum.

»Da hast du dich Miss Sims gegenüber aber nicht
mit Ruhm bekleckert, Brüderchen«, legte sein Bruder
sogleich den Finger in die Wunde. »Deine Bemerkungen unhöflich zu nennen, wäre noch schmeichelhaft.«

»Sie zu beleidigen stand nicht in meiner Absicht. Ich
habe wohl missverständliche Worte gewählt.«

»Und einen missverständlichen Tonfall und Blick.«
Grinsend ließ Henry sich auf Alexanders Stuhl hinter dem Schreibtisch fallen. »Es war in gewisser Weise
amüsant, wie unbeholfen du dich anstellst. Ich hatte
angenommen, dass London dich geübter im Umgang
mit dem weiblichen Geschlecht macht.«

»Tu nicht so, als ob du mehr Erfahrung besitzen würdest.«

»Die brauche ich nicht, ich bin ein Naturtalent.« Sein
Bruder feixte. »Und der blaue Rock tut sein Übriges.«

»Zieh die Uniform aus und wir sehen, was von deinem Talent bleibt.«

Henry legte die Füße auf die Schreibtischplatte. »Wie alt ist Felicity Sims eigentlich? Als Gentleman habe ich sie das nämlich nicht gefragt – im Gegensatz zu dir, vermutlich.«

»Füße vom Tisch! Ich habe auch nicht gefragt. Aber durch ein Gespräch zwischen ihr und Caroline weiß ich, dass sie achtzehn ist und ihre erste Saison dieses Jahr wegen einer Krankheit frühzeitig abbrechen musste.«

Sein Bruder stieß einen Pfiff aus und nahm die Beine herunter. »Also ist das süße Baronstöchterchen eine gescheiterte Debütantin?«

»Soll dein süffisanter Tonfall bedeuten, dass du Interesse an ihr hast?«

»Irgendwann muss jeder vernünftige Mann in den Stand der Ehe treten.«

»Ich dachte, deine Braut sei das Meer?«

»Das ist sie. Leider weist sie mich zurück.« Henry verzog das Gesicht. »Deshalb wollte ich mit dir reden.«

»Was ist passiert?«

Henry starrte in das glimmende Kaminfeuer. »Seit der Krieg gegen Napoleon vorbei ist, braucht England keine so große Flotte mehr. Man hat mich außer Dienst gestellt und auf Halbsold gesetzt.«

Das hatte noch gefehlt. »Bist du in Geldnöten?«, fragte er scharf.

Weiterhin wich sein Bruder seinem Blick aus. »Ich musste ein paar Verbindlichkeiten begleichen. Ehrenschulden, du verstehst.«

»Wir hatten ausgemacht, dass du alles, was du von deinem Sold entbehren kannst, an Mutter schickst. So wie ich.«

Henry rutschte auf dem Stuhl herum. »Du weißt, dass ich ebenso wenig mit Geld umgehen kann wie Papa.«

»Und du weißt, wohin uns sein Wirtschaften geführt hat.« Alexander schlug mit der Faust auf die Schreibtischplatte, dass das Miniaturschiff darauf umkippte.

»Es tut mir leid, bitte glaube mir.« Henry richtete das kleine Schiff wieder auf und sah ihn endlich an – mit reumütiger Miene und hängenden Schultern. Von dem stolzen Leutnant zur See war nichts mehr zu erkennen. »Wir haben lange untätig in Hastings am Hafen gelegen, da hat es mich einfach mitgerissen. Kann ich für die nächste Zeit hier wohnen bleiben?«

Alexander nickte. »Alles andere wäre zu kostspielig. Aber du musst deinen verbliebenen Sold vollständig der Familie geben.«

»Steht es finanziell so schlimm um uns?«

Sollte er seinem Bruder erzählen, dass er bald seine Arbeit im Kontor verlieren würde und keine neue Stelle in Aussicht hatte? Für einen Moment war nur das Knacken der Holzscheite im Kamin zu hören.

»Alexander?« Henrys Stimme klang beunruhigt. »Wenn die Lage so ernst ist, bitte den alten Balfour um eine Gehaltserhöhung. Er hält doch große Stücke auf dich.«

Fast hätte Alexander gelacht. Stattdessen schüttelte er stumm den Kopf.

»Dann schreib diesem Baron Pratt, dass du seine Tochter vorm Erfrieren gerettet hast. Vor lauter Dankbarkeit lässt er bestimmt was springen.«

»Ich mache keine Geschäfte mit dem Unglück anderer.«

»So habe ich das auch nicht gemeint, ich wollte nur …« Henry seufzte. »Wir bekommen das hin, oder?« Er schaute ihn an wie ein Kind, das hören wollte, dass alles gut wird.

»Natürlich.« Alexander zwang sich zu einem Lächeln. »Es ist nur ein kurzfristiger finanzieller Engpass.« Er war das Familienoberhaupt und würde es schaffen – allein. Wie immer. »Bitte kein Wort zu Caroline und Fanny. Ich möchte ihnen keinesfalls mit unnötigen Sorgen das Weihnachtsfest verderben.«

Henry lachte erleichtert. »Von mir werden sie nichts erfahren.«

»Dann lass mich jetzt weitermachen, ich muss heute noch für zwei Pächter ein Schreiben aufsetzen.« Er hatte Henrys Sold fest eingeplant. Nun galt es zu schauen, wie er die Lücke gestopft bekam, ohne dass es bald Mahnungen regnete.

Die Anwesenheit einer Dame von Stand schien Mrs. Jones zu beflügeln. Die Köchin hatte sich alle Mühe gegeben, das Dinner üppig aussehen zu lassen. Doch die Einlage in der Suppe blieb mager, die Soße dünn und die Menge an Gemüse und Fleisch auf den Serviertellern übersichtlich. Falls es Miss Sims auffiel, sagte sie nichts. Oder der Spaziergang am Nachmittag hatte sie zu müde gemacht, um es zu bemerken. Immer wieder gähnte sie hinter vorgehaltener Hand.

Alexander verkniff sich einen Kommentar, bevor seine höflich gemeinte Anmerkung von der Tochter des Barons erneut falsch verstanden wurde. Sein permanentes Schweigen war natürlich auch nicht das, was man von einem Gentleman erwartete. Henry war für seine Verhältnisse ebenfalls auffällig still. So mussten seine Schwestern und seine Mutter das Gespräch bestreiten, indem sie seinem Bruder berichteten, was sich seit dessen letztem Besuch alles ereignet hatte.

Nach dem Dessert legte Miss Sims demonstrativ Besteck und Serviette beiseite. »Ich möchte nicht unhöflich erscheinen, aber ich würde mich gerne früh zurückziehen, damit einer zeitigen Abfahrt morgen nichts im Wege steht.«

»Gewiss«, sagte seine Mutter. »Geht es Ihrer Zofe wieder besser?«

»Als ich vor dem Abendessen nach ihr gesehen habe, hat sie geschlafen.«

»Das ist bestimmt der Schlaf der Genesung.« Seine Mutter erhob sich und sie alle folgten ihrem Beispiel. »Ich wünsche Ihnen eine angenehme Nachtruhe, Miss Sims.«

Kaum hatte diese das Esszimmer verlassen, bat Mutter seine Geschwister und ihn, nochmals am Tisch Platz zu nehmen. »Da ich nicht erwartet hatte, dass Henry zum Christfest bei uns ist, habe ich Reverend Trew zum Dinner am Weihnachtstag eingeladen. Damit Alexander nicht ohne männlichen Gesprächspartner auskommen muss.« Sie räusperte sich. »Obwohl sich die Situation geändert hat, würde ich meine Einladung an ihn ungern zurücknehmen.« Sie schaute zu ihm und Henry. »Wärt ihr beiden damit einverstanden?«

»Selbstverständlich«, antwortete Alexander. Insgeheim war er überrascht. In den zurückliegenden Jahren war sein Bruder oft an Weihnachten auf See gewesen und nie hatte Mutter sich um fehlende männliche Gesellschaft für ihn Gedanken gemacht. Geschweige denn, dass er sich über deren Mangel beklagt hätte.

Seine Schwestern schien die Aussicht auf einen Gast zu freuen. »Der Reverend ist nett und lustig, obwohl er ein Mann Gottes ist«, sagte Fanny, für die sich Glaube und Humor offenbar ausschlossen.

Mutter wirkte zufrieden. »Dann ist das geklärt. Werdet ihr beide morgen mit den Mädchen in den Wald fahren, um das Grün für unsere Dekoration und den Christklotz zu holen?«

»Was für eine Frage, das ist doch Familientradition«, erwiderte Henry. »Ich freue mich, wieder einmal dabei sein zu können.«

Sie lächelte. »Es war großzügig von deinem Kapitän, dir über die Feiertage Landgang zu gewähren.«

»Ich werde auch dabei sein«, sagte Alexander. »Wollen wir gegen halb elf aufbrechen? Dann ist es nicht mehr so kalt, ich kann vorher meine Schreibtischarbeit erledigen und Miss Sims hat uns bestimmt schon verlassen. Henry könnte mit Bob zusammen den Schlitten herrichten. Genug Schnee liegt ja.«

Fanny sprang begeistert auf. »Hurra, wir fahren mit dem Pferdeschlitten!«

Mutter strich ihrer Jüngsten über den Kopf. »Ich bin sicher, es werden für uns alle schöne Weihnachtstage werden.«

Alexander wusste nicht, warum er bei diesen Worten plötzlich Miss Sims vor Augen hatte. Wie sie in einem herausgeputzten Ballsaal mit ebenso herausgeputzten Gecken tanzte, von denen einer ihr unter einem Mistelball ewige Liebe schwor.

24. Dezember 1814

Christmas Eve

Feli trommelte auf die Armlehne des alten Sessels und fixierte die Kaminuhr im Salon. Es war bereits nach zehn und von ihrer Kutsche keine Spur. Sie hatte sich auf die Zusage des Stellmachers verlassen und war seit halb neun reisefertig. Miss Linfield und Miss Fanny, die mit ihr im Salon warteten, spürten ihre Anspannung und widmeten sich schweigend ihren Stickbildern. Mrs. Linfield und ihr Sohn Henry hatten sich nach dem Frühstück entschuldigt, aber versprochen, bei ihrer Abreise zugegen zu sein. Alexander Linfield hatte sie heute Morgen noch nicht gesehen.

Im Haus war es still und das Ticken der Uhr verstärkte ihre Ungeduld. Wie lange sollte sie hier sitzen, während Phyllis sie in London sehnlichst erwartete? Feli erhob sich so abrupt aus dem Sessel, dass die Schwestern erstaunt von ihren Handarbeiten aufblickten. Dann stürmte sie hinaus und hielt erst inne, um energisch an Mr. Linfields Arbeitszimmertür zu klopfen.

Auf sein »Herein« betrat sie den kleinen Raum.

Alexander Linfield saß am Schreibtisch, den Kopf in eine Hand gestützt, in der anderen einen Federhalter. Vor ihm lagen eine Zeitungsseite und ein Blatt Papier.

»Guten Morgen, Mr. Linfield. Haben Sie etwas vom Stellmacher gehört? Meine Kutsche ist immer noch nicht eingetroffen.«

Er faltete die Zeitung und schob das Papier darunter, erst dann sah er auf. »Nein, es kam keine Nachricht, sonst hätte ich Ihnen Bescheid gegeben. Sie werden sich weiter in Geduld üben müssen.«

»Oder Sie schicken jemanden nach Mole's End, um herauszufinden, wie lange es noch dauern wird.« So leicht würde sie sich nicht abspeisen lassen.

Sorgsam steckte er den Federhalter zurück ins Tintenfässchen. »Es tut mir leid, ich kann derzeit niemanden entbehren. Und bevor Sie fragen: Auch keinem Familienmitglied ist es möglich, Botengänge für Sie zu erledigen.«

»Erwarten Sie, dass eine Dame wie ich allein den Weg ins Dorf auf sich nimmt, um nachzuschauen?«

Auf seiner Stirn erschienen Furchen. »Das tue ich selbstverständlich nicht. Ich wollte Ihnen nur die Situation darlegen.«

»Die es nicht zulässt, einer Dame in Schwierigkeiten weiter behilflich zu sein?«

»Ich habe meinen Schwestern versprochen, gleich mit ihnen in den Wald aufzubrechen, um Weihnachtsgrün zu holen. Henry spannt gerade mit unserem Kutscher den Schlitten an.«

»Und wo liegt das Problem? Fahren Sie über das Dorf und setzen mich und meine Zofe beim Stellmacher ab.«

»Das ... das ist natürlich machbar.« Er schaute betroffen, als hätte er diese Möglichkeit wirklich nicht bedacht. »Entschuldigen Sie bitte.«

Seine Verlegenheit ließ Felis Ärger dahinschmelzen. »Machen Sie sich keine Vorwürfe«, sagte sie lächelnd. »Ich weiß, welche Umstände ich Ihnen und Ihrer Familie bereite.«

Zum ersten Mal in ihrer Gegenwart verzogen sich Alexander Linfields Lippen zu einem Lächeln. Verhalten, und durch den Bart nicht leicht erkennbar, aber es war da und nahm seinen Zügen sofort die Strenge.

»Ich gebe meiner Zofe Bescheid, dass wir bald aufbrechen«, sagte sie und verließ das Arbeitszimmer. Als sie sich umdrehte, um die Tür zu schließen, lag das Lächeln immer noch auf seinem Gesicht.

Die Sonne strahlte vom blauen Dezemberhimmel. Der einspännige Schlitten glitt sanft durch die verschneite Landschaft und die Glöckchen am Geschirr des Rappen klingelten fröhlich. Über Nacht hatte es erneut geschneit. Die Baumspitzen trugen weiße Hauben und abseits des Weges war die Schneedecke unberührt.

Wie wunderschön, dachte Feli. Sie saß mit Evie auf der mit Fellen ausgelegten Bank. Auf ihren Knien lagen dicke Wolldecken und ihr Atem stieg als Wölkchen in die klare Winterluft. Henry Linfield und seine Schwestern saßen ihnen gegenüber. Alexander Linfield hatte neben dem Kutscher auf dem Bock Platz genommen, doch er hatte sich bereits zweimal zu ihr umgedreht und sich nach ihrem Befinden erkundigt. Sie hatte sich bedankt und ihm mitgeteilt, dass bei ihr alles in Ordnung sei. Von Evie konnte man das leider nicht behaupten. Ihre Zofe war blass, mit tiefen Schatten unter den Augen. Sie hielt den Kopf zur Seite gedreht, weil sie oft niesen musste. Gelegentlich meinte Feli, Evie mit den

Zähnen klappern zu hören, obwohl es zwischen den Decken und Fellen mollig warm war. Auf ihre Nachfragen behauptete Evie unentwegt, dass sie sich besser fühle als gestern. Es wurde wirklich Zeit, dass sie in London eintrafen und die Zofe sich ein paar Tage am Stück ausruhen konnte. Daher war Feli froh, als der Schlitten vor der Werkstatt hielt.

Die Glöckchen klingelten noch, da trat Steve zu ihnen heraus. Ihm folgte der Stellmacher, eine dunkle Lederschürze umgebunden.

»Guten Morgen, Miss Sims«, sagte er. »Ich wollte gerade Ihren Kutscher zu Ihnen schicken. Leider gibt's keine guten Neuigkeiten. Hab' versucht, den Boden zu reparieren. Aber auch das gesamte Untergestell ist morsch, sodass ich keine neuen Dübel einsetzen konnte. Ich werde es ebenfalls ersetzen müssen.« Er zuckte bedauernd mit den Schultern. »Ihre Kutsche wird frühestens am 27. wieder fahrbereit sein.«

»Wie bitte? Es dauert drei Tage, die Kutsche instand zu setzen?«

»Eigentlich nur zwei, Miss. Doch morgen ist Weihnachten, da arbeite ich nicht. Und übermorgen fange ich erst nach dem Mittagessen an.«

»Aber ich muss dringend nach London.« Ihr Kopf flog zu den Linfield-Brüdern herum. »Wie spät ist es? Erreiche ich die Postkutsche noch?«

Alexander Linfield klappte seine Taschenuhr auf. »Wenn Sie jemanden finden, der Sie nach Esher bringt, ja.«

»Dann schnell, Steve, laden Sie unsere Koffer herunter. Sie bleiben hier und bringen die reparierte Kutsche zu meinen Eltern zurück, ich reise mit Evie weiter.« Entschlossen schälte sie sich aus den Decken und stand auf. »Komm, Evie, wir dürfen keine Zeit verlieren. Wir müssen rasch jemanden suchen, der uns ...«

Evie erhob sich, nur um sofort wieder auf die Bank zu fallen. »Mir ... ist nicht wohl«, murmelte sie, verdrehte die Augen und sank in die Felle.

»Evie!« Entsetzt griff Feli deren Arm.

Henry Linfield sprang auf und legte die Hand auf Evies Stirn. »Sie hat Fieber«, stellte er fest. »Sie ist unter keinen Umständen reisefähig, sondern gehört ins Bett.« Vorsichtig bettete er die Zofe in die Decken.

Evies Lider flatterten kurz, dann schloss sie die Augen und schlief ein.

»Wussten Sie, dass Ihre Zofe Fieber hat?«, erklang Alexander Linfields Stimme plötzlich neben Feli. Er war vom Bock gestiegen und außen am Schlitten zu ihr getreten.

»Nein. Sie behauptete mehrfach, es gehe ihr gut.«

»Und das haben Sie nur zu gerne geglaubt, weil London Ihnen wichtiger ist als alles andere.«

Sie schnappte nach Luft. »Für wie gefühllos halten Sie mich?«

Sein Blick war Antwort genug. »Wir bringen Ihre Zofe zurück in unser Haus.«

»Und was ist mit mir?«, rief sie.

»Wollten Sie nicht dringend nach London?«

»Ohne Anstandsdame kann ich das als unverheiratete Dame nicht.«

»Dann müssen Sie wohl oder übel mit uns zurückkommen.« Er wandte sich brüsk ab.

Welch unhöflicher Mann. Empört sah sie ihm nach. Und nicht nur sie.

Auch Henry Linfield schaute seinem Bruder mit gerunzelter Stirn hinterher. Dann räusperte sich der Leutnant. »Wir würden uns freuen, wenn Sie morgen mit uns das Weihnachtsfest feiern, Miss Sims«, sagte er freundlich. »Ist es nicht so?«, fragte er an seine Geschwister gewandt.

»O ja!«, riefen die Schwestern.

Alexander Linfield, der mit Steve sprach, nickte knapp.

Feli lächelte gezwungen. Ihr Wortwechsel mit Alexander Linfield war lauter geworden, als es sich für eine Dame gehörte. Aber was bildete sich der ältere Mr. Linfield auch ein, sie derart anzugehen?

Inzwischen schien ihm sein Fehlverhalten bewusst zu sein, denn er vermied es, in ihre Richtung zu schauen, als er wieder auf den Bock stieg. Immerhin etwas. Sie zog die Decke enger um Evie und nahm ebenfalls Platz. Der Schlitten fuhr an und Feli lehnte sich zurück ins Schaffell. Die Landschaft war immer noch herrlich und die Glöckchen bimmelten vergnügt, doch ihre fröhliche Stimmung der Hinfahrt war verflogen. Drei weitere Tage musste sie hier im Nirgendwo verbringen. Sie würde den Gottesdienst in Westminster Abbey verpassen, Lord Effertons pompösen Weihnachtsball und die Fuchsjagd vor den Toren der Stadt. Stattdessen saß sie in diesem langweiligen Nest fest und musste Alexander Linfields Gegenwart ertragen. »Ich muss einen weiteren Boten mit einer Nachricht senden«, sagte sie an Caroline Linfield gewandt.

»An Ihre Eltern?«

»An meine Freundin in London.«

Sie hatte kaum ausgesprochen, da spürte sie Alexander Linfields Blick vom Bock aus auf sich ruhen.

Anklagend, wie es ihr schien.

Prompt überkam sie das Bedürfnis, sich ihm gegenüber zu rechtfertigen. »Meine Eltern haben das Haus voller Gäste. Ich will sie nicht mit meinen Sorgen belasten.«

»Aha.«

Sie glaubte schon, diese kryptische Antwort wäre alles, was er dazu zu sagen hätte, da sprach er weiter.

»Am Nachmittag kommt Michael, ein Bursche aus dem Dorf, zu uns, um Arbeiten zu verrichten, die für Bob zu schwer geworden sind. Er kann Ihre Nachricht zur Poststation nach Esher bringen.«

»Danke«, erwiderte sie überrascht. »Auch dafür, dass Sie meinen Bediensteten und mir weiterhin Obdach bieten.«

»Das steht doch außer Frage«, sagte Henry Linfield hastig, als befürchte er eine anderslautende Antwort seines Bruders. »Wir haben gerne Gäste.«

Seine Schwestern nickten beipflichtend.

Alexander Linfield sagte nichts.

Eine halbe Stunde später lag Miss Sims' Zofe bis zur Nasenspitze zugedeckt in einer Dienstbotenkammer im Bett. Nun stand Alexander mit allen im Flur und klärte seine Mutter über Miss Sims' länger währenden Aufenthalt bei ihnen auf.

»Ach, wie schön«, sagte diese. »Eine solch große Runde waren wir an den Weihnachtstagen lange nicht mehr.«

»Deshalb wird es höchste Zeit, dass wir in den Wald aufbrechen, damit unser Haus nicht ungeschmückt bleibt.« Er bedeutete Henry und seinen Schwestern mit einem Kopfnicken, ihm nach draußen zum Schlitten zu folgen, auf dem Bob wartete.

»Begleiten Sie uns, Miss Sims?«, fragte Fanny. Der Klang ihrer Stimme verriet, wie sehr ihr das gefallen würde.

»Ich … ich weiß nicht.«

Ihm entging nicht, dass ihr Blick ihn streifte.

»Sie könnten uns beraten, welche Art von Dekoration in Adelshäusern beliebt ist«, sagte Caroline. »Und uns im Wald helfen, die schönsten Zweige dafür auszusuchen.«

»Ich halte das für eine gute Idee«, sprang Henry seinen Schwestern bei. »Es wird Sie von Ihren ruinierten Plänen ablenken.«

»Nun, sofern alle einverstanden sind«, erwiderte Miss Sims zögerlich.

Die Augen seiner Geschwister richteten sich erwartungsvoll auf ihn.

Wunderbar, dachte er ironisch. Einmal mehr hatte er die Rolle des Miesepeters inne. »Wenn Miss Sims es wünscht, kann Sie mitkommen.«

Er hatte kaum ausgesprochen, da führte sein Bruder die Tochter des Barons hinaus und half ihr in den Schlitten. Dass Henrys Augen dabei funkelten wie früher, wenn er ihm einen Streich gespielt hatte, gefiel Alexander kein bisschen. Er stieg neben Bob auf den Bock, dieser ließ die Peitsche knallen und der Rappe setzte sich in Bewegung.

Schwungvoll fuhr der Schlitten über die verschneiten Wege in Richtung Wald. Hinter Alexander übertönte das Lachen seiner Geschwister und von Miss Sims das Klingeln der Glöckchen am Pferdegeschirr. Was erheiterte alle derart? Er drehte sich zu ihnen um und prompt erstarb das Gelächter. Amüsierten sie sich auf seine Kosten? Dass sie erneut lachten, als er wieder nach vorne blickte, bestätigte seinen Verdacht. Wahrscheinlich machten sie sich über seine Verbote, seine Humorlosigkeit und seine mangelnde Eloquenz Damen gegenüber lustig. Stur sah er zum Waldrand und versuchte, sich seinen Ärger nicht anmerken zu lassen.

Henry tippte ihm auf die Schulter. »Ich habe Miss Sims erzählt, wie dir vor fünf Jahren der Christklotz auf den Fuß gefallen ist und du bis zur Zwölften Nacht nur noch humpeln konntest.«

»Weil du unvermittelt losgelassen hast«, grollte er und blickte doch wieder nach hinten.

»Ich dachte, du schaffst das allein. So, wie du sonst auch immer alles allein machst.« Henry lachte, klopfte ihm dabei aber versöhnlich auf den Arm. »Diesmal sage ich vorher Bescheid, wenn meine Kräfte schwinden.«

»Hoffentlich. Wir sind nämlich da.« Er wies auf eine Reihe in armlange Stücke gesägter Baumstämme. Waldarbeiter hatten sie an den Wegesrand gelegt und der Reverend hatte die Hölzer am Tag zuvor gesegnet.

Kaum hielt der Schlitten, kletterten Caroline und Fanny hinaus und liefen an der Holzreihe auf und ab. Henry half Miss Sims beim Aussteigen – formvollendet und mit einer eleganten Verbeugung, wie Alexander nicht ohne Neid feststellte. Er sprang vom Bock und ging zu seinem Bruder, der mit seiner Begleiterin am Arm ebenfalls an den Stämmen vorbeischritt.

»Wir müssen uns auf den prächtigsten einigen«, erklärte Henry Miss Sims. »Sobald dieser feststeht, versucht jeder, von einer Startlinie aus als Erster auf ihm zum Sitzen zu kommen. Das bringt Glück für das kommende Jahr.«

»Schade, dass Ihre Familientradition mich nicht einschließt«, sagte sie. »Glück könnte ich gebrauchen.«

Alexander runzelte die Stirn. Eine Frau wie sie war doch vom ersten Tag ihres Lebens mit Glück gesegnet. Aber vermutlich ging es ihr darum, in London die beste Partie zu finden – statt nur eine vortreffliche. »Sie können an unserem Wettlauf teilnehmen«, bot er ihr an. Er selbst glaubte nicht mehr an Fortunas Gunst durch einen Sieg. Im letzten Jahr hatte er gewonnen und schlechter hätten die vergangenen Monate nicht sein können.

Erfreut sah sie ihn an, was er mit einem knappen Nicken quittierte. Er würde nicht wieder auf ihr Lächeln hereinfallen wie heute Vormittag im Arbeitszimmer. Für einen Moment hatte er geglaubt, Felicity Sims' Schönheit wäre nicht bloß äußerlich. Dann hatte ihr Verhalten der kranken Zofe gegenüber ihr wahres Wesen ans Licht gebracht. Wie konnte man die eigenen Interessen über die Gesundheit seiner Bediensteten stellen?

Nach längerer Diskussion einigte man sich auf einen Stamm. In etwa fünfzig Yards Entfernung zog Henry mit dem Fuß eine Startlinie in den Schnee, hinter der sich alle aufstellten.

Bob gab vom Bock des Schlittens aus das Startsignal. »Eins, zwei, drei!«

Sie rannten los und seine Schwestern gingen kreischend in Führung. Miss Sims raffte ihre Röcke und eilte schneller als erwartet auf den auserkorenen Stamm zu. Dass sie es ernst meinte, hätte er ihr nicht zugetraut.

Alexander steigerte sein Tempo. Auch wenn er nicht mehr an Wunder glaubte, Letzter wollte er nicht werden. Henry wohl ebenfalls nicht. Sein Bruder kämpfte sich nach vorne, vorbei an Fanny und nun gleichauf mit Caroline mit ihren langen Beinen. Mit einem Arm versuchte er, die Schwester zurückzuhalten, kam dabei jedoch aus dem Tritt und geriet ins Straucheln. Wild ruderte er in der Luft, verlor das Gleichgewicht und stürzte – wobei er Caroline mit sich riss.

Fanny schlug mit einem siegesgewissen Lachen einen Haken um ihre am Boden liegenden Geschwister, den Weihnachtsstamm fest im Blick. Allerdings hatte sie die Rechnung ohne den rutschigen Schnee gemacht und lag plötzlich neben Henry und Caroline.

Alexander verlangsamte seinen Lauf, um ihnen aufzuhelfen, da spurtete Miss Sims an ihm vorbei. Sofort beschleunigte er seine Schritte wieder. Einer musste die Familienehre retten. Unterstützt von den Anfeuerungsrufen seiner Geschwister jagte er auf den Baumstamm zu. Jetzt war er gleichauf mit Miss Sims. Sie sah kurz zu ihm und erhöhte ihr Tempo. Der Christklotz war nur noch wenige Fuß entfernt. Wäre doch gelacht, wenn er gegen eine Debütantin nicht gewann. In langen Sätzen hechtete er zum Stamm und zog an Miss Sims vorbei. Ein letzter Sprung und der Sieg … Sein Schuh blieb an etwas unter dem Schnee hängen. Taumelnd streckte er die Hände nach dem Holz aus. Miss Sims schoss von der Seite auf ihn zu, zu schnell, um ihr Tempo rechtzeitig drosseln zu können. Sie schrie auf, dann stießen sie beide zusammen und fielen durch die Wucht des Aufpralls gemeinsam über den Stamm.

Im nächsten Augenblick fand Alexander sich auf dem Rücken liegend im Schnee wieder, die Unterschenkel auf dem Christklotz. Und als wäre diese Pose nicht misslich genug, lag Miss Sims bäuchlings auf ihm – ihr vor Anstrengung gerötetes Gesicht nur eine Handbreit von seinem entfernt.

»Ich konnte nicht anhalten«, keuchte sie.

Er ignorierte die weichen Rundungen ihres Körpers auf dem seinen. »Das habe ich gemerkt. Wenn Sie sich ein Ziel in den Kopf gesetzt haben, sind Sie offensichtlich nicht mehr davon abzubringen.«

Ihre Augen verdüsterten sich. »Und Sie lassen offensichtlich keine Gelegenheit aus, mich zu kritisieren.«

»Das war keine Rüge, sondern ein Lob. So viel sportlichen Ehrgeiz hatte ich bei Ihnen nicht vermutet.«

»Dann sollten Sie dringend an Ihren Formulierungen und Ihrem Tonfall arbeiten.« Sie strampelte mit den Beinen, um sich von ihm hinunterzurollen.

»Ich werde darüber nachdenken.« Dass sie unwissentlich Henrys Worte wiederholte, ärgerte ihn. »Und jetzt lassen Sie sich bitte helfen, uns aus dieser zweideutigen Lage zu befreien.«

Sie erstarrte und ihr erhitztes Gesicht färbte sich dunkelrot. »Ich würde es niemals auch nur in Erwägung ziehen, mich mit Ihnen …«

»Ich weiß.« Er fasste sie an den Schultern und rollte sie von seinem Bauch – was ein Teil in ihm umgehend bedauerte.

Prustend landete Miss Sims neben ihm im Schnee.

In diesem Moment tauchten über dem Baumstamm die besorgten Gesichter von Caroline und Fanny auf. Henry stand hinter seinen Schwestern, den Mund zu einem breiten Grinsen verzogen.

»Anstatt dich zu amüsieren, hilf lieber Miss Sims«, fuhr Alexander ihn an.

»Ich dachte, das würdest du gerne …«

Sein Blick brachte Henry zum Verstummen.

Sein Bruder sprang über den Stamm und bemühte sich mit einfühlsamen Worten um die Tochter des Barons.

Alexander rappelte sich auf und klopfte sich den Schnee von der Kleidung. Seine Schwestern taten das Gleiche bei der ebenfalls auf die Füße gekommenen Miss Sims.

»Wer war denn nun als Erster am Stamm?«, fragte Fanny, nachdem sie beide von der weißen Pracht befreit waren.

Henry zuckte mit den Schultern. »Für mich sah es so aus, als hätten sie ihn gleichzeitig berührt – bevor sie darüber geflogen sind«, setzte er sichtlich amüsiert hinzu.

Fanny runzelte die Stirn. »Wenn es keinen Sieger gibt, müssen wir ein neues Rennen machen.«

Miss Sims schüttelte den Kopf. »Auf die Erfahrung, nochmals mit Ihrem Bruder zusammenzuprallen, lege ich keinen Wert.« Sie schaute ihn vorwurfsvoll an.

»Dann haben wir dieses Jahr zwei Gewinner«, entschied Fanny pragmatisch. »Herzlichen Glückwunsch euch beiden.«

Caroline und Henry schlossen sich der Gratulation an und zählten auf, auf welche segensreichen Ereignisse wie Gesundheit, Glück und Zufriedenheit sie sich im kommenden Jahr freuen durften.

»Wollten wir nicht noch Grün für die Dekoration sammeln?«, beendete Alexander die Litanei.

Seine Schwestern ließen sich sofort auf den Themenwechsel ein. »Kommen Sie.« Caroline ergriff Miss Sims' Hand. »Wir holen die Körbe und Heckenscheren aus dem Schlitten und gehen auf die Suche.«

Bereitwillig ließ Miss Sims sich von den Mädchen fortführen. Henry und er luden den Christklotz auf den Schlitten und folgten den Frauen in den Wald.

Nach ein paar Schritten stieß sein Bruder ihm den Ellenbogen in die Seite. »Sie gefällt dir, oder?«

»Miss Sims? Kein bisschen.«

»Warum reagierst du dann jedes Mal so gereizt auf sie?«

»Das tue ich überhaupt nicht!«

Henry grinste.

Alexander räusperte sich. »Ihr Äußeres ist recht ansprechend«, gab er zu, um seinen Bruder zufriedenzustellen.

Henrys Grinsen vertiefte sich. »Also deshalb hast du sie so lange auf dir liegen lassen, statt ihr sofort aufzuhelfen.«

Sein Bruder hatte alles beobachtet? »Wir … wir haben uns unterhalten.«

»Was man in einer solch prekären Lage natürlich als Erstes tut.« Henry lachte schallend. »Meine Güte, Alexander. Wie lange hast du bei keiner Frau mehr gelegen, dass du die Situation so schamlos ausnutzen musstest?«

»Selbst wenn ich für Dirnen Geld verplempern würde,

ginge es dich nichts an.« Ebenso, dass ihm Miss Sims'
körperliche Nähe gefallen hatte. Leider war es ihm erneut gelungen, den unerwartet angenehmen Moment
durch unbedachte Äußerungen ins Gegenteil zu verkehren. »Und jetzt Schluss mit diesem Thema«, sagte er
harsch. »Die anderen warten bestimmt schon auf uns.«

Sein Bruder nickte, doch in seinen Augen lag wieder dieses verdächtige Funkeln, das Alexander nicht zu
deuten vermochte.

»Bitte mehr Stechpalme, Miss Linfield – und Efeu auch,
Miss Fanny«, rief Feli, schnitt einen weiteren Tannen-
zweig ab und legte ihn in ihren Korb. Mama hatte ihr
nie erlaubt, das Grün für die Weihnachtsdekoration
selbst zu besorgen, sondern Dienstboten damit beauf-
tragt. Dabei machte es Spaß und lenkte perfekt von dem
Zusammenstoß mit Mr. Linfield ab. Wäre Alexander
Linfield nicht so unfreundlich gewesen, könnte sie sogar darüber lachen.

»Brauchen wir Misteln?«, fragte Miss Fanny.

»Unbedingt«, antwortete Feli, einem plötzlichen Ein-
fall folgend. Sie blickte die umstehenden Bäume hinauf.
»Zum Glück gibt es hier jede Menge. Leider weit oben.
Haben wir im Schlitten eine Leiter?«

»Das nicht«, ertönte Henry Linfields Stimme hinter ihr. »Aber Sie haben uns.« Er wies auf seinen Bruder und sich. »Lass mich auf deine Schultern steigen,

Alexander, damit ich der Lady ihren Wunsch erfüllen kann.«

Im Gegensatz zu ihr schien Henry Linfield die knurrige Erwiderung seines Bruders als Zustimmung zu werten. Flugs steckte er eine Schere aus Miss Linfields Korb in seine Jackentasche und stellte sich auffordernd vor Alexander Linfield. Tatsächlich ging dieser neben einem Baum in die Hocke, nahm seinen Bruder auf die Schultern und richtete sich wieder auf. Unter dem Applaus seiner Schwestern zog Henry Linfield sich an einem Ast zum Stand auf.

»Mehr nach links, Alexander«, befahl er von oben. »Nein, nicht so weit. Und wackle nicht so rum!«

»Ich dachte, du bist Seemann und Schwankungen gewohnt«, murrte sein Bruder und ging einen Schritt zurück.

»Und ich dachte, deine Schultern seien breiter.« Henry Linfield nahm die Schere und trennte die erste Mistel ab. Raschelnd fiel die Pflanzenkugel mit den hübschen weißen Beeren vor Feli in den Schnee. »Sagen Sie mir, wenn wir genug haben, Miss Sims.«

»Das mache ich. Bitte seien Sie vorsichtig dort oben.«

»Keine Sorge, ich habe Gefährlicheres überlebt.« Henry Linfield deutete eine Verbeugung an und schnitt in geradezu akrobatischer Leistung fleißig weiter.

Eigentlich müsste ihm und seinem wagemutigen Einsatz all ihre Aufmerksamkeit gehören, dachte Feli. Sie sollte ihn lautstark bewundern, wie es seine Schwestern taten. Stattdessen war es Alexander Linfield, der ihren

Blick bannte. Er stand völlig ruhig, das Gewicht seines Bruders schien ihm ebenso wenig auszumachen wie dessen spöttische Kommandos – oder die Nichtbeachtung durch seine Schwestern. Als wäre er ein Baum, fest im Erdboden verankert, in sich ruhend jedem Sturm trotzend. Seine Hände umfassten wie starke Äste die Waden seines Bruders, jederzeit bereit, ihn aufzufangen. Ob Henry Linfield wusste, wie sehr er sich auf seinen Bruder verlassen konnte?

Sie trat neben ihn. »Ihre Familie kann froh sein, dass sie Sie hat«, sprach sie ihre Gedanken aus.

Auf Alexander Linfields Gesicht erschien ein erstaunter Ausdruck.

»Ich weiß, dass Sie mich nicht leiden können«, sagte sie. »Dennoch verdient Ihre Sorge um die Ihren größten Respekt.«

Er wandte sich leicht zu ihr und fixierte sie, als stünde auf ihrer Stirn etwas geschrieben.

»Hey, Alexander, halt still«, schimpfte es von oben. »Oder willst du, dass ich falle?«

»Du musst sowieso runter«, antwortete er, ohne den Blick von ihr zu wenden. »Ich weiß nicht, was Miss Sims mit diesen Bergen an Misteln vorhat.«

Erschrocken sah sie zu den Unmengen an Grün zu ihren Füßen. »Es ist tatsächlich genug«, stotterte sie.

Mit einer Behändigkeit, mit der er vermutlich sonst in der Takelage kletterte, kam Henry Linfield wieder zu ihnen herunter. »Ich frage mich ebenfalls, wofür Sie derart viele Misteln benötigen.«

Auch seine Schwestern schauten sie neugierig an.

Jetzt bereute Feli ihre spontane Idee. Vor allem, weil Alexander Linfield sie weiterhin nicht aus den Augen ließ. »Ich ... ich wollte einen oder zwei Kussbälle binden.«

»Nun werden es wohl ein oder zwei Dutzend«, sagte Alexander Linfield trocken.

Feli konnte nicht anders. Sie musste lachen. »Da könnten Sie recht haben. Aber ich freue mich darauf. Meine Mutter hat mir verboten, auch nur einen einzigen zu machen, und jetzt kann ich im besten Fall gleich vierundzwanzig anfertigen.«

Henry Linfield grinste. »Wir werden sie alle aufhängen. Nicht wahr, Alexander?«

Mr. Linfield reagierte nicht. Mit gerunzelter Stirn starrte er auf die Misteln im Schnee.

»Alexander?« Sein Bruder stieß ihn mit der Schulter an.

»Entschuldige, ich war in Gedanken. Was hast du gesagt?«

»Dass wir sofort nach Hause fahren«, behauptete Miss Linfield, deren Augen seit Felis Erklärung vor Vorfreude glänzten. »Wir haben noch nie einen Kussball gemacht.«

Sie sammelten alle Misteln ein und legten sie zu dem anderen Grün in die Körbe.

»Und jetzt zurück zum Schlitten.« Henry Linfield hakte sich bei seinen Schwestern ein, die es sich nicht nehmen ließen, ihre Körbe selbst zu tragen. Schon liefen die drei Geschwister los.

Missmutig bot Alexander Linfield Feli seinen Arm zum Geleit. Dass er gezwungen war, mit ihr den Rückweg anzutreten, schien ihm ebenso wenig zu behagen wie ihr. Stumm folgten sie den anderen. Nur das Knirschen des Schnees unter ihren Sohlen durchbrach die drückende Stille zwischen ihnen.

»Haben Sie Ihre Worte ernst gemeint?«, fragte er plötzlich.

»Meine Aussage über die Mistelbälle oder dass ich Ihrer Fürsorge für die Familie Achtung zolle?«, erwiderte sie, erstaunt, dass er ein Gespräch mit ihr beginnen wollte.

»Beides.«

»Ja, es war jeweils aufrichtig gemeint.«

»Aha.«

Sie wartete, dass er ihr eine weitere Erklärung gab. Doch es folgte nichts. Schweigend stapfte er neben ihr durch den Winterwald.

»Ihr Bruder hat mir vom Tod Ihres Vaters erzählt«, wagte sie einen Vorstoß. »Darf ich fragen, wann er verstorben ist?«

»Sie dürfen. Vor acht Jahren.«

»Und seitdem sorgen Sie für die Familie?«

»Ja.«

Wieder Stille. Feli rollte mit den Augen. »Sie möchten sich nicht mit mir unterhalten, oder?«

»Doch. Ich versuche lediglich, durch knappe Erwiderungen neuerlichen Missverständnissen vorzubeugen. Und so Ihrem Rat – und ebenso dem meines Bruders – nachzukommen, besser auf meinen Tonfall und meine Ausdrucksweise zu achten.«

Eine solche Antwort hatte sie nicht erwartet. »Das … das ist …«

»Nicht das, was Sie mit Ihrem Hinweis meinten?«, beendete er ironisch ihren Satz.

»Das ist bewundernswert, wollte ich sagen. Also, Kritik von anderen anzunehmen.«

Er öffnete den Mund, schloss ihn aber sofort wieder. »Danke«, sagte er schließlich. »Ich bin nicht so ein Holzklotz, wie Sie denken – oder mein Bruder mich gerne darstellt. Zumindest nicht immer.«

Sie starrte ihn an. So viel geballte Ehrlichkeit verschlug ihr endgültig die Sprache.

Er räusperte sich. »Das war wohl auch kein Musterbeispiel einer gekonnten Konversation«, sagte er verlegen. »Echauffieren Sie sich also.«

Vermutlich müsste sie das, aber … »Eigentlich finde ich Ihre Offenheit angenehm.« Sie lächelte.

Einen Moment geschah nichts. Dann zupfte wieder dieses vorsichtige Lächeln an seinen Mundwinkeln.

Den restlichen Weg zum Schlitten legten sie schweigend zurück. Doch diesmal fühlte es sich anders an als zuvor – einvernehmlich und entspannt. Vielleicht würden die Weihnachtstage in Mr. Linfields Gegenwart nicht so entsetzlich werden wie befürchtet.

Die Stirn in die Hand gestützt, studierte Alexander die Stellenanzeigen. Obwohl die Tür zum Arbeitszimmer geschlossen war, drang Lachen aus dem Salon zu ihm. Seine Geschwister, seine Mutter und Miss Sims vergnügten sich dort mit der Weihnachtsdekoration. Er versuchte, die Geräusche zu ignorieren und den Gedanken an Felicity Sims aus seinem Kopf zu verbannen. Es misslang ihm ebenso, wie sie weiterhin als unangenehme, verwöhnte und egozentrische Dame von Stand zu sehen.

Weil sie ihn beim Mistelschneiden so bewundernd angesehen hatte?

Weil sie trotz seiner unbeholfenen Art auf dem Weg zum Schlitten eine Unterhaltung mit ihm gesucht hatte?

Oder weil ihr erster Weg nach der Rückkehr aus dem Wald sie zu ihrer kranken Zofe geführt hatte?

»Völlig einerlei«, murmelte er. »Konzentriere dich lieber auf die Ausschreibungen.« Mit dem Finger fuhr er an den Anzeigen entlang.

Southampton. Zuverlässiger Kaufmann mit mindestens zehn Jahren Berufserfahrung als Prokurist für umsatzstarkes Kontor gesucht.

Weder war er Prokurist noch besaß er zehn Jahre Arbeitserfahrung.

Freie Stelle in Reederei in Brighton. Bereitschaft zum Reisen nach Übersee erwartet.

Seine Familie monatelang alleinlassen? Das kam nicht infrage. Die nächsten Annoncen leider auch nicht. Weder sprach er Portugiesisch und Spanisch noch wollte er einen Posten in Indien annehmen oder konnte drei verschiedene Beschäftigungsverhältnisse nachweisen.

Michael trat ein und unterbrach seine frustrierende Suche.

»Bob meinte, Sie hätten einen Auftrag für mich, Sir?«

»Ich habe zwei Briefe, die du weiterleiten sollst.« Er zog Miss Sims' Schreiben sowie ein von ihm verfasstes aus einer Schublade. »Dieser Brief geht nach London, der andere nach Farnham an einen Baron Pratt. Der Bote wird die genaue Adresse vor Ort ermitteln müssen.« Er fühlte sich verpflichtet, Miss Sims' Vater zu benachrichtigen, auch wenn sie in ihrer jugendlichen Unbekümmertheit die Notwendigkeit nicht sah.

Michael steckte die Briefe ein und verließ das Arbeitszimmer, wobei er im Türrahmen fast mit Alexanders Mutter zusammenstieß.

»Verzeihung, Mrs. Linfield«, murmelte er und verschwand, während Mutter ins Zimmer trat und sich auf dem Stuhl vor dem Schreibtisch niederließ.

»Warum bist du nicht bei uns im Salon, mein Sohn?«

Rasch ließ Alexander die Stellenanzeigen unter dem Haushaltsbuch verschwinden. »Ich wollte noch einige Briefe schreiben.«

»Es ist Weihnachten. Lass die Arbeit für ein paar Tage ruhen.«

»Mir ist wohler, wenn sie erledigt ist.«

Wehmütig sah sie ihn an. »Du bist ein junger Mann, du solltest dich amüsieren. Besonders, da wir unerwartet Damenbesuch im Haus haben.«

»Um Miss Sims wird Henry sich schon ausgiebig kümmern.«

»Es geht mir nicht um sie, es geht mir um dich. Wann hast du das letzte Mal etwas nur zu deiner Freude getan?«

»Heute Mittag, beim Ausflug in den Wald.«

»Und davor?«

Er konnte sich nicht erinnern. »Wenn es euch gut geht, geht es auch mir gut.«

Sie legte ihre Finger auf seine Hand. »Mir geht es am besten, wenn meine Kinder glücklich sind. Bitte, begleite mich in den Salon. Miss Sims' Kussbälle sehen zauberhaft aus.«

Gemeinsam mit den Linfield-Schwestern und deren Bruder Henry betrachtete Feli ihr Werk des Nachmittags. Girlanden, Bögen und Kränze aus Stechpalme, Efeu, Rosmarin, Tanne, Weißdorn und Lorbeer bedeckten den Tisch. Nicht zu vergessen zwanzig prächtige Kussbälle. Sie hatten die Misteln zusammen mit Immergrün zu Kugeln gebunden und mit kleinen Äpfeln und bunten Schleifchen dekoriert. An langen Goldbändern konnte man die Bälle aufhängen.

Miss Linfield kicherte. »Stimmt es, dass junge Männer für jeden gestohlenen Kuss eine Mistelbeere aus dem Ball pflücken? Und ist es wahr, dass ein ernst gemeinter Kuss ewige Liebe bedeutet?«

Henry Linfield hob die Hände. »Wieso siehst du mich dabei an, Caroline? Ich bin Damen gegenüber stets artig. Frag Alexander, er lebt in London und verkehrt mehr in Gesellschaft als ich.«

Feli spitzte die Ohren. »Ist Ihr Bruder auf der Suche nach einer Braut?«

»Nein, das bin ich nicht«, erklang von der Tür Alexander Linfields Stimme.

Sie presste die Lippen aufeinander. Warum musste er ausgerechnet in diesem Moment mit seiner Mutter den Salon betreten?

»Zudem besitze ich ebenfalls keinerlei Erfahrung mit Kussbällen.« Er kam zu ihnen an den Tisch. »Aber ich gebe zu, dass sie alle sehr hübsch geraten sind. Sie verfügen über Geschick und Geschmack, Miss Sims.«

»Jetzt muss sich nur noch jemand darunter küssen«, rief Miss Fanny, »damit sich deine Fragen klären, Caroline. Am besten hängen wir die Mistelbälle gleich auf.«

»Aber nicht alle«, warf Alexander Linfield ein. »Sonst können wir bloß mit eingezogenem Kopf durchs Haus laufen.«

»Du vielleicht«, sagte seine Schwester keck. »Lass mich und Caroline nur machen. Kümmere du dich mit den anderen um die restliche Dekoration.«

Die beiden packten die Kussbälle in Körbe und verließen kichernd den Salon.

»Wo möchten Sie die Dekoration aufgehängt haben, Mrs. Linfield?«, fragte Feli und hielt zwei Kränze hoch.

»Oh, diese Mühe müssen Sie sich nicht machen«, erwiderte die Hausherrin.

»Ich bin darin geübt.« Feli lächelte. »Mama legt viel Wert darauf, das Haus zu schmücken.«

Mrs. Linfield schaute sie erfreut an. »Dann ist es Ihrer Mutter ebenso wie mir ein Anliegen, Ihr Heim zur Ehre der Geburt des Herrn herauszuputzen.«

»Eher, Lady Garmond zu übertrumpfen«, sagte Feli. Doch in der Begeisterung, vermeintlich dieselbe Gepflogenheit wie eine Baronin zu hegen, hörte Mrs. Linfield es nicht. Einzig ihr älterer Sohn zog die buschigen Brauen hoch.

Mrs. Linfield nannte ihre Wünsche und teilte sogleich die Arbeit zu. »Schließlich wollen wir bis zum Abendessen fertig sein.«

Während die Hausherrin und ihr jüngerer Sohn die Türkränze und Bögen aufhängen wollten, fiel Feli das Los zu, mit Alexander Linfield die große Girlande über dem Kamin im Salon anzubringen.

»Wenn Ihre Mutter so eifrig im Wettstreit um die schönste Weihnachtsdekoration ist, warum erlaubt sie Ihnen nicht, Kussbälle anzufertigen?« Mit einem Hammer in der Hand und Nägeln in der Tasche balancierte Alexander Linfield auf einem Schemel. »Mir haben sie am besten von allen gefallen.«

Warum hatte sie ihren Mund nicht gehalten? Verdrossen reichte sie ihm den Anfang der Girlande. »Mama möchte nicht, dass mir jemand einen Kuss stiehlt.«

»Ist das schon geschehen?«

»Das ist eine indiskrete Frage.«

»Also ja.« Er schlug den ersten Nagel ein.

Empört schaute sie zu ihm auf. »Wie kommen Sie zu dieser Annahme?«

»Weil Sie einer Antwort ausgewichen sind.«

Kurz überlegte sie, die Girlande fallen zu lassen und aus dem Raum zu gehen. »Ich habe noch nie jemanden unter einem Mistelball geküsst. Genau wie Sie.«

»Es ist ja auch ein alberner Brauch. Ich hoffe, Caroline kommt nicht auf dumme Gedanken.«

»Aber Sie finden die Bälle doch schön.«

»Aber nicht die Vorstellung, dass ein junger Mann meine Schwester bei einer Weihnachtsgesellschaft darunter küsst.«

»Miss Linfield ist siebzehn, sie wird idealerweise bald heiraten.«

Sein Gesicht verdüsterte sich. »Oder auch nicht.« Er hämmerte den nächsten Nagel in die Wand und verfiel in Schweigen.

Feli seufzte. Alexander Linfield war ihr ein Buch mit sieben Siegeln.

Vor Beginn des Abendessens stellte Alexander Linfield eine neue, außergewöhnlich hohe Kerze exakt in die Mitte des Tisches und entzündete sie.

»Hat es mit dieser Kerze eine besondere Bewandtnis?«, fragte Feli Caroline Linfield leise.

»Das ist die Christkerze, ein Geschenk des Kaufladens in Mole's End. Sie symbolisiert Jesus als Licht der Welt. Die Kerze muss vom Familienoberhaupt angezündet werden und bis Sonnenaufgang brennen.«

»Wenn sie vorher ausgeht, man die Kerze verrückt oder eine andere daran anzündet, bringt das Unglück über die Familie«, ergänzte Miss Fanny. »Es könnte sogar jemand sterben. Aber wenn man die Christkerze berührt, erfüllt sie geheime Wünsche.«

»Dann werde ich sie nach dem Abendessen anfassen«, sagte Feli.

Warnend schoss Miss Fannys Zeigefinger nach oben. »Wir müssen uns alle zur selben Zeit vom Tisch erheben, sonst geschieht etwas Grauenvolles.«

Feli betrachtete den hellen Schein der Christkerze. So schön dieser Brauch war, sie würde ihn niemals übernehmen – es war einfach zu riskant.

Nach dem Abendessen suchte Feli erneut ihre Zofe in der Dienstbotenkammer auf. Als sie hereinkam, öffnete Evie die Augen.

»Miss Sims.« Sie versuchte, sich aufzurichten, fiel aber kraftlos aufs Kissen zurück.

»Wie fühlst du dich?«

»Nicht viel besser. Es tut mir leid, dass Sie meinetwegen solche Unannehmlichkeiten haben.«

Feli machte eine beschwichtigende Geste. »Für deinen

Zustand trage einzig ich die Verantwortung, schließlich wollte ich trotz Steves Warnung nach London.« Um sich das einzugestehen, hatte sie den gesamten Nachmittag benötigt – und nicht zuletzt Alexander Linfields mahnende Worte.

Auf Evies Zügen zeichnete sich Erleichterung ab. »Behandelt man Sie hier anständig?«, krächzte sie.

»Absolut. Die Familie erwartet mich jetzt zu einer kleinen Feier, heute ist ja Heiligabend.«

Die Zofe lächelte matt und schloss wieder die Augen. Ihr käsiges Gesicht wies weiterhin rote Flecken auf, aber sie machte einen wacheren Eindruck als bei Felis letztem Besuch nach der Rückkehr aus dem Wald. Vorsichtig legte sie Evie die Hand auf die Stirn. Sie war warm, nicht mehr glühend heiß. »Schlaf gut«, sagte sie. »Morgen geht es dir bestimmt ein Stück besser.«

Leise schloss sie die Tür der Kammer hinter sich. Nicht nur ich werde hier gut versorgt, dachte sie, sondern auch Evie und Steve. Der Kutscher saß mit der Köchin, dem Dienstmädchen und dem alten Kutscher in der Küche beisammen und dem Gelächter nach zu urteilen herrschte dort eine fröhliche Stimmung. Sie schuldete der Familie Linfield und ihren Angestellten wahrhaft großen Dank.

Im Salon erwartete Feli nicht nur die komplette Familie Linfield, sondern auch ein angenehmer Duft nach Tannenzweigen und süßem Punsch. Unzählige Kerzen erhellten den Raum und von der Decke hingen zwei der Kussbälle herab.

»Sie kommen genau rechtzeitig zum Entzünden des Christklotzes«, begrüßte Henry Linfield sie. »In diesem Jahr überlässt Alexander mir die Ehre.«

Dieser Brauch war Feli bekannt. Der Stamm lag im Kamin bereit, eingerieben mit Salz, Wein und Öl. Henry Linfield würde ihn mit einem Span des letztjährigen Weihnachtsklotzes anzünden. Dem Glauben nach fraßen die Flammen persönliches Fehlverhalten, Vergehen und falsche Entscheidungen aller Anwesenden auf, sodass man mit reiner Seele ins neue Jahr gehen konnte. Eine Vorstellung, die Feli gefiel. Es gab einiges, von dem sie sich gerne befreien würde, um neu anzufangen. Inbrünstig sprach sie die Gebete mit, während Mr. Linfield das Holz in Brand setzte. Die Überreste des Scheites würden bis zur Zwölften Nacht im Kamin bleiben.

Anschließend überreichte Henry Linfield ihr mit einer Verbeugung ein Glas Punsch. »Nach einem geheimen Rezept unserer Urgroßmutter«, sagte er zwinkernd. »Lasst uns einen Toast aussprechen.« Er wartete, bis alle aufgestanden waren und ihre Gläser erhoben hatten. »Trinken wir auf den Beginn einer fröhlichen Weihnachtszeit, die baldige Genesung der Kranken und den Schneesturm, der uns ebenso unerwarteten wie bezaubernden Besuch ins Haus geweht hat.« Er trank einen Schluck und schaute ihr bedeutungsvoll in die Augen.

Hastig senkte Feli die Lider und nippte an ihrem Punsch. War Henry Linfield bloß höflich oder verbarg sich hinter seiner Aufmerksamkeit mehr? Verstohlen blickte sie über den Rand ihres Glases, um festzustellen, ob noch jemand anderem etwas aufgefallen war. Doch Mrs. Linfield sprach mit ihrer großen Tochter und Henry Linfield hatte sich Miss Fanny zugewandt. Einzig Alexander Linfield sah zu ihr. Sein Gesichtsausdruck glich dem Schneesturm, dem sein Bruder im Toast gedankt hatte.

Was bezweckte Henry mit diesem betörenden Blick? Hatte er sich in den Kopf gesetzt, die Tochter des Barons zu heiraten, um der Familie aus der finanziellen Misere zu helfen? Das wäre ein nobles Ansinnen, doch Miss Sims gegenüber wenig ehrenhaft. Aber bestimmt würde sie nicht auf Henrys Schauspielkünste hereinfallen.

Alexander leerte sein Glas. So oder so – das Ganze gefiel ihm nicht. Mit einem Mann, der ständig auf See war, würde Felicity Sims nicht glücklich werden. Und zur See würde Henry fahren, sobald es ihm wieder möglich war. Sein Bruder hatte sich damals trotz seiner Bitten, in der Nähe der Familie zu bleiben, für die Navy entschieden, er würde sich auch durch die Liebe einer Frau nicht davon abbringen lassen. Mit zusammengekniffenen Augen musterte Alexander Miss Sims.

Hatte sie Gefühle für Henry entwickelt? Er musste sich seinen Bruder dringend vornehmen.

»Lasst uns etwas spielen.« Fannys Aufforderung setzte seinen Gedankengängen vorläufig ein Ende. »Wie wäre es mit *Ich liebe meinen Liebsten A*?«

Der Vorschlag fand allgemeine Zustimmung. Man nahm Platz, Fanny schrieb alle Buchstaben des Alphabets auf kleine Zettel, warf sie in eine Schale und reichte diese Caroline, die neben ihr saß.

Caroline nahm mit geschlossenen Augen eines der Zettelchen heraus, überlegte kurz und sagte: »Ich liebe meinen Liebsten B, weil er bärenstark ist. Ich hasse ihn, weil er barhäuptig ist. Sein Name ist Bruce und er lebt in Brighton.« Unter Beifall gab sie die Schale an Miss Sims weiter.

Diese zog einen Zettel, runzelte die Stirn und nickte. »Ich liebe meinen Liebsten L, weil er liebevoll ist. Ich hasse ihn, weil er langweilig ist. Sein Name ist Lucas und er lebt in London.«

»Langweilig und in London?« Henry lachte. »Da hätte er auch ›Lexander‹ heißen können.«

Fanny und Caroline kicherten, Alexander ärgerte sich. Musste sein Bruder ihn ständig vor Miss Sims bloßstellen?

»Ich finde nicht, dass Ihr Bruder langweilig ist«, sagte Miss Sims und gab die Schale an Henry weiter.

Ihre Worte lösten ein freudiges Gefühl in ihm aus. Er warf Henry einen triumphierenden Blick zu. Bei dessen Vers verschwand das Hochgefühl wieder.

»Ich liebe meine Liebste F«, begann sein Bruder, »weil sie fabelhaft ist. Ich hasse sie, weil sie fortmuss. Ihr Name ist Frederica und sie lebt in Farnham.«

Miss Sims errötete. Es war offenkundig, dass Henry sie meinte.

Mutter nahm ihm die Schale ab und formulierte harmlose Zeilen zum Buchstaben M. Fanny folgte ihrem Beispiel mit dem A.

Jetzt blieb nur noch er selbst. Alexander griff in die Schale und zog ein H heraus. Na warte, dachte er mit Blick auf seinen Bruder.

»Ich liebe meine Liebste H, weil sie hübsch ist. Ich hasse sie, weil sie heuchlerisch ist. Ihr Name ist Henrietta und sie lebt in Hastings.«

Henry sah ihn finster an.

»Wir sollten zu etwas anderem übergehen«, sagte Mutter hastig, die die Spannungen zwischen ihren Söhnen zu bemerken schien. »Zum Beispiel einer Planung, wie wir die nächsten Tage gestalten wollen, damit sie für Miss Sims abwechslungsreich werden.«

»Oh, ich möchte keine Umstände bereiten und passe mich Ihren Traditionen an«, versicherte Miss Sims sofort.

Henrys Augen funkelten. »Ich nehme Sie beim Wort. Und bitte hiermit um den ersten Tanz beim Fuchsball übermorgen.«

»Ich weiß nicht, ob Miss Sims unsere ländlichen Veranstaltungen zusagen«, sagte Alexander scharf.

»Das können wir sofort herausfinden.« Sein Bruder

stand auf. »Fanny, hol deine Noten, ich rolle derweil den Teppich zurück. Caroline, fordere bitte Alexander zum Tanzen auf, bevor er weiter herumunkt und schlechte Stimmung verbreitet.«

Während Henry den Teppich beiseiteschaffte, wandte Alexander sich Miss Sims zu. »Wenn Sie Einwände haben, mit meinem Bruder durch unseren Salon zu tanzen, verstehe ich das. Dann kann Fanny uns Gesangsstücke zum Besten geben.«

»Im Gegenteil, es ist eine nette Idee.« Sie schaute an ihm vorbei zu Henry, der sofort an ihre Seite trat.

»Tritt Caroline nicht zu oft auf die Füße«, flüsterte Henry ihm zu und stolzierte mit Miss Sims zu der winzigen Tanzfläche.

Fanny griff in die Tasten des Pianofortes und bald drehten sie sich zur beschwingten Melodie eines Reels.

»Miss Sims tanzt äußerst elegant«, raunte Caroline ihm zu. »Und Henry ebenfalls. Als derart perfekten Tänzer habe ich ihn nicht in Erinnerung.«

»Ich auch nicht.« Jetzt war klar, was sein Bruder in seiner Zeit an Land außer Glücksspiel getrieben hatte. »Vielleicht solltest du in der nächsten Runde ihn als Partner wählen, damit du von ihm lernst.«

Sie nickte begeistert, zögerte dann jedoch. »Meinst du, du bist Miss Sims' tänzerischen Ansprüchen gewachsen?«

Sein strafender Blick ließ sie den Kopf senken. Dabei hatte er sich ehrlicherweise dieselbe Frage gestellt. ›L‹

wie ›linkisch‹ sollte Miss Sims nicht mit ihm in Zusammenhang bringen.

Alexander Linfields Gesichtsausdruck war angespannt, als er zu ihr trat. Selbst die munteren Takte der Gigue rangen ihm kein Lächeln ab. Und so verwunderte es Feli nicht, dass ihr Tanz im Schweigen begann. »Sollen wir lieber aufhören?«, fragte sie.

»Sind meine tänzerischen Fertigkeiten zu bescheiden?«

»Nicht im Entferntesten. Ich … ich dachte nur, dass ich Ihnen als Partnerin unangenehm sein könnte.«

»Auf keinen Fall. Meine Befürchtungen gingen in eine andere Richtung.«

»Dass mein tänzerisches Können nicht gut genug ist für Sie?«, fragte Feli.

»Dass *mein* tänzerisches Können nicht gut genug ist für *Sie*.«

Sie schauten sich an und lachten gleichzeitig.

»Vielleicht sollte ich besser bei Ja und Nein als Antwort bleiben«, sagte er.

»Bitte nicht. Inzwischen ist mir alles erträglicher als Ihr Schweigen. Zumal Ihre Formulierungen oft humorvoll sind – ob gewollt oder ungewollt.«

»Humor ist eine Eigenschaft, die mir bisher selten zugestanden wurde. Aber ich werde Ihnen nicht widersprechen.« Er sah sie nachdenklich an. »Wir haben ja vorhin überlegt, was wir in den kommenden Tagen unternehmen können. Wenn es Ihnen nichts ausmacht, hätte ich einen Wunsch an Sie.«

Sie bedeutete ihm mit einem Nicken, weiterzusprechen.

»Würden Sie morgen Eclairs für uns backen? Natürlich mit Hilfe der gesamten Familie, sofern es dieser bedarf.«

»Gerne. Auch wenn ich mit dieser Bitte aus Ihrem Mund nicht gerechnet hätte.«

»Ich wollte nicht darauf hoffen, dass Henry dieses Anliegen an Sie heranträgt.« Er räusperte sich. »Eclairs mit Schokolade sind mein Lieblingsgebäck. Die Köchin hatte sie extra zu meiner Rückkehr aus London zubereitet. Ich habe so unwirsch reagiert, weil sie Mrs. Jones schon besser gelungen sind.«

»Ich werde mir bei der Zubereitung alle Mühe geben. Schokoladeneclairs sind nämlich auch mein Lieblingsgebäck.« Wer hätte gedacht, dass Mr. Linfield und sie Gemeinsamkeiten hatten?

Nach dem Tanzen spielten sie eine Zeitlang Karten, dann beendete Mrs. Linfield den Abend. »Wir wollen morgen früh nicht übermüdet in der Kirche sitzen.«

Sie tranken ihre Gläser aus, erhoben sich und gingen zur Tür.

Dort neigte Alexander Linfield den Kopf vor Feli. »Schlafen Sie wohl, Miss Sims.«

Sein Bruder drängte sich zwischen sie. »Und haben Sie süße Träume.« Der Leutnant zur See nahm ihre

Hand, führte sie an seinen Mund und deutete einen Kuss an.

Mr. Linfield schnaubte. »Wenn du Miss Sims so zu Leibe rückst, wird sich dieser Wunsch nicht erfüllen.«

»Da sieht man, dass du keine Ahnung hast, was Damen gefällt.«

»Dein überkandideltes Verhalten sicher nicht.«

Feli räusperte sich. »Meine Herren, Sie wissen, dass es unhöflich ist, über mich zu sprechen, als sei ich nicht da?« Ehe die beiden etwas erwidern konnten, verließ sie nach einem Nicken in Richtung der Frauen den Salon.

Gedankenverloren stieg Feli die Treppe zu ihrem Zimmer hinauf. Sie hatte den Eindruck, dass Alexander Linfield mit seinem Bruder in einen Wettbewerb um ihre Gunst getreten war. Dabei hatte sie angenommen, dass ihre Abneigung zu ihm auf Gegenseitigkeit beruhte. Aber wenn sie ehrlich war, traf das – zumindest bei ihr – nicht länger zu. Sobald man sich an seine steife, wortkarge und erbarmungslos offene Art gewöhnt hatte, war Alexander Linfield ein sympathischer Mann. Und während sie heute Morgen sicher gewesen war, welchem der Brüder sie den Vorzug geben würde, konnte sie es jetzt nicht mehr sagen.

Du würdest einen Angestellten oder einen Seemann als Gemahl in Betracht ziehen?, höhnte eine Stimme in ihrem Kopf, die verdächtig nach ihrer Schwester klang.

»Selbstverständlich nicht«, murmelte sie und öffnete ihre Zimmertür, über der ebenfalls ein Kussball aufgehängt worden war. »Sonst wäre ich ja erneut das Gespött der Familie.« Vielleicht hätte sie vorhin beim Berühren der Christkerze ihre Bitte genauer formulieren sollen. Statt »Ich möchte so schnell wie möglich einen liebevollen Ehemann finden« hätte sie »in London und mindestens im Rang eines Barons« ergänzen sollen. Die Kerze konnte ja nicht wissen, dass es bei der Wahl ihres Gatten nicht nur um ihre Wünsche ging, ondern auch um die Erwartungen und Ansprüche ihrer Familie. Und diese konnte weder Henry noch Alexander Linfield erfüllen. Das Interesse der Brüder durfte ihr schmeicheln, mehr nicht.

Alexander bedeutete Henry, mit ihm im Salon zurückzubleiben. »Du willst allen Ernstes Miss Sims den Hof machen?«

»Warum nicht? Irgendetwas muss ich ja zur finanziellen Sicherheit und dem Ansehen unserer Familie beitragen.«

»Aber nicht, indem du eine Frau an dich bindest und dann über Monate auf See verschwindest.«

»Lange Abwesenheit ist einer Ehe bestimmt zuträglich.« Henry grinste. »Weniger Zeit zum Streiten und heftige Sehnsucht beim Wiedersehen.«

»Deine Sehnsucht stillst du in jedem Hafen, während Miss Sims sich zu Hause langweilt.«

»Ihr Vater würde schon dafür sorgen, dass sein Töchterchen sich in London oder Bath die Zeit vertreibt – oder wo immer es den *bon ton* hinzieht.«

»Du bist ein Egoist, Henry. Und wenn du tausend Mal behauptest, es für unsere Familie zu tun.«

»Spielst du dich jetzt auch noch als Beschützer unschuldiger Damen auf?«

»Nein. Mir gefallen bloß deine Beweggründe nicht.«

Sein Bruder lachte. »Gib zu, du bist neidisch, weil sie mich dir vorzieht.«

»Das ist nicht wahr«, erwiderte er heftiger als beabsichtigt.

»Dass du neidisch bist oder dass sie mich dir vorzieht?«

»Spar dir deine Spitzfindigkeiten. Ich will einfach keine Scherereien mit einem einflussreichen Mann wie Miss Sims' Vater. Er wäre mit einer Heirat seiner Tochter so weit unter Stand sicher nicht einverstanden.«

»Wenn das der einzige Grund ist, mach dir keine Sorgen.« Mit einem süffisanten »Schlaf gut, Brüderchen« verließ Henry den Salon.

Wütend sah Alexander ihm hinterher. Sein Bruder würde seine Bemühungen um Miss Sims nicht einstellen. Also musste er alles daransetzen, dass Henry sein Ziel nicht erreichte. Dass eine Auseinandersetzung mit Baron Pratt das Letzte war, was er brauchen konnte, war keine Lüge gewesen. Alles andere, was er in Bezug auf Felicity Sims behauptet hatte, schon.

Ja, er war eifersüchtig.

So sehr er Miss Sims am Anfang zum Teufel gewünscht hatte, so sehr gefiel sie ihm inzwischen – und zwar nicht nur äußerlich. Je länger sie hier war, desto häufiger wurde hinter ihrer Arroganz eine andere Seite an ihr sichtbar. Warm, lebensfroh und ohne Standesdünkel. Wie vorhin beim Tanzen.

Alexander verließ den Salon und betrat das leere Esszimmer. Der Schein der Christkerze tauchte den Raum in sanftes Licht. Selbst wenn er nach so vielen Enttäuschungen noch daran glauben würde, dass die Kerze Träume erfüllen konnte – das, was er begehrte, wäre sogar für ein Weihnachtswunder zu viel verlangt.

Was Miss Sims sich wohl gewünscht hatte, als sie nach dem Abendessen das Wachs berührt hatte? Irgendetwas schien sie zu bedrücken, er hörte es an dem Unterton, der manchmal in ihrer Stimme lag. Strebte sie deshalb so vehement nach London? War sie auf der Flucht vor etwas? Zu seinen sinnlosen Gefühlen für sie gesellte sich das absurde Bedürfnis, sie beschützen zu wollen. Lange betrachtete er die flackernde Flamme der Christkerze. Dann legte er gegen jedes bessere Wissen seine Fingerspitzen an die glatte Oberfläche.

25. Dezember 1814

Christmas Day

Die Kirche von Mole's End war ein schlichter Bau aus grob behauenen Steinquadern. Beim Eintreten lenkte ein buntes Bleiglasfenster hinter dem Altar Felis Blick auf sich. Es zeigte St. David, den Schutzpatron der Gemeinde.

»Es ist erst vor zehn Jahren eingebaut worden«, flüsterte Miss Linfield ihr beim Gang durch die Reihen stolz zu. »Unser Vater hat eine größere Summe dafür gespendet.«

Er hätte das Geld besser für seine Familie anlegen sollen, dachte Feli. Dass es bei den Linfields an allen Ecken mangelte, war unübersehbar. Im nächsten Augenblick schämte sie sich für diesen Gedanken. Für das Seelenheil seiner Lieben zu sorgen, war auch wichtig.

Trotz ihres früheren Vermögens schien die Familie keine eigene Kirchenbank innezuhaben, denn Mrs. Linfields Blick schweifte besorgt suchend über die Reihen. Die Kirche war an diesem Weihnachtsmorgen bereits gut gefüllt und es dauerte einen Moment, bis sie eine freie Bank fanden. Vor ihnen saß der Stellmacher mit seinen Angehörigen und nickte Feli freundlich zu. Gut, dass Mama nicht wusste, dass ihre Tochter im Gottesdienst hinter einem Handwerker Platz nehmen musste.

Gleich darauf kam der Reverend aus der Sakristei. Statt weit über sechzig, wie zu Hause in Farnham, war dieser Geistliche ein sportlich wirkender Mann Ende vierzig mit freundlichen dunkelbraunen Augen und ergrauten Schläfen. Er besaß eine wohltönende Stimme und seine lebendige Art zu predigen gefiel ihr. Anschaulich und kritisch forderte er die Gemeinde zum Mitdenken über die eigenen Worte und Taten auf, zwischendurch streute er immer wieder humorvolle Beispiele ein. Kein Wunder, dass alle Gläubigen seinen Auslegungen des Evangeliums andächtig lauschten. Wobei dies gelegentliche neugierige Blicke in ihre Richtung nicht ausschloss.

Auch Alexander Linfield bemerkte das allgemeine Interesse an ihr. »Sie sind die einzige Fremde hier«, flüsterte er ihr nach der Predigt zu. »Deshalb weiß man im Dorf sicher schon alles über Sie, was es zu wissen gibt.«

Erschrocken sah sie ihn an. Dann wurde ihr klar, dass sich seine Aussage wohl nur auf ihren Aufenthalt bei den Linfields bezog und nicht auf ihre Flucht aus Pratton Hall oder die Geschehnisse in London im Frühjahr.

»Ist alles in Ordnung, Miss Sims?«, fragte er. »Sie wirken bestürzt.«

Sie schüttelte den Kopf und schaute demonstrativ nach vorne zum Altar. Dass er sie noch eine Weile nachdenklich betrachtete, entging ihr trotzdem nicht.

Er weiß es nicht, beruhigte sie sich. Und er wird es nie erfahren.

Dann gehörte ihre Aufmerksamkeit wieder dem Gottesdienst. Sie genoss es, die Lieder mitzusingen und band in ihre Gebete sowohl die Dankbarkeit für ihre Rettung aus dem Schneesturm als auch die Hoffnung auf eine baldige Gesundung Evies ein.

Nach dem Schlussgesang beugte sich Mrs. Linfield zu ihr herüber. »Ich hoffe, Ihnen hat die Messe ebenso gefallen wie mir.«

»Das hat sie. Der Reverend ist ein herausragender Prediger.«

Die Hausherrin strahlte, als habe das Lob ihr gegolten.

Der Auszug aus der Kirche ging nur langsam vonstatten, da der Reverend jeden Besucher am Portal mit einem persönlichen Wort entließ.

»Wie schön, dass Sie diesen Weihnachtsgottesdienst mit uns feiern konnten, Miss Sims«, wandte er sich auch an sie. »Obwohl die Umstände, die dazu führten, sicher nicht in Ihrem Sinne waren.«

Feli lächelte. »Ich hatte Glück im Unglück und bin der Familie Linfield zutiefst dankbar. Und Ihnen für diesen inspirierenden Gottesdienst.«

»Vielen Dank. Wir werden uns übrigens heute Abend beim Dinner wiedersehen. Bis später, Miss Sims, und fröhliche Weihnachten.«

»Dieser Reverend Trew scheint ein passabler Mann zu sein«, bemerkte Henry Linfield auf dem Weg zum Schlitten. »Seit wann genau ist er in Mole's End?«

»Er kam Anfang Mai«, sagte Mrs. Linfield. »Nach dem Tod seiner Frau hat er eine neue Pfarrstelle gesucht.«

Alexander Linfield öffnete die Tür des Schlittens. »Ich finde, Adam Trew ist eine Bereicherung für unsere Gemeinde.«

»Ein wahrer Segen«, sagte Feli und ließ sich von ihm beim Einsteigen helfen. »Wahrscheinlich hat man ihn auf seiner alten Stelle nur ungern ziehen lassen.«

Mrs. Linfield reichte ihr eine der Decken und nahm Platz. »Reverend Trew sagt, er ist nicht im Unfrieden gegangen. Er konnte wegen der Erinnerung nicht länger in London bleiben.«

London? Feli zuckte zusammen. Falls Reverend Trew im *ton* verkehrt hatte, könnte er wissen, wer sie war.

»Ist Ihnen kalt, Miss Sims?«, fragte Alexander Linfield.

Hastig verneinte sie. »Die Wolldecke wärmt vorzüglich.«

Er nickte knapp und half den Mädchen beim Einsteigen, dann schwang er sich zum Kutscher auf den Bock.

Henry Linfield setzte sich neben seine Schwestern und begann auf deren Bitten hin, weitere Seemannsabenteuer zu erzählen.

Seine kurzweiligen Geschichten ließen Felis Sorgen in den Hintergrund rücken. Bald lachte sie ebenso unbeschwert wie die Linfield-Frauen. Selbst der alte Kutscher gluckste gelegentlich. Einzig von Alexander Linfield war kein Laut zu hören. Die dunklen Brauen dicht zusammengeschoben, starrte er in die weiße Winterlandschaft.

Felicity Sims hütete ein Geheimnis und es hing mit London zusammen. Leider war die Küche, in der neben ihm seine komplette Familie samt Mrs. Jones zugegen war, kein geeigneter Ort, um dahinterzukommen.

Verstohlen betrachtete Alexander sie. Gerade sah Miss Sims nicht so aus, als verberge sie etwas. Sie trug eine weiße Schürze und erklärte in beschwingten Worten ihr Tun. In diesem Fall die Art, wie sie einen Brandteig zubereitete. Von Zeit zu Zeit gab sie Anweisungen, die seine Schwestern und Henry beflissen ausführten. Er selbst beschränkte sich aufs Zuschauen. Zum einen, weil in der Küche – ebenso wie im gesamten Haus – überall Kussbälle von der Decke baumelten, gegen die er ständig stieß. Entweder hatten Caroline und Fanny beim Aufhängen seine Größe nicht bedacht oder sie hatten sie mit Absicht so tief angebracht, um ihn zu ärgern. Zum anderen gefiel es ihm, Miss Sims ungeniert beobachten zu können. Ihre weichen Bewegungen, ihre gerunzelte Stirn, als sie die Teigmasse im Topf auf dem Herd rührte und ihr Lächeln, als sich die gewünschte weiße Haut auf dem Topfboden bildete. Geschickt holte sie den entstandenen Teigkloß heraus und legte ihn in eine Rührschüssel. Dann knetete sie Eigelb unter. Durch die Anstrengung röteten sich ihre Wangen. Eine kitzelnde Stirnlocke pustete sie mehrmals erfolglos fort. Alexander widerstand der Versuchung, sie ihr hinters Ohr zu streichen.

Als der Brandteig vom Ei zu glänzen begann und in langen Spitzen vom Löffel hing, verlangte sie den Spritzbeutel. Henry reichte ihn ihr umgehend. Doch statt den Teig einzufüllen, wandte Miss Sims sich zu ihm um.

»Mr. Linfield, Sie haben noch nichts getan. Wollen Sie beim Spritzen der Gebäckstücke helfen?«

Ehe er ablehnen konnte, schoben seine Schwestern ihn zu ihr an die Arbeitsfläche.

»Krempeln Sie Ihre Ärmel hoch und dann geht es los«, wies sie ihn an. »Ein Stück in dieser Größe mit dem Löffel vom Teig abstechen, in den Beutel füllen und in Daumenlänge auf das Backblech drücken.« Während sie sprach, demonstrierte sie ihm, was zu tun war.

»Gut so?« Vorsichtig übte er Druck auf die warme, weiche Masse in dem Stoffbeutel aus.

Sie blickte auf das dünne Teigwürstchen auf dem gefetteten Blech. »Drücken Sie stärker.«

»Jetzt gut?«

Sie schüttelte den Kopf. »Immer noch zu zaghaft.«

Er hielt inne. »Ich möchte nicht riskieren, dass der Teig an der Decke klebt.«

»Das wird er nicht.« Sie umfasste seine Hände, setzte mit der Tülle neu an und drückte. Auf dem Blech erschien ein pralles Teigstückchen. »Und gleich nochmal, damit Sie Gefühl dafür bekommen.«

Erneut schlossen sich ihre Finger um die seinen – zart und bestimmend zugleich. Alexander biss sich auf die Unterlippe. Wie im Wald roch er den Duft ihres Haares und spürte ihre weiblichen Rundungen an seiner Seite.

»Sehen Sie, diese Eclairs sind Ihnen viel besser gelungen«, klang ihre Stimme an seinem Ohr. So nah, dass er ihren Atem an seiner Wange spüren konnte.

»Danke für Ihre Hilfe«, bemühte er sich um Worte.

»Schön, dass ich mich für die Gastfreundschaft Ihrer Familie revanchieren kann.«

Er wagte einen Blick zu ihr – und sah glänzende nussbraune Augen und ein strahlendes Lächeln. »Ich ... wie viele Eclairs machen wir?«

»Bis der Teig aufgebraucht ist.« Sie schmunzelte. »Soll ich Ihren Bruder bitten, Sie abzulösen?«

»Nein, das schaffe ich allein!« Keinesfalls durfte Henry ihr so nahekommen.

Sie nahm ihre Hände fort und trat beiseite.

Das hatte er nicht beabsichtigt. »Es tut mir leid. Ich wollte nicht unfreundlich sein.«

Das Lächeln kehrte in ihr Gesicht zurück. »Dann bin ich beruhigt. Kann ich Sie ohne meine Hilfe weitermachen lassen?«

Am liebsten hätte er wieder »nein« gerufen. Stattdessen nickte er und füllte eine neue Portion Teig in den Spritzbeutel.

»Hoffentlich bist du ohne Miss Sims stark genug«, spottete Henry. »Zum Glück musst du in deinem Kontor nur eine Schreibfeder halten. Ich will mir gar nicht vorstellen, wie du bei Sturm Segel einholst.«

»Nicht ärgern lassen.« Miss Sims zwinkerte ihm zu. »Bei der Kraft Ihres Bruders wäre bestimmt der Spritzbeutel geplatzt und wir hätten das Backen aufgeben müssen.«

Alexander starrte sie an, dann lachte er laut – und mit ihm seine Schwestern, seine Mutter und die Köchin. Henry verzog schmollend den Mund.

Nachdem auch der restliche Teig durch den Beutel gedrückt war, trat Alexander zurück und überließ das Bestreichen der Teiglinge mit Wasser seinen Schwestern. Schon kam das Gebäck in den Ofen und Miss Sims nahm ihnen das heilige Versprechen ab, dass niemand in der ersten Viertelstunde der Backzeit in den Ofen lugte, damit die Eclairs nicht zusammenfielen. In der Zwischenzeit bereitete sie mit Fanny die Schokoladenfüllung auf dem Herd zu.

Kaum war die Viertelstunde verstrichen, kontrollierte sie den Bräunungsgrad der Gebäckstückchen. Kurz darauf zog Mrs. Jones auf Miss Sims' Geheiß das Blech aus dem Ofen, schnitt sofort von jedem der knochenförmigen Gebäcke einen Deckel ab und legte beide Hälften auf einen Rost zum Auskühlen.

Als alles ausreichend abgekühlt war, spritzten Miss Sims und Caroline abwechselnd die Schokoladencreme auf die Unterseite und setzten den Deckel wieder auf. Stolz wies Miss Sims auf die goldbraunen Gebäckstücke mit der schimmernden braunen Cremefüllung. »Unser gemeinsames Werk ist fertig. Jetzt müssen wir sie nur noch essen.«

»O ja!« Fanny streckte die Hand aus.

Seine Mutter schüttelte den Kopf. »Die Eclairs genießen wir nachher zum Tee, wenn du mit deinen Geschwistern vom Eislaufen zurückkommst.« Sie schaute zu Miss Sims. »Sie dürfen sich gerne anschließen und meine Kufen benutzen. Oder Sie leisten mir in einem himmlisch ruhigen Haus im Salon Gesellschaft.«

Würde sie mit ihnen kommen? Als im vergangenen Winter die Themse zugefroren war, hatte Alexander Damen des *tons* dort eislaufen sehen. Er hoffte, dass auch Miss Sims diese Kunst beherrschte. Einzig deshalb hatte er Fannys Bitte am Morgen, als sie noch ohne ihren Gast zusammengesessen hatten, zugestimmt.

Miss Sims runzelte die Stirn. »Ich habe mit fünfzehn das letzte Mal auf dem Eis gestanden. Ich weiß nicht, ob ich es noch beherrsche.«

»Ach, in drei Jahren verlernt man das nicht«, sagte Caroline. »Ich nehme Sie gerne an der Hand.«

Miss Sims zögerte, doch dann nickte sie. »Unter diesen Bedingungen komme ich gerne mit.«

Auf Alexanders Gesicht stahl sich ein Lächeln.

Die Eislaufkufen der Familie lagerten in einer Holztruhe in der Scheune. Feli wunderte es nicht, auch dort Kussbälle über den Türen und an niedrigen Balken aufgehängt zu finden.

Henry Linfield steckte die mit Lederschnallen und festen Stoffbändern versehenen Eisschienen in einen Beutel und schulterte diesen. »Wir können los«, sagte er fröhlich. Während des kurzen Mittagessens war er ihr gegenüber ungewohnt zurückhaltend gewesen, nun aber schien er Feli ihren Scherz beim Backen nicht länger übel zu nehmen.

»Wir gehen zu einer überfluteten, zugefrorenen Wiese. Sie liegt nur wenige Minuten entfernt.« Miss Linfield wies auf einen Pfad, der seitlich am Haus entlangführte.

Sie machten sich auf den Weg, vorbei an der Küche, in der die Köchin alles für das abendliche Weihnachtsdinner vorbereitete.

Miss Fanny sprang an Felis Seite. »Wer hat Ihnen das Eislaufen beigebracht, Miss Sims?«

»Und in welchem Alter haben Sie es gelernt?«, fragte Miss Linfield. »Ich habe mich nicht aufs Eis getraut, bis ich acht war.«

Feli hätte die Strecke lieber mit Alexander Linfield zurückgelegt, der ihnen mit seinem Bruder voranging. Ihm heute Vormittag beim Backen so nahe zu kommen, hatte ihr gefallen.

Prompt erklang Margrets mahnende Stimme in ihrem Ohr. *Felicity, was sind das für Gedanken!*

Keine schicklichen, das wusste sie. Doch ihn zu berühren, hatte sich nicht unpassend angefühlt, sondern schön. Zudem waren sie ganz und gar nicht allein in der Küche gewesen. Und außerdem reiste sie übermorgen ab! Sie hakte sich bei den Schwestern unter. »Ich war sechs Jahre alt, als ich Eislaufen gelernt habe.« Dann berichtete sie, wie ihr Vater mit ihr auf dem See hinter Pratton Hall geübt hatte.

Auf der gefrorenen Wiese drehten bereits einige andere Eisläufer ihre Runden. Alexander Linfield stellte den mitgebrachten Melkschemel am verschneiten Rand ab und bedeutete Feli mit einer Geste, Platz zu nehmen.

»Soll ich Ihnen helfen?«, fragte er und wies auf die Kufen.

Da ihr die Art dieser Bindung unbekannt war, nickte sie. Kaum saß sie, kniete er sich vor sie, nahm ihren rechten Fuß und schnallte die Kufe an ihrem Stiefel fest. Das Ganze wiederholte er mit dem linken Fuß.

»Drückt es irgendwo?«

Sie verneinte und er half ihr beim Aufstehen.

»Ich ziehe Fanny die Kufen an, dann geleite ich Sie aufs Eis.«

»Oder ich führe Miss Sims dorthin.« Henry Linfield hatte sich die Kufen auf dem Beutel sitzend angezogen. »Kommen Sie!« Er griff nach ihrer Hand und wandte sich zur Eisfläche.

Um auf den schmalen Kufen nicht zu fallen, blieb ihr nichts übrig, als ihm mit staksenden Schritten zu folgen. Stirnrunzelnd blickte sie auf die spiegelglatte Fläche vor sich. In Wahrheit hatte sie vor sechs Jahren das letzte Mal auf dem Eis gestanden und nicht vor dreien.

Henry Linfield sah sie aufmunternd an. »Der Körper vergisst eine einmal erlernte Tätigkeit nicht. Geben Sie ihm ein bisschen Zeit, sich zu erinnern.«

Er stand bereits auf dem Eis und streckte ihr seine zweite Hand entgegen. Beherzt ergriff Feli diese, trat unsicher von der Wiese auf das Eis – und unter ihr glitten die Kufen los.

»Huch!« Sie klammerte sich an seinen Arm.

»Keine Angst, ich habe Sie. Schön locker in den Knien, den Oberkörper ein wenig nach vorne beugen und leicht Schwung holen.«

Sie folgte seinen Anweisungen und wagte einige kräftigere Schritte. Nach ein paar Versuchen war es ihr, als wäre sie gestern zum letzten Mal gefahren. »Ich kann es wieder«, rief sie enthusiastisch.

»Hervorragend, Miss Sims«, sagte Henry Linfield. »Soll ich Sie sicherheitshalber weiterhin festhalten?«

Wäre er sein Bruder, hätte sie zugestimmt. Doch sie brauchte seinen Halt nicht mehr – und sie wünschte ihn sich auch nicht. Dankend lehnte sie ab.

»Dann fahre ich einfach so neben Ihnen her.« Seine Stimme klang enttäuscht. Es kümmerte sie nicht. Er war nicht länger derjenige der Brüder, der sie interessierte.

In einigem Abstand zueinander drehten sie eine Runde auf dem Eis. Inzwischen war die Fläche gut gefüllt. Lachende Kinder, die mit und ohne Kufen herumschlitterten, ein verliebt wirkendes Pärchen sowie weitere Männer und Frauen jeglichen Alters. Ein Herr mit Glatze fuhr sogar rückwärts.

Mittlerweile waren auch die anderen aufs Eis gestakst und losgefahren. Selbst aus der Ferne sah Feli, dass Miss Fanny sich äußerst unsicher zeigte. Alexander Linfield fuhr dicht hinter ihr und hielt das Mädchen unter den

Achseln fest. Miss Linfield hielt die Hand ihrer Schwester und schien ihr Mut zuzureden.

»Fanny hatte lange eine schwächliche Gesundheit.« Henry Linfield drehte neben Feli einen Schnörkel. »Der Arzt hat ihr erst letzten Winter erlaubt, mit dem Eislaufen zu beginnen.« Er erzählte ein wenig vom Leiden seiner Schwester. Von der Lungenentzündung, an der sie vor drei Jahren fast gestorben wäre und den Erkältungen, die sie immer wieder ans Bett gefesselt hatten. Dann ging er zu seinen Seefahrergeschichten über, von denen er unendlich viele in petto zu haben schien.

Feli lachte an den richtigen Stellen und fragte nach dem einen oder anderen Detail, doch insgeheim beobachtete sie Alexander Linfield. Unermüdlich gab er seiner Schwester Halt und Aufmunterung. Es passte zu dem Bild, das sie inzwischen von ihm gewonnen hatte.

Nach einer Weile fuhr Alexander Linfield mit seinen Schwestern zum Rand der Eisfläche und winkte Henry und sie zu sich.

»Kümmerst du dich jetzt um Fanny, Henry?«, fragte er, als sie dort ankamen.

Zu ihrer Überraschung schüttelte dieser den Kopf. »Ich erzähle Miss Sims gerade von meinen Erlebnissen auf See. Es wäre unhöflich, unsere Unterhaltung so plötzlich …«

»Auf keinen Fall«, fiel sie ihm ins Wort. »Ich rede auch gerne mit Ihrem Bruder.«

»Damit er Sie mit Kontorgeschichten zu Tode langweilt?« Henry Linfield lachte. »Was passiert in einer

Schreibstube schon Aufregendes? Außer, dass die Tinte zur Neige …«

Henry Linfield konnte seinen Satz nicht beenden. Sein Bruder hatte einen Schneeball geformt und ihm ins Gesicht geworfen.

Der jüngere Mr. Linfield prustete. »Hey, was soll das?«

»Ich nehme dich unter Beschuss.« Alexander Linfield warf ihm einen zweiten Schneeball auf die Nase.

»Und ich auch«, krähte Miss Fanny. »Weil du nicht mit mir üben willst, obwohl Miss Sims es gestattet.«

Patsch, traf ihre Schneekugel ihn am Bauch.

»Alle gegen einen?« Henry Linfield wischte sich den Schnee aus dem Gesicht. »Wie unfair.«

»Du hast recht.« Miss Linfield schob Schnee zusammen. »Fanny, wir beide und Henry gegen Alexander und Miss Sims.« Im nächsten Moment prangte ein weißer Fleck auf Alexander Linfields Mantel.

Alexander Linfield nickte Feli mit entschlossenem Gesichtsausdruck zu. »Sind Sie bereit, sich an meiner Seite gegen unsere Feinde zu verteidigen?«

»Und ob.« Feli formte einen Ball, warf und traf Miss Linfield prompt an der Schulter. »Hurra«, rief sie und hatte im gleichen Moment den Mund voller Schnee. Lachend spuckte sie ihn aus. Schnell nahm sie weiteren Schnee und zielte damit auf Miss Fanny. Alexander Linfield nahm sich seinen Bruder vor.

»Ich weiß nicht, wann ich das letzte Mal so viel Spaß hatte«, rief sie ihm zu und schleuderte den nächsten Ball.

»Ich auch nicht.« Sein dunkler Bart war inzwischen puderweiß und seine grauen Augen strahlten wie noch nie.

Hatte sie jemals einen attraktiveren Mann gesehen? Schnee, der ihr in den Kragen rieselte, verhinderte eine Antwort auf diese Frage. Feli quiekte. »Ich glaube, wir können der Übermacht unserer Gegner nicht länger standhalten«, keuchte sie.

»Dann lassen Sie uns fliehen. Auf mein Kommando fassen Sie meine Hand.« Er schleuderte eine Salve kleiner Bälle auf seine Geschwister. »Jetzt!«

Sofort griff sie seinen Arm, stolperte zurück aufs Eis und fuhr los. Alexander Linfield war dicht neben ihr, mit seinen langen, raumgreifenden Schritten zog er sie mit sich. Es war ein Tempo, in dem sie nie zuvor gefahren war.

»Ist es Ihnen zu schnell?«, rief er ihr zu. »Haben Sie Angst?«

»An Ihrer Seite nicht.« Im Gegenteil, es war wunderschön. Durch den dichten Wolkenhimmel brach die Sonne, das Eis funkelte wie tausend Diamanten und der Wind pfiff an ihren Ohren. Hinter ihnen nahmen Henry und Caroline Linfield johlend die Verfolgung auf, doch Felis Gedanken galten einzig Alexander Linfield.

»Ich bin froh, hier bei Ihnen zu sein«, kam es ihr über die Lippen, ehe sie es verhindern konnte.

»Mir geht es ebenso.« Er lächelte, diesmal ganz und

gar nicht zögerlich. »Wollen wir uns unseren Verfolgern geschlagen geben?«

»Gerne. Ich bin völlig außer Puste.«

Sie fuhren einen Bogen, riefen den anderen Linfields zu, dass sie sich ergaben und kehrten zurück an den Rand der Eisfläche.

Dort erwartete Miss Fanny sie ungeduldig. »Was machen wir jetzt?«, fragte sie, als alle lachend und schnaufend bei ihr angekommen waren und die Kufen auszogen.

»Nach Hause gehen.« Alexander Linfield schmunzelte. »Wir haben uns die Eclairs nun redlich verdient.«

Miss Fanny fuhr sich mit der Zunge um den Mund.

»Außerdem müssen wir noch die Geschenke für den Boxing Day morgen fertig packen«, fügte ihre Schwester an. »Fanny und ich haben Taschentücher für unsere Pächter bestickt. Und für deren Kinder haben wir Tiere und Püppchen zum Spielen genäht.«

»Das Einpacken werdet ihr ohne mich erledigen müssen«, sagte Alexander Linfield.

»Du willst doch nicht etwa noch arbeiten?«, fragte sein Bruder.

»Genau das.«

Miss Fanny verdrehte die Augen. »Natürlich, was sonst? Ich glaube, du magst deinen blöden Schreibtisch viel lieber als uns. Hilfst du uns wenigstens, Henry?«

Der Angesprochene nickte.

»Danke, du bist ein guter Bruder.« Miss Fanny umarmte ihn und Miss Linfield sah ihn dankend an.

Das Lächeln auf Alexander Linfields Gesicht erlosch. Mit versteinerter Miene sammelte er die ausgezogenen Kufen ein.

Sein Anblick versetzte Feli einen Stich.

Während die Schwestern mit Henry Linfield plaudernd vorangingen, trat Feli zu ihm. »Es ist nicht immer leicht, seine Pflicht zu erfüllen«, sagte sie zu ihm.

Erstaunt sah er sie an. »Das klingt, als hätten Sie Erfahrung damit.«

»Leider ja.«

»Ich habe angenommen, das Leben einer Baronstochter besteht nur aus Freude.«

»Das tut es ebenso wenig wie das Leben eines Familienoberhaupts.«

Er runzelte die Stirn. »Hängt von Ihnen auch das Wohlergehen geliebter Menschen ab?«

»Nein«, gab sie zu. »Nur meines.«

»Dann ist es wohl doch nicht ganz das Gleiche.« Er griff den Kufenbeutel und den Melkschemel und stapfte seinen Geschwistern hinterher durch den Schnee.

Sie eilte an seine Seite. »Darf ich Sie etwas fragen?«

Er seufzte. »Sie tun es ja sowieso. Also fragen Sie.«

»Warum haben Sie gestern beim Girlande aufhängen gesagt, dass Ihre Schwester Caroline vielleicht nicht heiraten wird? Sie ist freundlich, verständig und hübsch. Noch dazu ist sie geschickt in Handarbeiten und tanzt gut.«

»Dennoch wird sie nicht so leicht einen Bräutigam finden. Ihr Vater ist kein reicher Baron.«

»Auch das ist keine Garantie.« Ihre Stimme klang bitterer, als sie beabsichtigt hatte.

Er räusperte sich. »Verzeihen Sie. Ich vergaß, dass Sie Ihre Saison verfrüht abbrechen mussten.«

Leider hatte es daran nicht gelegen.

Ihr Schweigen schien ihn zu verunsichern. »Ohne Ihre Krankheit wären Sie doch längst im Hafen der Ehe angelangt«, sprach er weiter. »Sie sind eine attraktive junge Dame mit vielen Talenten. Wäre ich ein Mitglied des *tons* und auf der Suche nach einer Braut, würde ich Sie sofort …« Er brach ab und sein Gesicht lief rot an. »Vergessen Sie, was ich gesagt habe. Ich verkehre nicht in Adelskreisen und kenne mich dementsprechend nicht aus.«

Er fand sie attraktiv? Feli spürte, wie nun auch ihr die Hitze in den Kopf stieg. Hastig wechselte sie das Thema. »Immerhin muss Ihre Schwester keine Mitgiftjäger fürchten – oder Diebe wie den Domino.«

Seine Augen wurden groß. »Sind Sie ein Opfer des Dominos geworden?«

Himmel, sie redete sich um Kopf und Kragen! »Selbstverständlich nicht. Eine Freundin von mir war betroffen. Aber sagen Sie einmal …« Fieberhaft suchte sie nach einem *wirklich* unverfänglichen Thema. »Ist es in Ihrem Kontor so eintönig, wie Ihr Bruder behauptet?«

»Sind Sie ernsthaft an einer Schilderung meiner Arbeit interessiert?«

»Ja, ich würde gerne mehr darüber wissen.«

Prüfend blickte er sie an, doch dann begann er zu

erzählen. Von weitgesegelten Schiffen mit ihren exotischen Ladungen, die er zu prüfen hatte. Von kleinen Gaunern und schamlosen Betrügern – auf See und an Land. Von Berechnungen, Risikoabwägungen und steinreichen Kunden. Von pedantischen Zollbeamten, bestechlichen Hafenmeistern und heroischen Kapitänen, die ihre Mannschaft und die Fracht durch jeden Sturm retteten.

Staunend hörte sie ihm zu. »Ihre Aufgaben sind alles andere als langweilig. Und nebenbei müssen Sie sich auch noch um Ihre Familie kümmern.« An ihm könnten sich viele Londoner Junggesellen ein Beispiel nehmen, die bis mittags schliefen, weil sie bis in den frühen Morgen gezecht hatten. »Bleibt Ihnen überhaupt Zeit für eigene Interessen?«

»Das sehen Sie doch. – Verzeihung«, setzte er sofort hinzu. »So harsch sollte es nicht klingen.«

Lächelnd legte sie ihre Hand auf seinen Arm. »Sie brauchen sich nicht zu entschuldigen. Inzwischen kenne ich Ihre Art.«

Es dauerte einen Moment, bis er seinen Blick von ihren Fingern löste und antwortete. »Ich beschränke mich auf die kleinen Dinge des Lebens. Wie zum Beispiel Schokoladeneclairs. Wobei keine mehr für uns übrig sein werden, wenn wir weiter hinter meine Geschwister zurückfallen.«

Tatsächlich, die anderen waren ihnen weit voraus. »Wollen wir noch einmal so schnell sein wie vorhin?«

Statt einer Antwort griff er Beutel und Melkschemel

fester und reichte ihr seine Hand. Im nächsten Moment stoben sie gemeinsam durch die winterliche Landschaft. Felis Füße flogen über den schneebedeckten Boden, ihr Herz schlug wild und ihre Finger lagen geborgen in den seinen. Lachend jagten sie den anderen hinterher und Feli wusste, dass sie niemals glücklicher gewesen war.

»Schade, jetzt sind sie alle aufgegessen.« Enttäuscht blickte Fanny auf den leeren Servierteller, auf dem sich bis vor Kurzem Schokoladeneclairs getürmt hatten.

»Sie schmecken ohnehin nur frisch«, sagte seine Mutter. »Außerdem hat mir Mrs. Jones mitgeteilt, dass sie morgen früh neue backen wird, solange Miss Sims noch im Haus ist und sie diese um Rat fragen kann. Wir werden die neuen Eclairs zum Fuchsball mitnehmen.«

Fanny nickte zufrieden und Miss Sims schien sich zu freuen, dass ihr Rezept so gut ankam.

Gerne wäre Alexander bei den anderen im Salon sitzen geblieben, doch schon gestern hatte er seine Aufgaben vernachlässigt. Schweren Herzens erhob er sich. »Ich ziehe mich an meinen Schreibtisch zurück.« Bildete er es sich bloß ein oder blickte Miss Sims bei seinen Worten enttäuscht?

Als er sein Arbeitszimmer betrat, überraschte es ihn nicht, dort ebenfalls Kussbälle aufgehängt vorzufinden. Er ließ sich hinter seinem Schreibtisch nieder, da kam erneut Henry herein.

»Wolltest du nicht die Pakete für morgen packen helfen?«, fragte Alexander.

»Noch räumt Hannah den Tisch ab. Außerdem will ich sehen, welche unaufschiebbaren Arbeiten du zu erledigen hast, Brüderchen.«

»Zum Beispiel Sir Lawrence wegen der Fuchsjagd schreiben. Er weiß nicht, dass du hier bist, und ich gehe davon aus, dass du wie immer mitreiten willst?«

»Da fragst du noch?«

Rasch verfasste Alexander einige Zeilen und hielt ihm den Brief hin. »Reitest du nach dem Einpacken hinüber und überbringst die Nachricht? Dann muss ich Bob nicht bitten.«

»Mache ich. Eine erstklassige Gelegenheit, mich wieder an den Sattel zu gewöhnen.« Sein Bruder schnappte sich das Schreiben und ging zur Tür.

»Warte. Du hast einen Krümel am Revers.«

Henry las den Brösel ab und betrachtete ihn. »Ein letztes Stückchen Eclair.« Er steckte den Krumen in den Mund und seufzte genießerisch. »Diese Dinger sind unwiderstehlich – genau wie ihre Bäckerin. Soll ich Miss Sims auf den Ritt mitnehmen?«

»Ihr zwei allein im Wald?« Alexander sprang vom Stuhl auf. »Sie hat einen Ruf zu verlieren.«

»Reg dich ab, das war nur ein Scherz.« Henry zwinkerte ihm zu und verließ das Zimmer.

Alexander starrte auf die geschlossene Tür. Auf welche Ideen sein Bruder kam. Allerdings konnte er es ihm nicht verübeln. So viel Freude im Zusammensein mit einer Frau hatte er nie zuvor verspürt. Wie hatte er je annehmen können, Felicity Sims wäre eine schreckliche Person? Er ließ sich auf seinen Stuhl fallen und rieb sich die Stirn. Es wurde Zeit, dass sie abreiste. Bevor sein Herz ernsthaft in Gefahr geriet und ihn zu Handlungen verleitete, die er später bereuen würde.

Das Zusammenpacken der Geschenkkisten für den morgigen Boxing Day und ein Besuch bei der inzwischen fieberfreien Evie hatten den gesamten Nachmittag in Anspruch genommen. Nun blieb Feli nur noch wenig Zeit, um sich für das Weihnachtsdinner umzuziehen und zu frisieren. War das Kleid, das sie ursprünglich an diesem Weihnachtsabend hatte tragen wollen, zu übertrieben? Andererseits stand ihr die hellblaue Seide mit den weißen Blüten und Spitzenbesätzen perfekt. Zudem war es nach einer Vorlage des aktuellen *Belle Assemblée Magazines* gefertigt. So könnte sie Miss Linfield indirekt zeigen, was derzeit à la mode war, ohne die junge Frau zu beschämen. Und Alexander Linfield wäre sicher aufs Höchste beeindruckt. Eine Vorstellung, die ihr gefiel.

Konzentriert steckte Feli ihr Haar auf. Nicht so kunstvoll wie Evie, aber dennoch elegant. Dann nahm sie das Seidenkleid aus dem Schrank und schlüpfte hinein. Lange Handschuhe, Halskette und Perlenohrringe vervollständigten ihr Erscheinungsbild. Einzig ihren Saphirring, der kurzzeitig Beute des Dominos gewesen war, ließ sie in der Schmuckschatulle. Er erschien ihr in dieser Umgebung doch zu protzig.

Atemlos betrat sie pünktlich um Viertel vor acht den Salon. Das Staunen aller Anwesenden entschädigte sie für den vorangegangenen Aufwand.

Einmal mehr nahm Henry Linfield ihre Hand zum Kuss. »Sie sind die schönste Zier für diesen Raum.«

Mrs. Linfield und ihre Töchter bewunderten ausgiebig ihr Kleid. Die filigranen Stickereien! Die kostbare Spitze!

Alexander Linfield hielt sich mit Lobpreisungen zurück. »Man wird in London enttäuscht sein, dass Sie nicht dort sind.«

»Ist das ein Kompliment oder wünschen Sie mich sehnlichst dorthin?«

»Der erste Teil Ihrer Frage ist zu bejahen und der zweite vermutlich mehr Ihr Wunsch als meiner.«

Bevor sie diese Antwort entwirren konnte, führte das Dienstmädchen Reverend Trew herein. Wie es sich für einen Mann der Kirche gehörte, war er bis auf einen weißen Kragen in Schwarz gekleidet. Doch durch seine dunklen Augen, sein lebendiges Auftreten und sein freundliches Lächeln wirkte dieser Aufzug nicht trist. Trotzdem beschlich Feli ein mulmiges Gefühl, als sie an seine Tätigkeit in London dachte.

Mrs. Linfield begrüßte den Reverend herzlich und machte ihn nochmals offiziell mit Feli und Henry Linfield bekannt.

Feli beschloss, sofort zu überprüfen, ob Adam Trew sie kennen könnte. »Ich hörte, dass Sie vorher in London einer Kirchengemeinde vorgestanden haben?«, fragte sie leichthin.

»Ich war in Whitechapel eingesetzt. St. George in the East, um genau zu sein.«

Sie atmete insgeheim auf. Wer im schmutzigsten Stadtteil Londons gearbeitet hatte, besaß sicher keine Verbindung zur Adelswelt.

»Wäre es Ihnen recht, wenn ich vor dem Essen bei Ihrer Zofe vorbeisehen würde?«, fragte er. »Man sagte mir, sie sei erkrankt.«

»Gerne, das würde Evie freuen.«

Mrs. Linfield schaute zur Uhr. »Ich führe Sie zu ihr, Reverend. Es sind ja noch einige Minuten Zeit, bis das Essen auf dem Tisch steht.« Gemeinsam verließen sie den Salon.

»Habt ihr euch inzwischen überlegt, ob ihr morgen früh mitkommt, wenn Alexander und ich die Geschenke zu den Pächtern fahren?«, wandte Caroline Linfield sich an Henry Linfield und Miss Fanny. »Oder wollt ihr lieber ausschlafen?«

Ihr Bruder winkte ab. »Ich für meinen Teil werde im warmen Bett bleiben.«

»Und ich helfe Mama, wenn arme Leute an der Tür klopfen«, sagte Miss Fanny. »Die Dienstboten haben ja morgen frei.«

»Und Sie, Miss Sims?«, erkundigte sich Caroline Linfield.

Feli zögerte. Zuhause war es ihr immer zu früh und zu kühl gewesen, um Papa bei dieser Aufgabe zu begleiten. Andererseits war es eine der wenig verbleibenden Gelegenheiten, in Alexander Linfields Gesellschaft zu sein. Verstohlen schaute sie zu ihm. Er stand mit dem Rücken zu ihr und stocherte mit dem Schürhaken im Kaminfeuer. »Ich werde mit Ihnen beiden kommen.«

»Wie schön«, sagte Miss Linfield.

Alexander Linfield hängte den Schürhaken an die Wand. Über sein Gesicht huschte ein Lächeln.

Nachdem die Hausherrin und Reverend Trew zurückgekehrt waren, gingen sie hinüber ins Esszimmer.

»Oh, hier hängen auch diese hübschen Kussbälle«, sagte der Geistliche. »Sie sind mir schon im Salon aufgefallen.«

Mrs. Linfield errötete wie ein junges Mädchen. »Wir hatten viele Misteln, die wir verarbeiten mussten.«

Schämte sich Mrs. Linfield, weil der Reverend die Mistelbälle für einen heidnischen Brauch halten könnte? Feli bekam ein schlechtes Gewissen. »Es war meine Idee, Reverend. Ich hoffe, Sie finden diese Art der Dekoration nicht anstößig.«

»Mitnichten«, erwiderte er. »Meine Schwester hat sie früher immer mit Leidenschaft angefertigt, sie erinnern mich an meine Kindheit.«

Seine Antwort schien Mrs. Linfield ebenso zu beruhigen wie sie.

Alexander Linfield sprach einen Toast über den Segen des Weihnachtsfests und die Bedeutung der Familie, dann servierte das Hausmädchen die Speisen. Nach einer weißen Suppe mit geröstetem Brot gab es Roast Beef, Lachs, Blumenkohl, Bohnengemüse und Kartoffelbrei. Nichts, was auch nur annähernd den Gerichten in Pratton Hall beim Weihnachtsdinner gleichkam. Doch Feli schmeckte es großartig. Vielleicht, weil ihr Hunger nach dem Eislaufen trotz der Eclairs immer noch groß war.

»Werden Sie im neuen Jahr wieder in See stechen?«, wandte der Reverend sich an Henry Linfield.

»Nun, bisher habe ich noch keine Order.« Er schob die Bohnen auf seinem Teller mit dem Besteck zusammen. »Ich gehe aber davon aus, dass bald eine kommen wird. Napoleon mag besiegt sein, doch England hat mehr Feinde als nur Frankreich. Haben Sie vor, länger in Mole's End zu bleiben, Reverend?«

»Das habe ich. Mir gefällt dieser Flecken Erde und die Gemeindemitglieder sind engagiert und freundlich.« Er lächelte Mrs. Linfield und ihren Töchtern zu. »Welche Pläne hegen Sie für das Jahr 1815, Mr. Linfield?«

Einen Atemzug lang verhärtete sich Alexander Linfields Blick, doch dann antwortete er. »Bis vor Kurzem hätte ich gesagt, keine besonderen. Doch nun steht vielleicht eine Veränderung an.«

Feli horchte auf. Und nicht nur sie.

»Gibt es etwas, das du uns erzählen willst?« In freudiger Erwartung betrachtete Mrs. Linfield ihren älteren Sohn. »Hast du in London jemanden kennengelernt?

174

Der Weihnachtstag wäre der ideale Zeitpunkt, uns in dein Glück einzuweihen.«

»Ich meinte eine berufliche Veränderung, Mutter. Ich spiele mit dem Gedanken, mir eine neue Anstellung zu suchen.«

Feli verspürte bei dieser Erklärung Erleichterung, jedoch Mrs. Linfields Strahlen erlosch.

Reverend Trew legte der Hausherrin die Hand auf den Arm. »Ihr Sohn ist erst dreiundzwanzig Jahre alt. Er hat noch lange Zeit, eine Braut zu finden.«

»Natürlich.« Mrs. Linfield lächelte. »Es hätte mich nur für Alexander gefreut. Er opfert uns sein ganzes Leben.«

»Für euch zu sorgen ist alles andere als ein Opfer, Mutter. Das habe ich dir doch schon oft gesagt.« Seine Stimme klang heiter, doch sein Blick war traurig.

Feli ahnte den Grund. Selbst wenn Alexander Linfield sich verliebt hätte, gäbe er diesem Gefühl aus Verantwortungsbewusstsein sicher nicht nach. Denn eine Heirat würde bedeuten, seine Familie an zweite Stelle zu rücken. Emotional, zeitlich und finanziell.

Während das Dienstmädchen den Tisch abräumte, herrschte Schweigen im Esszimmer.

Kaum waren alle Teller und Platten fort, ergriff Henry Linfield das Wort. »Was ist eigentlich mit dem Christmas Pudding? Gibt es dieses Jahr etwa keinen?«

Sofort widersprachen seine Schwestern und Mutter entrüstet.

»Ich hole ihn.« Alexander Linfield stand auf und verließ den Raum.

Rings um sie überboten sich alle, welch große Mengen des Puddings sie zu verspeisen gedachten. Doch Feli war in Gedanken wieder bei Mr. Linfields Heiratsabsichten. Wäre in diesem kleinen Haus überhaupt Platz für seine Ehefrau? Einen zweiten Haushalt konnte er sich bestimmt nicht leisten. Er würde warten müssen, bis seine Schwestern vermählt und ausgezogen waren. Falls das je geschah.

Kurz darauf trat Mr. Linfield mit dem mit Stechpalmenblättern verzierten Christmas Pudding ein. Applaus und Jubelrufe begleiteten ihn, als er die Süßspeise auf dem Tisch abstellte, flambierte und nach dem Erlöschen der Flammen anschnitt. In einträchtiger Stille genossen sie den köstlichen Nachtisch.

Anschließend strich der Reverend sich über den Bauch. »Welch herrliches Essen! Ich bin zutiefst dankbar für die Einladung.«

»Wie wäre es mit einem Schluck Portwein, Reverend?«, fragte Alexander Linfield.

»Dazu sage ich nicht nein. Ich habe drei Zigarren für uns mitgebracht. Eines der wenigen Laster, das ich mir als Mann Gottes erlaube.«

Henry Linfield schüttelte den Kopf. »Ich passe, Reverend. Von Zigarrenqualm wird mir seit jeher übel.«

Der Geistliche lachte. »Jeder hat seine Achillesferse, machen Sie sich nichts daraus.« Er blieb mit Alexander Linfield im Esszimmer zurück, während Feli mit den

176

anderen Familienmitgliedern in den Salon hinüber ging.

Sie hatten den dort servierten Tee noch nicht ausgetrunken, da gesellten sich die beiden Männer wieder zu ihnen.

»Du siehst aber auch etwas bleich im Gesicht aus, Alexander«, begrüßte sein Bruder ihn. »Verträgst du jetzt ebenfalls keine Zigarren mehr?«

Mr. Linfield lachte gepresst. »Ich habe wohl zu viel Pudding gegessen.«

»Da hilft nur Bewegung.« Caroline Linfield sah in die Runde. »Wollen wir tanzen? Heute Abend können wir sogar drei Paare bilden.«

Ihre Mutter hob die Hände. »Oh, ich weiß nicht, ob der Reverend das möchte.«

»Er möchte.« Adam Trew schmunzelte. »Meine Trauerzeit ist längst vorüber, Schwarz trage ich nur berufsbedingt. Darf ich bitten, Mrs. Linfield?« Er verneigte sich vor ihr.

Sie erhob sich mit glänzenden Augen.

Was für ein schönes Paar die beiden abgeben würden, dachte Feli. Altersmäßig schienen sie nicht weit auseinanderzuliegen. Sie legte den Kopf schräg. Tatsächlich wirkten Reverend Trew und Mrs. Linfield einander sehr zugetan. Vielleicht war die Hausherrin deshalb errötet, als der Reverend die Kussbälle angesprochen hatte? Feli lächelte. Sie hätte es diesen zwei freundlichen Menschen gegönnt, nach dem Verlust ihrer Ehepartner noch einmal die Liebe zu finden.

»Miss Sims?« Henry Linfield trat vor sie. »Erweisen Sie mir die Ehre?«

Sie nickte. Alexander Linfield forderte seine Schwester auf und gleich darauf tanzten sie alle zu Miss Fannys fröhlichem Spiel.

Erhitzt ließen sie sich nach mehreren Tänzen auf dem Sofa und den Sesseln nieder. Auf dem niedrigen Tisch hatte das Dienstmädchen Punsch und Lebkuchen bereitgestellt und Feli griff gerne zu.

»Werden Sie morgen bei der Fuchsjagd zusehen, Reverend Trew?«, fragte Miss Fanny.

»Nachdem mir die Legende des Fuchsmanns mehrfach erzählt worden ist, werde ich es mir nicht entgehen lassen.«

Feli hob die Brauen. »Welche Legende? Ich dachte, es sei eine gewöhnliche Jagd.«

Alexander Linfield stellte sein Punschglas ab. »Man sagt, dass einst ein Dieb und Wilderer mit einem Fuchsfell über den Schultern den Wald um Mole's End unsicher gemacht hat. Immer, wenn die Dorfleute ihn eingekesselt hatten, pfiff er laut und ein riesiges Pferd mit gewaltigen Hufen lief herbei, mit dem ihm jedes Mal die Flucht gelang.«

»Man hat ihn nie gefangen?«

»Einmal, am St. Stephen's Day, wäre es einigen Dorfleuten fast gelungen. Beritten setzten sie ihm durch den Wald hinterher, um ihn aufs freie Feld zu treiben, wo der Rest der Männer wartete. Am Waldrand hatten sie ihn fast eingeholt. Doch als sie zwischen den Bäumen herausritten, waren der Wilddieb und sein Pferd nicht mehr zu entdecken.«

»Aber haben ihn die Männer auf dem Feld nicht gesehen?«

Er lächelte. »Sie sagten, das Einzige, was aus dem Wald herausgekommen sei, wären ein großer Fuchs und ein Rabe gewesen.«

Feli lief ein kleiner Schauder über den Rücken.

»Aus diesem Grund«, fügte Henry Linfield an, »jagen wir morgen keinen echten Fuchs, sondern einen Mann, der sich als dieser Wilddieb verkleidet hat. Gelingt ihm die Flucht durch den Wald hinaus auf das freie Feld bis zur Ziellinie, hat er gewonnen. Kann einer der Jäger ihn schnappen, gehört der Sieg dem Dorf.«

»Ist es schon einmal geglückt, ihn zu erwischen?«, wollte sie wissen.

Henry Linfield grinste. »In den letzten Jahren nicht. Doch da ich diesmal wieder mit von der Partie bin, stehen die Chancen für unseren Fuchs schlecht.«

»Oh. Wenn Sie dabei sind, werde ich das Geschehen besonders aufmerksam verfolgen.«

»Ich reite ebenfalls mit«, sagte Alexander Linfield.

Die Schärfe in seiner Stimme ließ Feli aufsehen. »Dann bin ich doppelt gespannt. Ich bin nur etwas verwundert, weil ich keine Reitpferde hier gesehen habe.«

»Pepper und Raven gehen sowohl vor der Kutsche als auch unter dem Sattel«, sagte Caroline Linfield. »Meine

Schwester und ich reiten sie regelmäßig. Unser Gespann mussten wir leider verkaufen, weil …«

Alexander Linfield warf ihr einen strengen Blick zu und sie verstummte.

»Möchte noch jemand Punsch?«, fragte Mrs. Linfield betont heiter. Der Reverend hielt ihr sofort sein Glas hin und begann, von seiner früheren Gemeinde in London zu erzählen.

Feli hörte ihm nicht zu. Sie wusste, warum die Familie das Pferdegespann hatte veräußern müssen. Wie es wohl wäre, wenn Mrs. Linfields Mann noch leben würde? Wenn er sich im Krieg gegen Napoleon ausgezeichnet und wie Wellington zum Duke erhoben worden wäre? Dann würde die Familie nicht in finanziellen Nöten stecken, sondern zum Hochadel gehören. Alexander Linfield müsste nicht arbeiten gehen und könnte heiraten, wen er wollte …

Mrs. Linfield warf einen Blick auf die Uhr. »Wie spät es schon ist.«

»Und Fanny und Caroline haben noch keine Geschenke erhalten.« Alexander Linfield ging zu einer Truhe und kam mit einem kleinen Stoffbeutel zurück. »Fröhliche Weihnachten euch beiden.«

Neugierig öffneten die Schwestern den Beutel und holten den Inhalt heraus. Bunte Federn, Kunstblumen, Glasperlen und Bänder in leuchtenden Farben lagen alsbald auf dem Tisch.

»Für eure Hauben und Hüte«, sagte er lächelnd.

»Oh, danke!« Die zwei Mädchen fielen ihm um den Hals. »Du bist der Beste.«

Sein Lächeln vertiefte sich und er drückte seine Schwestern an sich.

Wie gut ihm diese Worte tun müssen, dachte Feli. Sie zwinkerte ihm zu. Zu ihrer Freude zwinkerte er zurück.

»Wollen wir zum Abschluss gemeinsam singen?«, fragte der Reverend.

»Gerne«, sagte Feli. Auch die anderen nickten. Plötzlich schien ihr dieser Weihnachtsabend perfekt. Ob es an Alexander Linfields gelösten Zügen lag? Dem Glanz in seinen Augen, als er sie weiterhin ansah?

Der Reverend stimmte *God Rest Ye Merry Gentlemen* auf dem Pianoforte an und mit einem Mal ergriff Feli der Zauber des Christfests. Sie sang so inbrünstig, als wäre sie einer der Engel vor dem Stall in Betlehem. Ach, müsste sie das Haus der Linfields doch nie mehr verlassen.

26. Dezember 1814

St. Stephen's Day

Boxing Day

Bis zur Nasenspitze in die Decken und Felle geku-
schelt, saß Feli neben Caroline Linfield im Schlitten.
Ihr Atem war in der kalten Morgenluft deutlich zu sehen. Ihnen gegenüber auf der Bank lagen die gestern
Nachmittag gepackten Geschenkkisten für die Pächter.

Alexander Linfield kutschierte. Der betagte Kutscher
hatte heute ebenso frei wie das Hausmädchen und die
Köchin. Feli hatte auch Steve einen Tag Urlaub gegeben. Gemeinsam mit den Angestellten der Linfields
hatte er sich auf den Weg nach Mole's End gemacht,
kaum dass die Köchin die Eclairs gebacken und das
Dienstmädchen das Frühstück im Esszimmer vorbereitet hatte.

»Hoffentlich überleben wir diesen Tag ohne Hilfe«,
hatte Mrs. Linfield gescherzt, dabei jedoch unsicher zu
Feli geblickt.

»In Pratton Hall geben wir der Dienerschaft am
Boxing Day ebenfalls frei«, hatte sie die Hausherrin beruhigt. »Das ist in Farnham und Umgebung üblich,
damit sich das Personal mit Freunden und Verwandten
treffen kann, die auch in Diensten stehen.« Wie sehr
ihre Mutter sich über diese Tradition jedes Jahr aufregte,
verschwieg sie. Ihr selbst kam dieser Tag immer wie ein
Abenteuer vor.

Pepper, der Fliegenschimmel, griff weit aus und die
Glöckchen am Geschirr klingelten fröhlich durch die
Winterlandschaft. Bald erreichten sie das erste Gehöft.

Während ihnen Mr. Linfield beim Aussteigen half,
versammelte sich die Pächterfamilie um den Schlit-

ten – ein Ehepaar mit vier Sprösslingen im Alter von ein paar Monaten bis ungefähr zwölf Jahren. Man tauschte Weihnachtswünsche aus und Mr. Linfield überreichte die Geschenkkiste. Die Kinder machten große Augen, als sie die genähten Figürchen entdeckten. Die Mutter freute sich über die bestickten Taschentücher, abgelegte Kleidung und den Kussball, den Fanny unbedingt hatte mitgeben wollen. Der Blick des Vaters war auf ein Schreiben geheftet, das zwischen all den Gaben steckte. Er las es mehrmals, als könne er den Inhalt nicht glauben. Dann neigte er den Kopf vor Mr. Linfield.

»Vielen Dank für die Pachterleichterung. Mir fällt ein Stein vom Herzen.«

Mr. Linfield lächelte, dennoch beschlich Feli ein ungutes Gefühl. Konnten die Linfields sich erlauben, auf Einnahmen zu verzichten?

Das fragte sie ihn, als er ihr beim Einsteigen in den Schlitten half.

»Ich kann es mir noch weniger leisten, meine Pächter zu verlieren, weil sie ihr Glück in London versuchen wollen.«

Bei der nächsten Bauernfamilie war die Freude ebenfalls riesig. Auch sie bekam zugesichert, weniger Pachtzins zahlen zu müssen.

»Gott segne Sie und Ihre Familie, Mr. Linfield«, sagte die Bäuerin ergriffen. »Und natürlich Ihre wunderschöne Verlobte.«

»Miss Sims ist nur eine Bekannte«, erwiderte Mr. Linfield. Trotzdem wurde er rot.

Auch Feli spürte, wie ihr das Blut in den Kopf schoss.

»Ihr wärt wirklich ein schönes Brautpaar«, sagte Miss Linfield, als sie außer Hörweite der Pächter waren.

»Caroline!« Mr. Linfield warf ihr einen strengen Blick zu. »Du musst nicht alles nachplappern, was du hörst.«

»Ich plappere nichts nach, das habe ich mir selbst schon überlegt. Und Fanny auch.«

Er verdrehte die Augen. »Entschuldigen Sie bitte die Impertinenz meiner Schwester, Miss Sims. Sie hat zu viele romantische Bücher gelesen.«

»Die lese ich ebenfalls gerne.« Und wenn man es genau betrachtete, klangen ihre Erlebnisse der letzten Tage wie eine Romangeschichte. Eine Heldin geriet auf ihrer Flucht in einen Schneesturm, aus dem sie von einem düsteren Helden gerettet wurde. In einem Buch hätte dieser sich als Earl, Marquess oder Duke entpuppt. Alexander Linfield war indes nur ein Buchhalter. Wenn sie einen Lord wollte, musste sie morgen nach London abreisen. Auch als sie sich mit Miss Linfield auf der Weiterfahrt angeregt über unterhaltsame Liebesromane austauschte, verschwand das Bedauern darüber nicht.

Start und Ziel der Jagd lagen auf einer großen Wiese hinter Mole's End. Dort hatte sich der Überlieferung nach der Wilddieb in einen Fuchs verwandelt. In der Menschenmenge konnte Feli den heutigen Fuchs ausmachen: Er saß auf einem Falben, hatte ein rotbraunes Fell locker um die Schultern gehängt und einen buschigen Fuchsschwanz an einen Arm gebunden.

Caroline Linfield folgte ihrem Blick. »Das ist Grayson Walford, der zweitgeborene Sohn von Sir Lawrence.« Träumerisch betrachtete sie den jungen Mann, der kaum zwanzig Jahre alt sein mochte.

»Wer ihm den Schwanz entreißt, gewinnt die Jagd.« Henry Linfield stieg in den Sattel des Rappen.

»Das wird nicht passieren.« Miss Linfield schüttelte den Kopf. »Grayson Walford ist ein fantastischer Reiter.«

»Dann muss ich ihm den Schwanz von Meister Reineke mit Weisheit und Erfahrung abjagen«, sagte Alexander Linfield vom Rücken des Fliegenschimmels.

Sein Bruder grinste. »Ich werde es mit Wagemut, List und Geschick probieren. Und Ihnen die Trophäe zu Füßen legen, Miss Sims.«

Mr. Linfield wendete Pepper. »Komm, Henry, die anderen sind schon beim Stelldichein.« Er neigte den Kopf vor Feli. »Setzen Sie besser nicht auf meinen Bruder. In seinem Ungestüm wird er sein Ziel verfehlen.«

»Und Sie?«, fragte sie keck. »Werden Sie Ihr Ziel erreichen und mir den Fuchsschwanz bringen?«

Seine grauen Augen blitzten. »Lassen Sie sich überraschen.« Gemeinsam mit seinem Bruder ritt er zu den anderen Reitern hinüber.

Der Jagdherr begrüßte die Teilnehmer.

»Das ist Sir Lawrence«, erklärte Mrs. Linfield Feli. »Er richtet seit Jahren die Jagd aus und spendiert im

Anschluss Freibier für die Dorfbewohner. Er und seine Familie erfreuen sich in Mole's End großer Beliebtheit.«

Sir Lawrence erläuterte die Regeln und rief dann dreimal »Horrido!«, was die Jäger jeweils mit einem lauten »Yo-ho!« erwiderten.

Während der letzte Ruf verhallte, preschte Grayson Walford auf seinem Falben los. Der an seinen Arm geheftete Fuchsschwanz wehte im Wind. Feli schaute zu Alexander Linfield. Hoffentlich glaubt er nicht ernsthaft, dass sie diesen als Trophäe erwartete.

Sir Lawrence zog das gelbe Einstecktuch aus dem Mantel und hielt es hoch. Die Pferde tänzelten und die Reiter nahmen die Zügel auf, die Aufregung von Mensch und Tier war fast greifbar. Auch Feli ließ sich von der Begeisterung anstecken, vor allem, da heute kein bedauernswerter Fuchs gehetzt und getötet werden würde. Sir Lawrence hob den Arm, dann ließ er das Tüchlein fallen und die Jagd begann.

Die Hufe der rund zwanzig Tiere donnerten über die winterliche Wiese Richtung Wald. Trotz des Durcheinanders sah Feli, wie Alexander Linfield auf dem Fliegenschimmel am Rappen seines Bruders vorbeischoss.

Wie fabelhaft er mit dem enganliegenden Jagdrock und dem schwarzen Beaverhut im Sattel aussah! Seine sportliche Figur war ihr bisher nicht aufgefallen. Vielleicht, weil sie ihn immer mit einer Schreibtischtätigkeit in Verbindung brachte.

»Lassen Sie uns ein paar Schritte Richtung Wald gehen«, sagte Mrs. Linfield. »Von dort überblicken wir einen Teil der Strecke.«

Gemeinsam marschierten sie ein Stück auf den Waldrand zu. Tatsächlich konnte man von dieser Stelle in den Forst hineinschauen und eines der Hindernisse sehen.

»Haben Ihre Söhne je den Fuchs schnappen können?«, fragte Feli.

»Henry ist es vor vier Jahren gelungen. Alexander ist zu vorsichtig, um zu gewinnen.«

»Die Sprünge wirken einfach«, sagte Miss Fanny. »Doch wenn man sie falsch anreitet, kann es übel ausgehen. Caroline und ich sind die Strecke letzte Woche abgeritten.«

»Aber hoffentlich nicht gesprungen«, rief Mrs. Linfield.

»Was denkst du von uns, Mama?« Miss Fanny schüttelte empört den Kopf. »Das würden wir nie tun.«

Im Gegensatz zu Mrs. Linfield sah Feli, wie Miss Fanny die Finger hinter dem Rücken überkreuzte.

»Wir mussten mit Pepper und Raven üben«, wisperte Caroline Linfield ihr zu. »Sonst wäre Alexander – und nun auch Henry – chancenlos.«

Dem war nicht zu widersprechen. Aber als Feli die Jagdgesellschaft auf das Hindernis zu preschen sah, bekam sie Angst. Selbst für erfahrene Reiter war ein Sprung im Pulk ein Risiko. Vor allem, wenn einem verweigernden Tier nicht schnell genug ausgewichen werden konnte. Henry Linfield galoppierte auf den Holzstapel zu. Ihre Finger verkrampften sich. Mit einem hohen Satz flog er mit seinem Rappen darüber. Sein Bruder folgte wenige Augenblicke später.

Feli atmete hörbar aus, ebenso wie Mrs. Linfield und ihre Töchter.

Die Reiterschar verschwand wieder im dichteren Teil des Waldes.

»Gehen wir zurück, damit wir den Zieleinritt nicht verpassen«, sagte Miss Fanny.

Auf dem Halaliplatz hatten sich die Zuschauer in einem weiten Halbkreis aufgestellt und ließen den Waldrand nicht aus den Augen. Ein rotes Band auf dem Boden markierte die Ziellinie, welche der »Wilddieb« erreichen musste, um zu siegen.

»Da ist der Fuchs!« Aufgeregt deutete ein Junge zu den Bäumen.

Grayson Walford trug den Fuchsschwanz noch am Ärmel, doch seine Verfolger waren knapp hinter ihm.

»Das ist Henry!« Miss Fanny begann auf der Stelle zu hüpfen. »Und Alexander! Sie sind die Ersten!«

Trotz der Kälte wurden Felis Handflächen schwitzig. Gelang es Alexander oder Henry Linfield, Mr. Walford den Schwanz zu entreißen?

Grayson Walford sah sich um. Der direkte Weg zur Ziellinie wurde von einer Koppel versperrt. Man konnte sie entweder umreiten – oder man kürzte den Weg ab und sprang über die hohen, massiven Gatterzäune. Erst sah es aus, als würde Mr. Walford sich für den Umweg entscheiden. Im letzten Moment lenkte er sein Pferd jedoch herum und jagte im gestreckten Galopp auf die Koppel zu. Der Falbe riss die Vorderhufe nach oben und flog mit einem gewaltigen Sprung über den Zaun.

»Mein Gott!« Mrs. Linfield keuchte. »Alexander und Henry werden doch nicht ebenfalls springen?«

»Die Stierkoppel ist zu hoch für Raven und Pepper«, rief Miss Linfield.

Aber da sprangen die beiden Pferde mit ihren Reitern bereits darüber. Raven streifte mit einem Hinterhuf leicht den Zaun, doch der Rappe setzte ebenso wie der Fliegenschimmel sicher auf. Feli biss sich auf die Unterlippe. Das war knapp gewesen.

Auf der anderen Seite angekommen, jagte Alexander Linfield weiter dem Fuchs hinterher zum Ende der Koppel. Henry Linfield hingegen zügelte seinen Rappen. Er rief seinem Bruder etwas zu, doch Mr. Linfield schüttelte den Kopf. Während Henry Linfield zum Koppeltor galoppierte, verfolgte sein Bruder Mr. Grayson.

»Für noch einen Sprung hat Pepper keine Kraft mehr«, schrie Miss Fanny panisch. »Warum macht Alexander das?«

Feli kannte die Antwort und bereute zutiefst, ihn dazu ermuntert zu haben.

Mr. Walford setzte auf seinem Falben mit Bravour über das zweite Koppelgatter und preschte auf die Ziellinie zu. Alexander Linfield trieb Pepper unbarmherzig an, näher und näher kam er an den Gatterzaun. Feli konnte kaum hinsehen, Miss Fanny kaute an ihren

Fingernägeln. Jetzt war er dort! Mr. Linfield stellte sich in die Steigbügel, ging mit den Zügeln nach vorne – da bremste der Fliegenschimmel ab und brach zur Seite aus. Mr. Linfield flog aus dem Sattel, prallte gegen den Zaun und blieb regungslos auf der Erde liegen.

»Alexander!« Feli erstarrte. Hoffentlich hatte er sich nicht verletzt – oder war tot. Hinter sich hörte sie die erstickten Rufe der Linfield-Frauen.

Zu ihrer Erleichterung rappelte Mr. Linfield sich im nächsten Moment auf. Pepper trottete zu ihm und stieß ihn mit den Nüstern an. Mr. Linfield klopfte seinem Pferd den Hals, schwang sich zurück in den Sattel und trabte zum Koppeltor. Er ritt gerade hindurch, als einer der Reiter aus dem Dorf Mr. Walford den Fuchsschwanz entriss – eine Pferdelänge vor Henry Linfield. Unter dem Beifall der Zuschauer schwenkte der Mann seine Jagdtrophäe.

Alexander Linfield riss sich den Beaverhut vom Kopf und schleuderte ihn zu Boden.

Warum hatte er es Henry nicht gleichgetan und nach dem ersten Sprung die Koppel verlassen? Auf freier Strecke war Pepper schneller als Raven, er hätte es schaffen können, den Fuchsschwanz zu greifen.

Wütend auf sich selbst ließ Alexander seinen Fliegenschimmel zu den Zuschauern trotten. Eigentlich wollte er weder sehen, wie der Gewinner die Gratulationen entgegennahm, noch, wie Henry für sein beinahe gelungenes Manöver gelobt wurde. Am allerwenigsten wollte er auf Miss Sims treffen. Wie unangenehm, ihr indirekt den Sieg zu versprechen und dann wie ein Anfänger aus dem Sattel zu fallen.

»Alexander!« Henry hatte sich aus der Menge gelöst und ritt ihm mit vorwurfsvollem Blick entgegen. »Was hast du dir dabei gedacht, über den zweiten Gatterzaun springen zu wollen? Das war verdammt riskant!«

Vorwürfe von seinem Bruder hatten ihm noch gefehlt. »Das sagst ausgerechnet du, Mr. Wagemut?«

»Ja. Weil selbst ich weiß, wann es für mein Pferd oder mich genug ist. Mutter ist bei deinem Sturz vor Angst fast umgekommen.«

»Mir ist nichts geschehen«, knurrte er. »Und dein Beinahe-Sieg wird sie sicher mit dem Schrecken aussöhnen.«

»Um mich geht es doch gar nicht!« Henry drängte Raven dichter an Pepper heran. »Seit wann bist du dermaßen leichtsinnig?«

»Darf ich nicht auch einmal ein Risiko eingehen?«, rief er wütend.

»Nicht, wenn du dabei sterben könntest.«

»Ach, daher weht der Wind! Du hast Sorge, dass du dich nach meinem Tod um die Familie kümmern musst, und kein Leben nach deinen Wünschen mehr führen kannst.«

Henry starrte ihn an. »Das ist Schwachsinn, was du da sagst.«

Alexander ließ Pepper antraben und seinen Bruder einfach stehen. Vermutlich würden gleich seine Mutter und seine Schwestern kommen, um ihm ebenfalls Vorhaltungen zu machen. Doch die Frau, die sich ihm in den Weg stellte, gehörte nicht zur Familie. Widerwillig hielt er sein Pferd vor Felicity Sims an. Ausgerechnet sie.

»Mr. Linfield!« Miss Sims lief an seine Seite. Ihr Gesicht war blass, aber ihre Augen funkelten. »Wie konnten Sie so unvernünftig sein und …«

»Wollen Sie mir ebenfalls sagen, dass es mir nicht zusteht, ein Risiko einzugehen?«, fuhr er sie an. »Darauf kann ich verzichten!«

Erschrocken wich sie vor ihm zurück, doch es kümmerte ihn nicht. Weder brauchte er ihre Vorwürfe noch ihr Mitleid. Mochte Henry sich um sie kümmern. Er fand bestimmt die richtigen Formulierungen. Sein Bruder konnte ja sogar nach einer Fehlentscheidung wie dem Koppelsprung als Zweiter durchs Ziel gehen.

Am liebsten hätte Alexander diesen Ort der Schmach auf der Stelle verlassen, aber er zwang sich, wenigstens dem Sieger zu gratulieren und Grayson Walford anerkennende Worte zu dessen Ritt als Fuchs auszusprechen. Sofort danach gab er Pepper einen energischen Schenkeldruck und der Fliegenschimmel galoppierte los.

Außer Sichtweite der Wiese ließ Alexander Pepper im Schritt am langen Zügel weitergehen. Der tapfere Wallach brauchte Erholung und er Zeit, um zur Ruhe zu kommen.

Aber selbst, als er Pepper im Stall versorgt hatte und das Haus betrat, hatte sich der Aufruhr in ihm nicht gelegt. Im Gegenteil. Zu dem Wissen um seine Blamage gesellten sich nun Schuldgefühle. In seinem Zorn hatte er nicht mit den restlichen Jagdteilnehmern gesprochen, sondern war grußlos davongeritten. Wie sollte er dieses unrühmliche Verhalten heute Abend auf dem Ball erklären? Außerdem musste er sich dringend bei Felicity Sims für seine barschen Worte entschuldigen.

Von der Straße erklang das Geräusch bimmelnder Glöckchen. Verdammt! Er war noch viel zu aufgewühlt. Wenn er Miss Sims in diesem Zustand gegenübertrat, würde er alles nur schlimmer machen. Aber was sollte er tun? Der Schlitten würde gleich vor dem Haus halten. So kindisch es klang: Er musste sich verstecken, bis er wieder gesellschaftsfähig war. Und er wusste auch, wo. An einem Ort, wo ihn erst mal keiner vermutete und an dem es etwas gab, das sein Gemüt besänftigen konnte.

Hastig öffnete er die Tür zu seiner Rechten und schlüpfte hindurch.

»Mama, wir können Alexander nicht finden!«

Atemlos kehrten Miss Linfield und Miss Fanny in den Salon zurück, wo Feli mit deren Mutter zusammen wartete.

Mrs. Linfield seufzte. »Euer Bruder braucht wahrscheinlich noch einen Moment des Alleinseins. Wir sollten ihm die Zeit geben.«

»Immerhin steht Pepper wohlbehalten im Stall.« Miss Fanny schien das Wohlergehen des Pferdes fast wichtiger zu sein als das ihres Bruders. Vielleicht hatte das Mädchen nicht erfasst, wie böse dieser Sturz für Mr. Linfield hätte enden können.

Feli war dies nur zu bewusst gewesen. Einige furchtbare Atemzüge lang hatte sie angenommen, Alexander Linfield hätte sich durch den Aufprall auf das massive Gatter tödliche Verletzungen zugezogen. In diesen Sekunden der Angst hatte sie gemerkt, wie viel er ihr bedeutete. Anfangs hatte ihr nur seine Rivalität mit seinem Bruder geschmeichelt. Inzwischen schätzte sie seine Gegenwart und genoss diese immer mehr. Die Vorstellung, morgen abreisen zu müssen, war schrecklich. All das hatte sie ihm nach dem Sturz sagen wollen – und ihn fragen, ob er ebenso empfand wie sie. Doch durch seine grobe Zurückweisung hatte sie den Mut verloren. Seitdem quälte sie ein Gedanke: War er aus verletzter Eitelkeit so abweisend gewesen oder war sie ihm gleichgültig?

Henry Linfield kam in den Salon, auf einem Tablett eine Kanne Tee, ein Kännchen Milch und einen Sandkuchen balancierend. »Alexander ist noch nicht aufgetaucht?« Er stellte das Servierbrett auf dem Tisch ab und goss allen Tee ein. »Na, der fängt sich schon wieder. Bis heute Abend ist die Sache mit seinem Sturz längst vergessen. Nur, dass er am Ende ohne Verabschiedung weggeritten ist, wird man ihm übelnehmen.«

Mrs. Linfield nickte. »Du hast recht. Er ist ein erwachsener Mann und hätte trotz seines Ärgers seine Verpflichtungen der Jagdgesellschaft gegenüber erfüllen müssen.«

Obwohl Henry Linfield beim Tee einen kurzweiligen Bericht seines Rittes zum Besten gab, blieb Felis Stimmung gedrückt. Ob Alexander Linfield die Ereignisse so schnell überwinden würde? Je länger seine Abwesenheit währte, desto mehr bezweifelte sie es.

Da in knapp drei Stunden der Fuchsball beginnen würde und sie sich alle dafür umkleiden mussten, hob Mrs. Linfield die Teetafel bald auf. Feli verließ den Salon als Letzte. Sie hatte große Pläne für ihr Äußeres heute Abend gehabt. Doch mit der Befürchtung, dass Alexander Linfield sie nicht zum Ball begleiten würde, erschien ihr das Vorhaben sinnlos. Statt hinaufzugehen, besuchte sie Evie in deren Kammer. Die Zofe war von der Köchin im Voraus mit reichlich Essen und Trinken versorgt worden. Sie hatte mehr Farbe im Gesicht als am Vormittag und richtete sich gleich in ihrem Bett auf, als Feli eintrat.

»Ich bin müde, aber das Fieber ist nicht zurückgekommen, Miss Sims. Die Fahrt in der Kutsche morgen überstehe ich auf jeden Fall, es ist ja nur eine halbe Tagesreise bis nach London.«

Feli bot an, Lektüre vorbeizubringen, was Evie dankbar annahm.

Kurz darauf stand sie wieder im Flur. Sie musste sich dringend umkleiden gehen, aber der Gedanke an Alexander Linfield hielt sie zurück. Suchend schaute sie sich um, spähte durch die offenstehende Salontür und lauschte auf Schritte. Weiterhin war nichts von ihm zu hören oder zu sehen. Sie legte die Finger auf den Handlauf des Geländers und nahm sie sofort wieder weg. Sein Fernbleiben bekümmerte sie. Am liebsten wollte sie sich auf die Suche nach ihm begeben. Aber da die Linfield-Schwestern überall erfolglos nach ihm geschaut hatten, würde es ihr kaum gelingen, ihn zu finden. Zumal sie das Haus lange nicht so gut kannte und es unhöflich war, hinter verschlossene Türen zu sehen. Doch irgendetwas musste sie tun, um ihre Niedergeschlagenheit zu bekämpfen! Wie so oft lautete die Lösung: Schokolade. Glücklicherweise wusste sie, wo sie bei den Linfields dieses süße Heilmittel bekommen konnte.

Entschlossen ging Feli in die leere Küche und blickte sich in dem düsteren Raum nach der Speisekammer um. Wo, wenn nicht hier, sollte die Köchin die neu gebackenen Eclairs zum Aufbewahren hingestellt haben? Sie öffnete die schmale Tür und trat ein.

Die Vorratskammer war größer als erwartet. Im schwindenden Licht der Abenddämmerung erkannte Feli vier deckenhohe Regale, die beidseits längs in den Raum standen. Sollte sie sich besser eine Kerze holen? Ach was, das Blech mit den Eclairs würde sie auch ohne finden. Rasch ging sie zum ersten Regal, wandte sich aber sofort wieder ab, weil es nur Küchengerätschaften und Tücher enthielt. Das zweite war ebenfalls eine Enttäuschung, hier lagerte bloß Herzhaftes. Doch es gab ja weitere Möglichkeiten. Tatsächlich wurde sie vorne am dritten Regal fündig. Abgedeckt von Stofftüchern fanden sich zwei Bleche Eclairs.

Kurz ließ ihr Gewissen Feli zögern. Das Gebäck war für den Ball gedacht und sie hatte nicht um Erlaubnis gefragt. Allerdings diente ihr Mundraub einem guten Zweck. Und bestimmt hatte niemand die Stücke abgezählt. Der verführerische Schokoladenduft verdrängte die letzten Bedenken. Sie nahm sich ein Eclair und biss hinein. Hach, welch Genuss! Die Köchin hatte ihre Ratschläge angenommen und das Ergebnis war perfekt geworden. Ein weiterer Teil verschwand in Felis Mund und gleich darauf das gesamte Gebäckstück. Lecker! Was gab es Besseres als Schokolade? Sie konnte förmlich spüren, wie neuer Mut in sie hineinströmte. Mit einem zweiten Eclair würde sie sich sicher noch zuversichtlicher fühlen. Sie griff das nächste und biss hinein.

»Wenn wir beide so weitermachen, bleibt nichts mehr für den Ball übrig«, erklang hinter ihr Alexander Linfields Stimme.

Feli fuhr herum, das Blut schoss ihr in den Kopf. »Ich ... ich habe Schokolade gebraucht«, stotterte sie, »weil ... weil ...«

»Ich habe auch etwas Süßes gebraucht.« Er hielt ein angebissenes Eclair hoch.

»Das kann ich gut verstehen. Nichts hilft mir besser, wenn ich unglücklich bin.«

»Sie sind traurig?« Trotz des Dämmerlichts sah sie den bestürzten Ausdruck auf seinem Gesicht. »Wegen London?«

»Wegen Ihnen. Ich hatte solche Angst um Sie, als Sie gegen dieses Gatter gefallen sind«, platzte es aus ihr heraus. »Viele Reitunfälle enden tödlich. Baron Lincoln, der erste Ehemann meiner Freundin Cleopatra, ist durch den Sturz bei einer Jagd gestorben. Wenn auch Sie … es wäre mir unerträglich gewesen und Ihre Familie …« Ihre Stimme brach ab.

»Miss Sims.« Er trat einen Schritt auf sie zu. »Mir ist nichts geschehen. Das haben Sie doch gesehen.«

»Ja, aber Sie waren so schroff und dann verschwunden. Das hat mich verunsichert. Beides passt nicht zu einem Mann wie Ihnen.«

Er lachte traurig. »Darf ich nicht wütend sein, wenn ich vor einer Frau, die mir gefällt, wie ein Trottel dastehe?«

Es war, als würde die Sonne in ihr aufgehen. »Ich gefalle Ihnen?«

»Viel zu sehr.«

»Sie gefallen mir auch.«

Seine Augen strahlten. »Würde es Ihnen ebenfalls gefallen, wenn ich Sie küssen würde?«, fragte er leise.

»Unbedingt.« Sie hob den Kopf und schloss die Lider. Im nächsten Moment spürte sie seine Lippen auf den ihren. Sie waren weich, zärtlich und schmeckten nach Schokolade. Er legte seine Arme um sie und zog sie eng an sich. Ihm so nah zu sein war aufregend und gleichzeitig fühlte sie sich unendlich geborgen. Sie seufzte wohlig. »Eclairs sind wunderbar, aber Sie zu küssen ist der Himmel.«

»Ich bin völlig Ihrer Meinung.« Entgegen seinen Worten ließ er sie los und trat einen Schritt zurück.

Enttäuscht öffnete sie die Augen. Der Glanz war aus seinem Blick gewichen. »Was ist los?«, fragte sie. »Hat es Ihnen doch nicht gefallen?«

»Und ob. Aber ich weiß nicht, wie es mit uns weitergehen soll. Sie fahren morgen nach London, um einen Gemahl zu finden. Ich bin alles andere als der Gentleman, den Sie suchen.« Er machte eine Geste, die das gesamte Haus einschloss.

»Sie mögen kein Lord sein, doch Sie sind durch und durch ein Gentleman! Vielleicht mit einigen Ausnahmen, was Ihr Verhalten betrifft. Aber Sie haben ein goldenes Herz.«

»Reicht das als Grundlage für ein Leben miteinander?«

Sie wusste, worauf er anspielte. »Darüber habe ich mir noch keine Gedanken gemacht, weil ich unsicher war, ob Sie Gefühle für mich hegen. Aber dass wir unter einem Kussball stehen, werte ich als gutes Zeichen.«

»Wir stehen unter einem Kussball?« Er schaute nach oben.

»Ich habe ihn eben erst entdeckt. Ihre Schwestern waren sehr gründlich.«

»Allerdings. Aber wenn wir schon darunter stehen, sollten wir auch dem Brauch folgen.« Er hob die Hand, pflückte eine der weißen Mistelbeeren ab und reichte sie ihr. »Ich möchte mich bei Ihnen wegen meiner groben Worte nach der Jagd entschuldigen. Gebrochener Stolz schmerzt manchmal mehr als ein gebrochener Knochen.«

»Sie haben sich ernsthaft die gesamte Zeit hier in der Speisekammer verborgen und zum Trost Eclairs gegessen?«

Er nickte. »Ganze fünf Stück. Wofür ich mich jetzt wirklich schäme«, setzte er mit einem Grinsen hinzu.

»Vor mir nicht. Ich habe zu Hause eine stets gut gefüllte Dose mit Nougat in meinem Zimmer stehen. Und bei Bällen findet man mich öfter am Büfett als auf dem Tanzparkett. Das behauptet zumindest meine Mutter.« Sie lächelte. »Wer hätte gedacht, dass meine Liebe zu Eclairs mir zu meinem ersten Kuss verhelfen würde?«

»Ich bin der erste Mann, den Sie …?« Er schüttelte den Kopf. »Ich verstehe die Londoner Gentlemen nicht. Wieso hat sich keiner um Sie bemüht?«

Eine heikle Frage. »Die Herren hatten ja nicht allzu viel Zeit«, log sie. »Oder Gelegenheit, wegen des Büfetts.«

»Ihre Krankheit habe ich nicht bedacht. Werden Sie mir heute Abend einen Tanz schenken? Oder muss ich die Konkurrenz durch die Eclairs fürchten?«

»Gewiss nicht.« Oh, wie herrlich war es, mit ihm zu reden!

»Dann werde ich mich mit Freude umziehen.«

Tatsächlich trug er noch seine Jagdkleidung. »Ich muss mich auch vorbereiten.« Hoffentlich konnte sie ihre Garderobenpläne zeitlich verwirklichen.

»Felicity?«

Ihren Taufnamen aus seinem Mund zu hören, brachte sie sofort von der Kleiderfrage ab. »Bitte sagen Sie Feli. Das klingt nicht so steif.«

»Feli.« Es schien, als ließe er sich den Namen wie ein Stück Schokolade auf der Zunge zergehen. »Ich wollte nur …«

Sie erneut küssen? Erwartungsvoll sah sie ihn an. Doch statt sich zu ihr zu beugen, streckte er die Hand aus und wischte ihr mit dem Daumen über die Oberlippe. »Da war ein Eclairkrümelchen.«

»Oh, ach so. Danke.«

Er räusperte sich. »Ich denke, wir sollten mit allem Weiteren warten, bis … bis Sie sich sicher sind, was Sie möchten.«

Die Enttäuschung in ihrer Stimme war ihm also nicht entgangen. »Das klingt vernünftig. Bis gleich, Mr. Linfield.« Sie neigte den Kopf und huschte aus der Speisekammer.

Was ihre Gefühle für Alexander Linfield anging, war sie nach diesem wundervollen Kuss sicher. Doch wie sie ihre Liebe für einen Buchhalter ihren Eltern erklären wollte, darüber hatte sie dringend nachzudenken.

Alexander zog die Zügel an und ließ den Schlitten langsam die mit Fackeln beleuchtete Auffahrt zum Anwesen der Walfords hinauffahren.

»Die meisten Dienstboten der Familie Walford haben noch Ausgang«, sagte seine Mutter gerade. »Das macht den Charme dieses Ballabends aus. Wir sind weitgehend auf uns gestellt.«

»Deshalb bringen alle Gäste Essen mit«, ergänzte Caroline. »Mal schauen, ob sich dieses Jahr wieder jeder Zweite für Hackfleischpastete entschieden hat.«

Fanny stöhnte. »Hoffentlich nicht! Ich hasse Hackfleischpastete.«

»Ich liebe sie.« Henry lachte.

Vor dem Eingang nahmen Jungen aus dem Dorf die Schlitten und Kutschen der Gäste entgegen. Alexander sprang vom Bock, drückte den Buben ein paar Pennys in die Hand und half zusammen mit seinem Bruder den Frauen beim Aussteigen. Bevor er sich umkleiden gegangen war, hatte er seine Mutter und seine Geschwister aufgesucht und sich bei jedem Einzelnen entschuldigt, sodass die Stimmung zwischen ihnen wieder entspannt war. Nur wenn er zu Miss Sims – Feli! – sah, spürte er eine Nervosität, die nichts mit dem unrühmlichen Ende der Jagd zu tun hatte. Würde sie sich für ihn entscheiden? Für ein Leben in bescheidenen Verhältnissen, in dem Wissen, dass ihr Mann auch für seine Mutter und Schwestern zu sorgen hatte?

Mach dir keine zu großen Hoffnungen, klang die

Stimme der Vernunft in seinem Ohr. *Sobald sie in London ist, wird sie dich vergessen.*

Aber noch war Feli hier und er würde den Abend mit ihr genießen.

In der Eingangshalle legten sie ihre Mäntel ab und gingen hinüber in den geräumigen Wintergarten, der als Ballsaal hergerichtet worden war. Alle Möbel und Sitzgelegenheiten des Raumes hatte man an den Rand geschoben. Auf der von Teppichen befreiten Mitte prangte ein dekoratives Ornament aus Kreide, damit niemand auf dem Marmorboden beim Tanzen ausrutschte. Weihnachtliches Grün schmückte die Wände und verbreitete einen angenehmen Duft.

»Familie Linfield, willkommen!« Sir Lawrence samt Gattin und Sohn Grayson traten zu ihnen. »Auch Sie, Miss Sims, begrüße ich herzlich. Ihre Anwesenheit verleiht unserer Gesellschaft einen besonderen Glanz. Ich hoffe, Ihr Vater ist wohlauf?«

Täuschte er sich oder war Feli bei dieser letzten Frage zusammengezuckt? Doch sie lächelte bereits wieder. »Er erfreut sich bester Gesundheit. Kennen Sie sich?«

»Der Baron hat uns vor etlichen Jahren die Ehre erwiesen, an der Fuchsjagd teilzunehmen. Seitdem habe ich ihn kaum gesehen, da wir nicht in London verkehren.« Der Hausherr lächelte entschuldigend. »Wir fühlen uns auf dem Land wohler als in der Stadt.«

Seine Frau nickte und blickte auf die Bleche mit den Eclairs, die Henry und er trugen. »Das Gebäck können

Sie auf dem Tisch in der Ecke abstellen. Unsere Musikanten werden gleich zum Tanz aufspielen.«

»Perfekt«, sagte sein Bruder. »Sobald ich die Hände frei habe, kann ich Miss Sims zur Tanzfläche führen.«

Alexander presste die Lippen zusammen. Bevor er ans Tanzen mit Feli denken konnte, hatte er sich bei etlichen Anwesenden für sein unhöfliches Verschwinden bei der Jagd zu entschuldigen. Am besten fing er sofort bei Sir Lawrence und seinem Sohn an.

»Da bist du ja wieder.« Fanny, die neben seiner Mutter und einer Bekannten stand, reichte ihm einen Teller. »Ich habe eines unserer Schokoladeneclairs für dich gerettet. Es sind kaum noch welche da, weil alle erneut Hackfleischpasteten mitgebracht haben.«

Alexander biss artig hinein, auch wenn es heute sein Sechstes war. Nach seiner Entschuldigungsrunde konnte er Süßes gebrauchen.

»Sobald du mit essen fertig bist, kannst du Miss Sims zum Tanz auffordern«, sagte Fanny.

Mit dem Rest des Eclairs wies er in die Mitte des Wintergartens. »Aber sie tanzt gerade mit Henry.«

»Eben. Zu dir passt sie besser.«

Hatte Fanny sie in der Vorratskammer beobachtet? »Wie kommst du darauf?«, fragte er schärfer als beabsichtigt. »Sie wirkt glücklich mit ihm. Schau, wie sie lächelt.«

»Sie ist nicht glücklich, sie ist amüsiert – weil Henry immer lustige Sachen zu erzählen weiß. Wenn Miss

Sims mit dir redet, ist sie glücklich. Als hätte jemand in ihr eine Christkerze angezündet. Wie beim Eislaufen.«

»Für eine Zehnjährige weißt du ziemlich viel.«

Fanny reckte sich zu ihrer vollen Größe. »Ich bin eine Frau, wir haben ein Gespür für so etwas – Institution.«

»Intuition, meinst du wohl.«

»Genau«, erwiderte sie würdevoll. »Und meine Intuition sagt mir, dass Miss Sims lieber mit dir tanzen möchte als mit Henry.«

»Und was ist mit meinen Wünschen? Zählen die nicht?«

»Aber natürlich! Du willst auch gerne mit ihr tanzen, am liebsten sofort.«

Ertappt! »Sagt dir das ebenfalls deine Intuition?«

»Nein, das sehe ich in deinem Blick. Du schaust Miss Sims an wie einen Teller mit Eclairs.« Sie grinste. »Sag Henry, dass ich mit ihm tanzen will. Dann muss er nicht am Rand stehen und zuschauen.«

Bei der Vielzahl an Damen hier war das nicht zu befürchten. »Wie Sie wünschen, Miss Fanny.«

Statt einer Antwort nahm Fanny ihm den Rest des Eclairs ab und schob ihn Richtung Tanzfläche.

Keine zwei Minuten später bewegte Alexander sich mit Feli zum Reigen, während Henry zu Fanny ging.

Vergnügt sah Feli ihn an. »Sie und Ihr Bruder stehen unter der Fuchtel Ihrer kleinen Schwester. Aber das ist gut, denn ich habe ungeduldig darauf gewartet, mit Ihnen tanzen zu können.« Ihr tiefer Blick verriet, dass sie ebenso wie er an ihren Kuss in der Vorratskammer dachte.

Er spürte, wie seine Wangen heiß wurden. »Unsere Eclairs scheinen gut anzukommen«, wechselte er auf ein unverfänglicheres Thema.

»Hoffentlich sind noch welche da, wenn dieses Set endet. Andererseits haben wir beide schon genug davon genascht.«

»Dank Fanny hatte ich vorhin sogar ein sechstes.« Er grinste. »Bald werde ich meinen Hosenknopf nicht mehr schließen können.«

»Das gleicht die Bewegung beim Tanzen wieder aus. Kommen Sie, wir sind dran!« Mit gebeugten Köpfen tanzten sie unter dem Spalier der anderen Paare durch die Gasse.

Lachend reihten sie sich am Ende ein, fassten sich bei den Händen und hoben ihre Arme zur Brücke.

»Schade, dass wir nur zweimal miteinander tanzen dürfen«, sagte sie, als das nächste Paar unter ihnen hindurchlief.

Er wusste, worauf sie anspielte – in London galt ein dritter Tanz als Zeichen einer zu erwartenden Verlobung. »Diese Regel gilt hier bei uns nicht, sonst wäre ein Tanzabend rasch vorbei.« Er bemerkte ihren erstaunten Blick. »Soll ich Ihnen einen Schwur für die Richtigkeit meiner Worte leisten?«

»Das ist nicht nötig. Sie sind ein ehrlicher Mann, der mich niemals anlügen würde. Oder sonst etwas täte, was mir schaden würde.«

»Sie bereuen unseren … unser Zusammentreffen in der Speisekammer nicht?«, wagte er zu fragen, da sie in all der Musik und dem Gejauchze niemand verstehen konnte.

»Ganz und gar nicht.«

Ihr Lächeln entfachte eine wohlige Wärme in ihm. Geradeso, als ob jemand in seinem Inneren ebenfalls eine Christkerze angezündet hätte. Und in diesem Moment ließ er die Hoffnung zu. Die Hoffnung, dass tatsächlich eine Chance bestand, dass Feli seine Frau werden könnte.

Erhitzt, aber glücklich, schritt Feli an Mr. Linfields Seite zum Büfett und schaute sich nach den Schokoladeneclairs um. Prompt verzog sie das Gesicht.

»O weh, ich habe es befürchtet.« Sie wies auf die beiden leeren Bleche. »Alle Eclairs sind aufgegessen. Wir werden uns mit einer Hackfleischpastete begnügen müssen.«

»Es wird sich herumgesprochen haben, wie fantastisch sie schmecken.« Mr. Linfield schmunzelte. »Sind Sie arg enttäuscht?«

»Nicht so, wie erwartet. Zum einen hatten wir beide schon welche und zum anderen …« Sie strich sich eine Locke aus der Stirn. »Auf Bällen habe ich Eclairs zum Trost gegessen, doch das ist heute Abend nicht nötig.

Dank Ihnen fühle ich mich zum ersten Mal auf einer Gesellschaft rundum wohl.«

Er bedachte sie mit einem derart zärtlichen Blick, dass sie ihn am liebsten wieder geküsst hätte. Nein, über ihre Gefühle brauchte sie sich keine Gedanken zu machen.

»Felicity!«, erklang eine grelle Frauenstimme hinter ihr. »Felicity Sims! Sind Sie das?«

Sie drehte sich um und sah sich Betsy Mullens und deren Mann Walter gegenüber. Freunde von Margret, hier am Ende der Welt? Das durfte nicht wahr sein.

»Felicity, Sie sind es«, rief Betsy. »Wie schön, Sie wiederzusehen, nachdem Sie London im Frühjahr überstürzt verlassen haben.«

Feli zwang sich zu einem Lächeln. »Die Freude ist ganz meinerseits.« Hoffentlich packte Betsy vor Mr. Linfield keine alten Geschichten aus, die verrieten, dass Feli mehr als eine Saison hinter sich hatte.

Doch vorerst blieb Betsy mit ihren Gedanken im Hier und Jetzt. »Was machen Sie auf einer solch provinziellen Feier, meine Liebe? Wir«, sie deutete auf ihren Mann und sich, »sind hier, weil Sir Lawrence ein Cousin von Walter ist. Er lädt uns jedes Jahr ein und irgendwann gehen einem die Ausreden aus.« Sie lachte gekünstelt. »Aber irgendwie werden wir diesen, nun ja, *rustikalen* Abend überstehen. Immerhin sind die Eclairs köstlich.«

Feli nutzte die Pause im Redeschwall, um die Vorstellung zu übernehmen. »Das sind Baron Oakley und seine Frau. Wir kennen uns durch meine Schwester. Und mein Begleiter ist Mr. Alexander Linfield.«

»Linfield, Linfield …« Betsy runzelte die hohe Stirn. »Der Name sagt mir nichts. Dir, Walter?«

Ihr Gemahl schüttelte den Kopf.

»Verraten Sie uns, woher Sie kommen, Mr. Linfield«, bat sie. »Möglicherweise haben wir gemeinsame Bekannte.«

Bevor er Betsys Wunsch nachkam, sah Mr. Linfield Feli an. Prüfend, wie es ihr schien. »Ich stamme aus Mole's End, Lady Oakley. Ein Dorf hier in der Nähe. Und obwohl ich die meiste Zeit in London verbringe, glaube ich nicht, dass wir gemeinsame Freunde haben oder uns bereits begegnet sind. Außer, Sie hätten *Balfour's Teehandel* aufgesucht. Dort arbeite ich als Buchhalter.«

Betsys wohlwollendes Lächeln erlosch. »Ich verstehe.« Ihr Blick wanderte zu Feli. »Wie bist du zu Mr. Linfields Bekanntschaft gekommen?«

War Betsy schon immer so dünkelhaft gewesen? In knappen Worten erzählte Feli, wie Mr. Linfield sie nach dem Kutschenunglück gerettet hatte. »Daher bin ich ihm und seiner Familie zu großer Dankbarkeit verpflichtet«, schloss sie.

»Zu helfen war das Mindeste, was er für eine Dame wie dich tun konnte«, sagte Betsy, ohne Mr. Linfield eines weiteren Blickes zu würdigen. Ein Angestellter ohne Verbindungen zum *ton* war nach ihren Maßstäben offenbar einem Diener gleichzusetzen – nicht beachtenswert. »Warum warst du auf dem Weg nach London, Liebes?«

Wieso konnten Betsy und ihr Mann nicht einfach weitergehen? »Ich wollte die Weihnachtstage bei Phyllis Slade verbringen und mit ihr Baron Effertons Einladung zu seinen Feierlichkeiten zum Christfest folgen.«

»Oh, Lord Effertons legendäre Weihnachtsgesellschaften! Die Veranstaltungen sollen ebenso unterhaltsam sein wie die Gäste illuster.« Betsys Gesicht nahm einen schwärmerischen Ausdruck an. »Leider waren Walter und ich noch nie eingeladen. – Aber jetzt muss ich dir unbedingt die neuesten Geschichten aus Bath erzählen. Du wirst nicht glauben, was dort kürzlich Skandalöses passiert ist!« Sie legte ihre Hand auf Felis Unterarm und wies mit dem Kinn auf ein an die Wand gerücktes Sofa. »Setzen wir uns, auch wenn die Polsterung wenig bequem aussieht. Walter, besorge uns etwas zu trinken! Aber nicht diesen ungenießbaren Punsch.«

Feli versteifte sich. Neben ihr stand Alexander Linfield mit verschlossenem Blick. Vor ihr Betsy, die Augen auffordernd auf sie gerichtet. Zwei Menschen aus zwei unterschiedlichen Welten. Vor wenigen Tagen wäre ihr die Bekanntschaft zu Mr. Linfield peinlich gewesen und sie wäre ohne zu zögern Betsy gefolgt, doch jetzt …

»Wir können uns später gerne unterhalten, Betsy. Ich habe Mr. Linfield das nächste Tanzset versprochen.«

Auf Mr. Linfields Gesicht erschien ein Lächeln.

Die Baroness starrte sie ungläubig an. »So lange werden wir hier sicher nicht mehr bleiben«, sagte sie säuerlich. »Auch wenn es mir vor der Nacht in diesem schauderhaften Gasthof in Esher graut.«

»Dann werde ich mir bei unserer nächsten Begegnung die Geschichten aus Bath anhören.«

»Wie du meinst«, schnappte Betsy. »Felicity, Mr. Lymehouse – man sieht sich.« Sie nickte ihnen knapp zu und zog ihren Gemahl mit sich, bevor dieser etwas sagen konnte.

Feli konnte nur den Kopf schütteln. »Lady Oakleys Benehmen tut mir leid, Mr. Linfield. Derart hochmütig habe ich sie nicht in Erinnerung.«

»Sie waren ebenfalls nicht begeistert, dass ich kein Lord bin. Schon vergessen?« Mr. Linfield zwinkerte ihr zu. »Immerhin haben Sie sich meinen Namen gemerkt.«

Er meinte es scherzhaft, trotzdem wollte sie es nicht so stehen lassen. »Ja, ich war voreingenommen. Aber das war, bevor …« Sie senkte die Stimme. »Bevor ich Sie besser kennengelernt habe. Ich bin schlicht einem Vorurteil aufgesessen.«

»Welches Ihnen an meiner Seite immer wieder begegnen wird – bei Fremden, bei Bekannten und in der Familie.«

»Ich weiß, was Sie meinen. Aber können wir den heutigen Abend nicht einfach genießen? Sie haben mir doch Zeit zum Nachdenken versprochen.«

Statt einer Erwiderung bot er ihr lächelnd den Arm.

Zufrieden legte sie ihre Hand darauf. Mit jedem Schritt zur Tanzfläche entspannte Feli sich mehr. Betsy hatte sie nicht bloßgestellt und auch sonst drohte hier diesbezüglich keine Gefahr. Nicht einmal die Gastgeber verkehrten in Londoner Kreisen. Sie konnte das tun, worum sie gebeten hatte. Den Ball genießen – und Alexander Linfields Nähe.

Schon nahmen sie Aufstellung zum Kotillon, er griff ihre Hände und leitete sie in die Drehung. Normalerweise brauchte Feli eine Weile, bis sie mit ihrem Tanzpartner im Gleichklang war, doch bei Mr. Linfield hatte es dieser Eingewöhnungszeit nicht bedurft. Es war vom ersten Schritt an so gewesen, als wäre sie seit Jahren mit ihm vertraut. Mit ihm zu tanzen war ein Traum, der alle Sorgen in den Hintergrund rücken ließ: ihre Flunkereien, Sir Rollo und London. Es gab nur Alexander und sie, den Duft des Tannengrüns und die Musik. Ach, würde dieser Tanz nie enden!

Es war weit nach Mitternacht, als sie wieder im Haus der Linfields eintrafen und von dem in den Dienst zurückgekehrten Hausmädchen und der Köchin in Empfang genommen wurden. Einzig der alte Kutscher schlief schon, sodass Henry Linfield sich im Stall um Schlitten und Pferd kümmerte.

Müde, aber bester Stimmung stieg man die Treppe hinauf und wünschte sich im Flur vor den Schlafzimmern eine gute Nacht. Miss Linfield und Miss Fanny verschwanden sofort gähnend in ihrem Raum. Mrs. Linfield erkundigte sich bei Feli, wann sie geweckt werden wollte, ehe sie sich ebenfalls zurückzog. Auch Feli wollte zu Bett gehen, da fiel ihr auf, dass Alexander Linfield noch im Gang stand.

»Hat Ihnen der Abend gefallen, Miss Sims?«, fragte er.

»Es war der schönste Ball, auf dem ich je gewesen bin.«

»Auch wenn es fast nur Hackfleischpasteten zu essen gab?«

Sie lächelte. »Ja.«

»Und obwohl das Musikensemble eher gegen- als miteinander gespielt hat?«

»Ja.«

»Und dass – bis auf zwei Ausnahmen – niemand der Anwesenden zum Hochadel gehörte, hat Sie ebenfalls nicht gestört?«

»Kein bisschen.« Sie schmunzelte. »Und wenn Sie hundert weitere Gründe suchen, weshalb es mir missfallen haben könnte, werde ich Ihnen keine andere Antwort geben.«

»Das beruhigt mich. Andererseits bedauere ich es, das Ende unseres Gesprächs nicht länger hinauszögern zu können.« Er griff ihre Hand und deutete einen Kuss an. »Schlafen Sie gut, Feli.«

In ihrem Bauch begannen Schmetterlinge zu flattern. »Das werde ich.« Sie wollte sich abwenden, doch etwas nahm ihren Blick gefangen. »Ist das ein Eclairkrümel in Ihrem Bart?«

»Möglich.« Er tastete sich erfolglos durch das Gesicht. »Wo hängt er denn?«

»Warten Sie, ich helfe Ihnen.« Sie trat zu ihm und streckte die Hand aus. Schon berührten ihre Finger sein Barthaar. »Hier«, flüsterte sie. Doch ihre Aufmerksamkeit galt längst nicht mehr dem Krümel, sondern seinen geschwungenen Lippen. Wie gerne würde sie ihn nochmals küssen!

»Danke«, murmelte er, aber ihn schien der Krümel ebenfalls nicht weiter zu interessieren. Zärtlich legte er seine Hände an ihr Gesicht. »Eclairs kann ich nicht widerstehen. Und Ihnen, wie es scheint, auch nicht.« Er beugte sich zu ihr und Felis Herz jubilierte. Sie schloss die Augen und sein Mund berührte den ihren.

»Daran sind sicher die vielen Mistelbälle in diesem Haus schuld«, hauchte sie. Und dann gab es nur noch seinen Kuss.

Erst als Schritte auf der Treppe erklangen, traten sie rasch auseinander.

»Das ist bestimmt Henry«, flüsterte Mr. Linfield. »Bis morgen, Feli.«

Sie wechselten einen verschwörerischen Blick und huschten in ihre Zimmer.

Leise schloss Feli die Tür hinter sich und lehnte sich dagegen. Das war knapp gewesen. Aber wäre es schlimm gewesen, wenn man Mr. Linfield und sie entdeckt hätte?

Nein. Es hätte vorweggenommen, was ihr seit heute Nachmittag immer deutlicher geworden war. Sie liebte Alexander Linfield. Und egal, was kommen würde, sie würde zu ihm und dieser Liebe stehen. Feli atmete tief durch. Nie hatte sie klarer gesehen, was sie wollte. Und nie war sie bereiter gewesen, es gegen alle Widerstände durchzusetzen. Gleich morgen früh würde sie Alexander ihre Entscheidung mitteilen.

Dann musst du ihm aber die Wahrheit über dich sagen, raunte die Stimme in Margrets Tonfall in ihrem Ohr.

»Es wird nichts an seinen Gefühlen für mich ändern.« Das wusste sie einfach.

Gemeinsam würden sie es seiner Familie erzählen. Sobald ihre Kutsche fertig war, würde sie mit ihm nach Pratton Hall fahren und ihre Eltern vor vollendete Tatsachen stellen. Sollte ihre Mutter toben und Margret spotten. Sie würde Alexander Linfield heiraten und sonst niemanden.

27. Dezember 1814

Es war noch still im Haus, als Alexander am nächsten Morgen sein Arbeitszimmer betrat. Die fleißige Hannah hatte das Feuer im Kamin bereits entfacht. Die Scheite knackten und tauchten den Raum in rötliches Licht. Nachdenklich betrachtete er die lodernden Flammen. Er hatte versucht, seine Zuneigung zu Miss Sims kleinzureden, um nicht zu sehr verletzt zu werden, wenn sie sich gegen ihn entscheiden sollte. Doch seit diesem zweiten Kuss gestern Abend wusste er, dass er damit gescheitert war. Er konnte seine Liebe zu ihr nicht länger verleugnen.

Deshalb war er in aller Herrgottsfrühe heruntergekommen, um zu überlegen, welches Leben er ihr bieten konnte. Sein Blick wanderte zu der Schreibtischschublade, in der die Stellenanzeigen lagen. Es half nichts. Sie musste die Wahrheit erfahren über die finanzielle Situation seiner Familie, seine baldige Arbeitslosigkeit und seinen Versuch, in einem anderen Teil des Landes in Lohn und Brot zu kommen.

Ein leises Klopfen an der Tür ließ ihn aufsehen.

Henry schob sich in den Raum. »Ich bin extra früher aufgestanden, weil ich mit dir reden muss. Es geht um …« Sein Bruder brach ab und runzelte die Stirn. »Komme ich ungelegen? Du siehst aus, als hättest du jemand anderen erwartet.«

Einen Herzschlag lang hatte er gehofft, es wäre Feli, um sich ihm zu erklären. »Du störst nicht. Setz dich.« Er entzündete den Kerzenleuchter auf dem Schreibtisch und ließ sich ebenfalls nieder. Draußen begann es zu dämmern und durch die angelehnte Tür klangen Stimmen und das Klappern von Geschirr aus der Küche. Er faltete die Hände, stützte die Ellenbogen auf der Schreibtischplatte ab und sah seinen Bruder auffordernd an. »Worüber willst du mit mir reden, Henry?«

Leise stieg Feli die Treppe hinab. Es war früh und außer den Dienstboten in der Küche schliefen bestimmt noch alle. Alle außer Alexander. So fleißig, wie sie ihn kennengelernt hatte, saß er sicher schon an seinem Schreibtisch. Die ideale Gelegenheit, um ungestört mit ihm zu sprechen.

Die Tür des Arbeitszimmers war angelehnt und Licht fiel in den Flur. Sie hob die Hand, um anzuklopfen, da hörte sie Alexanders Stimme.

»Worüber willst du mit mir reden, Henry?«

Wie ärgerlich. Aber gut, sie würde in einer Viertelstunde wiederkommen. Sie wollte zurück in ihr Zimmer gehen, als ihr Name fiel.

»Es geht um Miss Sims. Während du das zweite Set mit ihr getanzt hast, habe ich ein aufschlussreiches Gespräch mit Lady Oakley geführt. Die Baroness kennt Miss Sims und ihre Familie seit Jahren.«

Feli erstarrte.

»Miss Sims hat mich der Dame und ihrem Gemahl vorgestellt.« Alexanders Stimme klang desinteressiert. »Von Klatsch und Tratsch halte ich nichts, wie du weißt.«

Für einen winzigen Moment hoffte Feli, das Gespräch würde hier enden.

Henry Linfield beachtete den Einwand seines Bruders nicht, sondern sprach einfach weiter. »Felicity Sims ist nicht achtzehn, Alexander. Sie ist einundzwanzig. Und sie hat nicht nur über ihr Alter gelogen.« Er machte eine bedeutungsvolle Pause. »Sie ist keine Debütantin. Die diesjährige Saison war bereits ihre dritte.«

Feli biss sich auf die Lippe. All das hatte sie Alexander selbst sagen wollen. Sollte sie hineingehen und ihre Beweggründe für ihre Flunkereien erklären? Allerdings würde sie damit zugeben, gelauscht zu haben.

»Der Clou kommt noch«, fuhr Henry Linfield fort. »Sie hat die Saison nicht wegen einer Krankheit abgebrochen, sondern weil sie …«

»Ein verbotenes Rendezvous mit einem Verehrer hatte, der sich am Ende als dieser Dieb im Dominokostüm herausstellte«, beendete Alexander den Satz.

Feli schlug sich die Hand vor den Mund. Er wusste darüber Bescheid?

»Du weißt das alles?«, rief Henry, nicht minder überrascht als sie. »Hat die Baroness es dir erzählt?«

»Reverend Trew hat es mir nach dem Weihnachtsessen berichtet, als ihr im Salon wart.«

»Woher weiß ein Pfarrer aus Whitechapel, was im *ton* vor sich geht?«

Das fragte Feli sich ebenfalls.

»Ein Wohltäter seiner Kirchengemeinde ist von Adel. Er hat Trew oft zu seinen Gesellschaften eingeladen, damit dieser dort Spenden sammeln konnte. Auf einer solchen Veranstaltung hat der Reverend Miss Sims gesehen.«

»Aber dann müssten beide doch miteinander bekannt sein?«

»Sie sind einander nie offiziell vorgestellt worden. Deshalb war der Reverend anfangs unsicher, ob sie es ist. Und Miss Sims hat ihn vermutlich nicht wiedererkannt, weil Adam Trew damals Bart trug und in Begleitung seiner Frau war – wenn sie einem Geistlichen überhaupt Beachtung schenkte.«

Es entstand eine kurze Pause. »Woher weiß der Reverend von dem Vorfall mit dem Domino?«, fragte Henry Linfield schließlich.

»Lady Diary. Obwohl sie in ihrer Klatschkolumne keine Hinweise gegeben hat, ist im *ton* bekannt, wer die besagte junge Frau gewesen ist. Wobei man es den Pratts gegenüber nicht erwähnt hat, wie Trew mir sagte.«

Alle wussten über ihren verhängnisvollen Fauxpas Bescheid? Feli wurde übel. Margret hatte recht gehabt.

»Warum hast du Miss Sims nicht verraten, dass du weißt, dass sie keine unschuldige Debütantin mehr ist?«, fragte Henry Linfield. »Und komm mir nicht mit Ehre oder so etwas. Du hast dich doch über sie geärgert, weil sie Caroline Flausen für ein Debüt in London in den Kopf gesetzt hat.«

Auf seine Worte folgte Stille. Zu gerne hätte sie Alexanders Gesicht gesehen. Blickte er zornig, verächtlich oder gar enttäuscht? Aber er schwieg weiterhin.

Plötzlich lachte Henry Linfield auf. »Nun verstehe ich! Du bist gewiefter, als ich dir zugetraut hätte.«

»Was meinst du damit?«

Ein ungutes Gefühl stieg in Feli auf. Sie hielt die Luft an, als sein Bruder zur Antwort ansetzte.

»Na, wie du sie gestern beim Tanzen angeschmachtet hast und später euer Kuss im Flur. Schau nicht so entsetzt, ich stand bereits eine Weile am Treppenabsatz, von dort hat man einen vorzüglichen Blick.« Er lachte erneut. »Ich hatte mich schon gewundert: Erst kannst du sie nicht leiden und dann spielst du den feurigen Romeo. Bis eben dachte ich, du machst das, um mir eins auszuwischen oder weil du dich allen Standesunterschieden zum Trotz in sie verliebt hast. Stattdessen hast du durch Reverend Trew erfahren, dass Felicity Sims tatsächlich die Lösung für unsere Geldprobleme sein kann.«

»Wie bitte?«, rief Alexander.

»Spiel nicht den Unschuldigen! Lady Oakley meinte, dass Miss Sims in London niemals mehr einen Bräutigam finden kann. Daher wird der Baron froh sein, sein Töchterchen doch noch unter die Haube zu bringen – auch wenn es weit unter Stand ist. Aus Dankbarkeit lässt er sicher eine großzügige Mitgift springen. Und wer weiß?« Henry Linfields Stimme wurde träumerisch. »Vielleicht bezahlt er ein größeres Haus und mehr Dienstboten, damit es seiner Kleinen an nichts fehlt.«

Feli keuchte. Hatte Henry Linfield recht?

Im Arbeitszimmer rückte ein Stuhl.

O weh. Hatte man sie gehört? Keinesfalls durften die Brüder sie entdecken. Hastig lief sie zur Treppe und hinauf in ihr Zimmer. Dort warf sie sich aufs Bett. Alles in ihr weigerte sich, zu glauben, dass Alexander seine Zuneigung nur gespielt hatte. Allerdings hatten sie sich seit dem Weihnachtsdinner in der Tat immer besser verstanden. War das, was sie für Liebe gehalten hatte, reine Berechnung gewesen? Wie bei den Liebesbriefen des Dominos? Prompt kehrten all die furchtbaren Gefühle des Frühjahrs zurück. Die Scham, ausgenutzt worden zu sein. Die Angst vor Spott und Häme. Und die Wut auf sich selbst, wie sie derart naiv hatte sein können. War ihr der gleiche Fehler zweimal passiert? Tränen rannen ihr übers Gesicht. Dass Alexander den Vermutungen seines Bruders nicht sofort vehement widersprochen hatte, war bezeichnend.

Ein Klopfen an der Tür ließ Feli auffahren. War das Alexander? Sie wischte die Tränen fort und erhob sich. »Herein.«

Es war Evie. »Ich wollte Ihnen beim Ankleiden helfen, weil es gleich Frühstück gibt. Oh, Sie sind ja angezogen.«

»Ich … ich wollte dich schonen.«

»Mir geht es wieder gut. Aber Sie …?« Sie trat einen Schritt auf Feli zu. »Sie sehen fahl aus. Werden Sie jetzt krank und wir müssen noch ein paar Tage bleiben?«

Niemals. Bestimmt berichtete Henry Linfield in diesem Augenblick seiner Mutter und seinen Schwestern alles über sie. Welch Blamage! Die Vorstellung, zum

Frühstück zu gehen, war unerträglich. »Ich habe gestern Abend zu viel Punsch getrunken und fühle mich ein wenig indisponiert. Bringst du mir das Frühstück ins Zimmer und entschuldigst mich?«

»Sehr wohl, Miss Sims«, sagte Evie, offensichtlich froh, ihre Pflichten wieder aufnehmen zu können. »Übrigens kam ein Bote vom Stellmacher. Die Kutsche ist repariert und wird in einer Stunde hier sein. Wie zugesagt, leiht er uns sein Gespann bis Esher.«

Die Tür fiel hinter Evie ins Schloss und Feli schickte ein Dankesgebet zum Himmel. Nicht mehr lange, dann konnte sie allen Peinlichkeiten hier entfliehen. Eilig begann sie ihre Habseligkeiten zusammenzusuchen.

Solltest du nicht vorher mit Alexander sprechen?, meldete sich ihr Herz. *Vielleicht ist es ein Missverständnis?*

Das wäre wundervoll, aber ... Was, wenn er es nicht ernst gemeint hatte? Nie wieder wollte sie sich so erbärmlich fühlen wie im Frühjahr. Dann nahm sie es lieber in Kauf, sich zu irren.

Es klopfte erneut, die Tür ging auf und der Duft von warmem Toast, Speck und Rührei strömte ins Zimmer.

Ein tröstliches Essen kam gerade recht. Feli öffnete den Mund, um Evie zu danken. Doch es war nicht ihre Kammerzofe, die mit dem Tablett in den Raum trat und es auf dem Schreibtisch abstellte.

Es war Alexander Linfield. Und wie immer kam er direkt zum Punkt. »Sie haben mein Gespräch mit Henry im Arbeitszimmer gehört.«

»Allerdings.«

»Glauben Sie den Unterstellungen meines Bruders, dass ich Ihnen meine Zuneigung aus purer Berechnung vorgegaukelt habe?«

Falls dem so war, sollte er nicht merken, wie schwer es sie traf. »Sie haben ihm nicht widersprochen.«

»Weil ich nachsehen wollte, wer draußen im Gang steht.«

Oder weil es nichts zu widersprechen gab. »Warum haben Sie mir nicht gesagt, was der Reverend Ihnen über mich erzählt hat?«, stellte sie die Frage, auf die er seinem Bruder eine Antwort schuldig geblieben war.

»Ich finde es unerheblich, ob Sie achtzehn oder einundzwanzig sind und die wievielte Saison Sie in London verbracht haben.«

»Das hätten Sie mir sagen können.«

Er lächelte schwach. »Nachdem es Ihnen so wichtig war, es zu vertuschen? Sie haben schließlich mit der Schwindelei begonnen.«

»Aber nur, weil ich schlechte Erfahrungen gemacht habe. Außerdem wollte ich Ihrer Schwester nicht die Illusion für ihr Debüt nehmen.«

»Die Wahrheit, dass ein Debüt in London nicht zwangsläufig zum Erfolg führt, wäre für Caroline nützlicher gewesen als Ihre Lügengeschichten.«

»Sie haben mir angeblich aus dem gleichen Grund Ihr Wissen über meine Person verschwiegen – um mich zu schützen.«

»Es wäre Ihnen lieber gewesen, wenn ich Sie am Weihnachtsabend vor allen anderen bloßgestellt hätte?«

»Nein! Aber Sie hätten mich unter diesen Umständen nicht küssen dürfen.«

Sein Blick verhärtete sich. »Also zweifeln Sie an der Aufrichtigkeit meiner Gefühle für Sie?«

»Ich …« Sie zögerte, entschied sich jedoch für die Wahrheit. »Wie Sie wissen, bin ich auf den Domino hereingefallen. Die Vorstellung, dasselbe nochmal durchmachen zu müssen, ist furchtbar.«

»Sie setzen mich dem Domino gleich? Nachdem Sie mehrere Tage mit mir in diesem Haus verbracht und mich kennengelernt haben, halten Sie mich für derart hinterlistig?«

»Wenn Sie durchgemacht hätten, was ich erlebt habe, wären Sie ebenfalls vorsichtig!«

Sein Blick wurde starr. »Sie vertrauen mir nicht. Damit brauchen wir unser Gespräch nicht fortzusetzen.« Er neigte den Kopf. »Ich wünsche Ihnen eine angenehme Fahrt und viel Erfolg in London. Leben Sie wohl, Miss Sims.«

Er drehte sich um und zog die Tür zu.

Feli starrte auf das Holz. Das war es gewesen? Vermutlich war es besser so. Ein Mann, der ihre Lage nicht verstand, war genauso schlimm wie einer, der diese ausnutzte.

Sie ging zum Frühstückstablett, doch der herrliche Duft verursachte ihr nur noch Brechreiz. Sie musste fort von hier, je eher, desto besser. Aber wohin? Am liebsten würde sie nach Hause fahren. Sich in ihrem Zimmer zu verkriechen und Nougat zu essen, bis nichts mehr schmerzte, war eine verlockende Vorstellung. Leider bestand die Gefahr, dass Sir Rollo in Pratton Hall auf sie wartete – sowie jede Menge Vorhaltungen seitens ihrer Eltern, weil sie einfach verschwunden war. Und wenn sie zu Verwandten fuhr? Aber diese waren über Weihnachten vielleicht unterwegs oder hatten das Haus voller Besuch. Also doch London? Die Tatsache, dass dort jeder von dem Zwischenfall mit dem Domino wusste, war entsetzlich. Andererseits würde ihr das Zusammensein mit Phyllis guttun. Und hatte ihre Freundin nicht gesagt, dass Lord Efferton viele ausländische Gäste eingeladen hatte? Einen preußischen Prinzen oder italienischen Comte interessierte ihre Vorgeschichte sicher nicht.

Unten knallte die Haustür und Schritte erklangen auf dem Hof. Kurz darauf ertönte Hufgeklapper, das sich eilig entfernte. Mechanisch packte Feli ihre letzten Habseligkeiten zusammen. Sie würde den Aufenthalt in Mole's End aus ihrer Erinnerung streichen, sobald sie die Dorfgrenze passiert hatten. Alexander Linfield war ein unbedeutender Mann, der ihr in einer Notlage geholfen hatte. Mehr nicht. Dass es ihm gelungen war, ihr Herz zu brechen, würde niemand je erfahren.

Keine halbe Stunde später hielt ihre Kutsche vor dem Haus. Die Familie Linfield stand versammelt vor dem Eingangsportal – bis auf Alexander, aber das verwunderte Feli nicht.

»Sie sind jederzeit bei uns willkommen, Miss Sims«, sagte Mrs. Linfield. »Von Reverend Trew soll ich Ihnen die besten Reisewünsche übermitteln.«

Es fiel Feli schwer, ihr Lächeln zu behalten. Doch der Reverend hatte ja nicht ahnen können, wie stark sie die Wahrheit geschönt hatte. Du sollst nicht lügen, stand in der Bibel. Von welch kurzer Dauer falsche Behauptungen waren, hatte sie nun am eigenen Leib erfahren.

Caroline Linfield und Miss Fanny sahen sie traurig an. »Dank Ihnen war es ein ganz besonderes Weihnachtsfest«, sagte Miss Fanny. »Besuchen Sie uns einmal wieder?«

»Bitte«, sagte Caroline Linfield. »Ich konnte so viel von Ihnen lernen. Ich hoffe, Ihre Eltern erlauben Ihnen eine zweite Saison in London, wenn Sie an Weihnachten keinen Gemahl dort finden.«

Die Schwestern wussten es nicht?

Steve öffnete die Wagentür und klappte den Tritt aus. Während Evie den prallgefüllten Proviantkorb hineinstellte und Mrs. Linfield mit ihren Töchtern die Innenausstattung der Kutsche bewunderte, trat Henry Linfield zu Feli. »Alexander hat mir verboten, es ihnen zu verraten«, flüsterte er und wies mit dem Kinn in Richtung seiner Schwestern und Mutter. »Sie sollen selbst entscheiden, ob Sie es richtigstellen möchten.«

Eine Welle der Zuneigung zu Alexander durchflutete sie. »Ich werde einen Brief schreiben.« Irgendwann. Sobald sie über alles hinweg war.

Nach letzten Abschiedsworten stiegen Evie und sie in den Wagen und Steve schloss die Tür.

»Wohin soll's gehen, Miss Sims?«, fragte der junge Kutscher.

»London«, sagte sie. »Wenn möglich, ohne weitere Zwischenfälle.«

Am späten Nachmittag hielt ihre Kutsche vor Phyllis' schmalem Haus am Red Lion Square in Holborn. Auch hier in London lag Schnee, schmutzig grau von den Kohlefeuern und dem Qualm der Hinterhoffabriken. Vorsichtig ging Feli über den matschigen Untergrund zur Haustür. Sie hatte den Klopfer kaum betätigt, da öffnete ihr die Witwe persönlich.

»Feli, endlich!« Phyllis' hageres Gesicht strahlte. »Nach deinen letzten Briefen habe ich das Schrecklichste befürchtet. Du musst mir alles erzählen, was in den vergangenen Tagen passiert ist.«

Und das tat Feli, als sie kurz darauf gemeinsam mit Phyllis am prasselnden Kamin saß und Tee trank. Einzig ihre wahre Beziehung zu Alexander verschwieg sie ihrer Freundin. Sie konnte noch nicht über ihre enttäuschten Gefühle reden.

»Müsste ich diesen Mr. Linfield kennen?«, fragte Phyllis, nachdem sie mit ihrem Bericht zum Ende gekommen war.

Feli schüttelte den Kopf. »Er entstammt einer unbedeutenden Familie in Mole's End und steht in keiner

Beziehung zum *ton*. Er ist nur ein Kontorangestellter.«
Sie machte eine wegwerfende Handbewegung.

»Mir fällt gerade ein, dass am Weihnachtsabend ein
Brief aus Farnham für dich eingetroffen ist.« Phyllis
stand auf, nahm ein Schreiben aus dem Sekretär in der
Ecke des Salons und reichte es ihr. »Ich habe deinen
Eltern nichts von deiner Verspätung mitgeteilt, wie du
mich in der letzten Nachricht gebeten hast.«

»Danke.« Feli öffnete den Brief und seufzte gleich
darauf. »Von Mama. Sie schreibt, ich soll sofort wieder
nach Hause kommen. Sir Rollo wäre trotz allem weiterhin bereit, mich zu heiraten.«

»Das war von ihr nicht anders zu erwarten. An deiner
Stelle würde ich ein paar Tage hierbleiben. Natürlich
nur wegen des miserablen Reisewetters. Und nicht, weil
sich unter Lord Effertons Gästen ebenso attraktive wie
reiche deutsche und schottische Adlige befinden.« Phyllis zwinkerte ihr zu, was ihren strengen Zügen die Härte
nahm. »Für heute Abend hat der Baron Tanz und
Scharade geplant. Wenn dir nach all den Turbulenzen
nicht der Sinn danach steht, sage ich unser Kommen
ab.«

»Auf keinen Fall, ich habe schon zu viel verpasst.« Ab-
lenkung würde helfen, damit die Erinnerung an Alexander verblasste. Oder wenigstens nicht mehr so weh tat.

Doch auch nach einem Walzer mit dem charmanten
Grafen Leopold von Vesselburg-Gerbheim und einer
beschwingten Gigue am starken Arm eines vermögen-

den schottischen Lairds verbesserte ihre Stimmung sich nicht. In alter Gewohnheit machte Feli sich nach dem Tanz auf zum Büfett und nahm sich einen Teller. Neben Pasteten, Lachsrollen und Fruchtsalat entdeckte sie Eclairs mit Zitronen-, Vanille- und Schokoladenfüllung. Prompt überkam sie die Erinnerung an das Backen in der Linfieldschen Küche. Schnell griff sie nach einem Schokoladeneclair und biss hinein. Aber die übliche beruhigende Wirkung der Schokolade blieb aus, obwohl das Gebäck vorzüglich schmeckte. »Von Gunter's, ganz bestimmt«, murmelte sie.

»Der Vorteil an einem Ball im eigenen Haus ist, dass man das Büfett nach seinen Vorlieben bestücken kann.«

Feli blickte auf und zwang sich zu einem Lächeln. »Bei Ihnen als Gastgeber mache ich mir in dieser Hinsicht keine Sorgen, Lord Efferton. Sie haben einen exzellenten Geschmack.«

»Zumindest, was das Essen angeht. Bei meinen Westen scheiden sich die Geister.« Schmunzelnd strich er über seine rundliche Leibesmitte, die heute eine dunkelrote Weste mit aufgestickten Mistelzweigen bedeckte. Weiße Perlen bildeten die Beeren.

»Die Weste passt hervorragend zur weihnachtlichen Dekoration des Ballsaals.«

Der Baron lachte. »An diplomatischem Geschick könnten Sie es mit Mr. Colbourne aufnehmen.« Er wies zu einem Ehepaar unweit von ihnen. »Sebastian und Juliana Colbourne sind gerade eingetroffen. Soweit ich weiß, sind sie Bekannte von Ihnen. Wollen wir sie gemeinsam begrüßen?«

Feli sah zu dem verheirateten Paar hinüber. Mr. Colbourne und seine Frau standen dicht beieinander, er hatte die Hand um ihre Taille gelegt und ihr Kopf lehnte an seiner Schulter. Ihre Liebe füreinander war selbst auf die Entfernung unverkennbar. Juliana hatte solch ein Glück! Und was hatte sie? Ein angebissenes Schokoladeneclair auf einem Teller. Und plötzlich wurde die Erinnerung übermächtig. Alexander, der sie zweimal unter Mistelbällen geküsst hatte. Kostbare Sekunden, in denen sie geglaubt hatte, endlich ihren Platz in der Welt gefunden zu haben. Doch wieder war ihr Traum geplatzt. War es ihr Schicksal, immer ausgenutzt zu werden? Bevor sie es verhindern konnte, rannen die Tränen über ihre Wangen.

»Miss Sims, fühlen Sie sich nicht wohl?« Besorgt fasste Lord Efferton sie am Unterarm und winkte Phyllis heran.

»Feli, du weinst ja.« Erschrocken legte ihre Freundin den Arm um ihre Schulter. »Komm mit.«

Feli wurde von den beiden in ein leeres Zimmer gebracht und dort auf ein Sofa verfrachtet.

Mitfühlend reichte Phyllis ihr ein Taschentuch aus dem Retikül. »War die Fahrt hierher doch zu anstrengend?«

Vor Kummer brachte Feli kein Wort heraus.

Lord Efferton schaute sie bestürzt an. »Soll ich nach meinem Leibarzt schicken?«

Sie schüttelte den Kopf. Medizin würde ihren Zustand nicht lindern.

»Bitte, Miss Sims, sagen Sie uns, wie wir Ihnen helfen können. Oder was Sie bedrückt.«

Aus den Augenwinkeln sah sie ihre Freundin nicken. Feli rang mit sich. Sollte sie sich offenbaren? Sie vertraute sowohl Phyllis als auch dem Baron. »Was ist mit Ihren Gästen, Lord Efferton?«, fragte sie zögernd. »Man wird Sie vermissen.«

»Meine Gäste kommen blendend ohne mich zurecht. Sie hingegen scheinen Menschen zu brauchen, die Ihnen zuhören.«

Vielleicht würde es ihr besser gehen, wenn sie ihr Herz ausschüttete. So begann sie zu erzählen: von ihrer Flucht aus Pratton Hall, ihrer ersten Begegnung mit Alexander, den zauberhaften Tagen in Mole's End und den beiden Küssen.

Als sie am Ende angelangt war, strich Phyllis über ihre Hand. »Warum bist du nach London gekommen, wenn du dort glücklich warst?«

»Weil Mr. Linfield und ich uns heute Morgen furchtbar gestritten haben.« Feli senkte den Blick. »Ich denke, er hat ebenso wie der Domino nur mit mir gespielt.«

»Glauben Sie das oder wissen Sie es?«, fragte der Baron.

»Ich befürchte es. Vieles spricht dafür.« Sie schniefte. »Mr. Linfield hat sich sehr darüber aufgeregt, dass ich an seiner Aufrichtigkeit zweifle. Wenn er mich lieben würde, müsste er doch Verständnis für meine Unsicherheit haben, oder?«

Der Baron wiegte den Kopf. »Und wenn er selbst unsicher ist?«

»Wie meinen Sie das?«

»So wie Sie uns Mr. Linfield geschildert haben, scheint er ein verantwortungsbewusster und zurückhaltender Mann zu sein. Sich Ihnen zu öffnen, war für ihn sicher nicht leicht.«

Phyllis nickte. »Dein mangelndes Vertrauen könnte ihn tiefer getroffen haben, als du denkst.«

»Aus diesem Blickwinkel habe ich es noch nicht betrachtet«, gab Feli zu.

Ihre Freundin lächelte. »Ich glaube, euer Streit beweist nur, wie viel ihr euch gegenseitig bedeutet. Und wie verletzlich euch eure Gefühle füreinander machen.«

»Und was soll ich nun tun?«

»Auf dein Herz hören.« Phyllis drückte ihre Hand. »Es wird dir den richtigen Weg weisen.«

»Bis jetzt hat es mich immer nur in die Irre geführt. Es ist kein guter Ratgeber.«

»Darf ich dir dann als Freundin einen Rat geben?« Auf ihr Nicken hin sprach Phyllis weiter. »Vielleicht hilft es, wenn du deine Strategie änderst.«

Verwundert sah Feli sie an. »Welche Strategie?«

»Fortzulaufen, sobald es schwierig wird«, sagte Phyllis sanft. »Aus der Saison, aus Pratton Hall, aus Mole's End.«

Wie bitte? »Das stimmt nicht! Aus Farnham zu fliehen, hat mich zum Beispiel viel Mut gekostet.«

Ihre Freundin hob beschwichtigend die Hände. »Das glaube ich dir, Feli. Aber hast du vor deiner Abfahrt Sir Rollo zu verstehen gegeben, dass er sich deinetwegen keine Hoffnungen machen darf – egal, was deine Eltern mit ihm verabredet haben? Dem Brief deiner Mutter nach zu urteilen nicht.«

Feli starrte sie an. »Statt Mitgefühl zu zeigen, machst du mir Vorhaltungen?« Unterstützung suchend schaute sie zu Lord Efferton.

Der Baron räusperte sich. »Ich glaube, Sie sollten einmal in Ruhe über Mrs. Slades Worte nachdenken, Miss Sims.«

Oh, hätte sie nur nichts erzählt! Empört erhob sie sich vom Sofa. »Ich möchte auf der Stelle gehen. Auf Wiedersehen, Lord Efferton.« Sie wandte sich zur Tür. Über die Schulter hinweg sah sie, wie Phyllis und der Baron einen bedeutungsvollen Blick tauschten. Sollten sie! Keiner von beiden wusste, wie schwierig ihr Leben war. Von wegen, sie liefe immer fort, wenn es unangenehm wurde. Das traf nicht im Geringsten zu.

Mit hoch erhobenem Kopf stürmte Feli aus dem Salon.

Alexander füllte Wasser in den Tränkeimer, klopfte Pepper auf die Kruppe und schloss die Boxentür. Drei Stunden war er mit dem Fliegenschimmel ausgeritten, doch seine Stimmung hatte sich nicht gehoben. Wie konnte er sich über Feli ärgern und sie gleichzeitig vermissen? Oder ärgerte er sich am Ende über sich? Weil das Gespräch mit ihr anders gelaufen war als geplant? Statt Feli in Ruhe alles zu erklären, von der finanziellen Lage seiner Familie bis hin zu seiner Liebe für sie, hatte er mit ihr gestritten. Die Wut – oder war es Verzweiflung? – darüber brodelte immer noch in ihm. Ins Haus zu gehen und sich zu den anderen in den Salon zu setzen, als wäre nichts geschehen, war unmöglich. Erst musste er sich beruhigen. Aber wie? Eclairs waren keine mehr da und Alkohol würde seine Gefühle verstärken, statt sie zu dämpfen.

Er schloss die Stalltür und ging hinüber in die Scheune. Grimmig sah er zu Hackklotz und Axt. Das war genau das Richtige. Er warf seine Reitjacke über ein Fass, stellte ein Holzstück auf den Klotz und ließ die Axt darauf niederfahren. Ob Feli heute Abend in London einen Ball besuchen und erste Verehrer finden würde? Er lockerte sein Halstuch, griff das nächste Stück und spaltete es.

»Warum hackst du Holz, mein Sohn? Das hat Michael doch vor ein paar Tagen getan.« Seine Mutter trat durch die Tür und wies auf einen ordentlich geschichteten Stapel an der Wand.

Alexander ließ die Axt sinken. »Das … das ist mir völlig entgangen.«

Sie seufzte. »Wieso versteckst du dich wieder vor uns?«

»Weil er Miss Sims geküsst hat.« Fanny schob sich hinter seiner Mutter in die Scheune. »Ich hab's gestern Abend durch den Türspalt gesehen. Und Caroline auch.«

»Und ich ebenfalls.« Grinsend gesellte Henry sich dazu.

Seine Mutter schlug die Hände zusammen. »Ist das wahr, Alexander?«

Es abzustreiten war kaum mehr möglich. »Darf ich mich nicht verlieben?«, gab er trotzig zurück.

»Natürlich. Aber ausgerechnet in die Tochter eines Barons?«

»In die gefallene Tochter eines Barons.« Henry trat einen Schritt vor. »Starr mich nicht so finster an, Bruder. Mit mehr Ehrlichkeit wäre die Situation heute Morgen mit Miss Sims nicht eskaliert.«

»Mehr Ehrlichkeit?«, höhnte Alexander. »Das sagt der Richtige.«

Der Blick seiner Mutter wechselte besorgt zwischen ihnen. »Wovon sprecht ihr zwei?«

»Henry ist auf unabsehbare Zeit auf Halbsold gesetzt. Ich verliere nächsten Monat meine Anstellung im Kontor und habe mich heute Morgen mit Miss Sims zerstritten.«

Ihre Augen weiteten sich. »Ich glaube, wir müssen dringend miteinander reden. Aber nicht hier. Ich erwarte euch alle im Salon.« Sie legte ihren Arm um Fanny und verließ die Scheune.

Niemand unterbrach ihn, während er seiner Familie die Lage im Kontor und seinen Streit mit Feli schilderte – und dessen Hintergründe.

»Du hast kein Verständnis für Miss Sims?«, sagte seine Mutter tadelnd, kaum dass er geendet hatte.

Seine Schwestern blickten ebenfalls vorwurfsvoll.

Alexander war fassungslos. »Nach allem, was ich gerade offenbart habe, ist das die erste Frage?« Er hatte mit Tränenausbrüchen und Verzweiflung über ihre finanzielle Situation gerechnet. Nicht mit Schuldzuweisungen wegen seines Verhaltens gegenüber Feli.

Seine Mutter lächelte. »Selbstverständlich müssen wir unbedingt über die wirtschaftliche Lage unserer Familie sprechen. Aber dass du dich mit Miss Sims versöhnst, erscheint mir genauso wichtig.«

»Eine Versöhnung wird kaum möglich sein. Sie hält mich für einen berechnenden, habgierigen Mann.«

»Erklär ihr, dass das ein Missverständnis ist«, sagte Caroline. »Danach hältst du um ihre Hand an.«

Er konnte nur den Kopf schütteln. »Habt ihr mir nicht zugehört? Wir haben bald kein Geld mehr und werden dieses Haus vielleicht verlieren.«

»Eines nach dem anderen.« Seine Mutter legte ihre Finger auf seinen Arm. »Sprich dich zuallererst mit Miss Sims aus.«

Wie konnten sie im Angesicht all der folgenschweren Neuigkeiten gelassen bleiben? Auch Miss Sims' Flunkereien schienen keinen weiter zu stören. »Seid ihr nicht beleidigt, dass sie euch tagelang angelogen hat?«

Caroline schüttelte den Kopf. »Natürlich war ihr Verhalten nicht in Ordnung. Man sollte bei der Wahrheit bleiben. Aber nach allem, was Miss Sims erlebt hat, verstehe ich ihre Beweggründe. Außerdem ändert es nichts an ihr als Person. Oder an deinen Gefühlen für sie, stimmt's?«, fügte sie grinsend hinzu.

Damit hatte sie allerdings recht. »Hast du etwas zu alldem zu sagen, Henry?«, fragte er in der Hoffnung auf männlichen Beistand.

Sein Bruder verschränkte die Arme hinter dem Kopf. »Nimm Raven, wenn du morgen nach London reitest. Er ist ausdauernder als Pepper.«

»Mehr fällt dir nicht ein? Du hast Miss Sims doch den Hof gemacht.«

Henry winkte ab. »Anfangs wollte ich bloß nett zu ihr sein und dich ein wenig ärgern. Als ich gemerkt habe, dass es dir ernst mit ihr ist, habe ich versucht, dich aus der Reserve zu locken. Was perfekt geklappt hat, bis du es vermasselt hast.«

Alexander verdrehte die Augen. Seine Familie schien geschlossen einer Meinung zu sein. »Und wenn Miss Sims mich nicht mehr sehen will?«

»Doch, das will sie«, sagte Fanny. »Sie kann gar nicht anders.«

»Was macht dich so sicher?«

Sie wies mit dem Finger zur Decke. »Ihr habt euch im Flur unter einem Mistelball geküsst. Das bedeutet für unverheiratete Frauen, dass sie im nächsten Jahr in den Bund der Ehe treten werden.«

»Ich soll mich auf einen uralten Brauch verlassen?«

Sie nickte. »Es kann kein Zufall gewesen sein, dass Miss Sims dir zum Weihnachtsfest vor die Füße geweht worden ist.«

Ihre ernste Miene ließ ihn schmunzeln. »Du meinst, sie ist ein Geschenk des Himmels für mich?«

»Ich wüsste keinen, der ein solches mehr verdient hätte als du.«

Er seufzte. »Also gut. Ich reite morgen früh zu Miss Sims nach London.« Vielleicht würde sie seine Entschuldigung über sein mangelndes Verständnis anhören. Und vielleicht auch alles andere, was er ihr zu sagen hatte.

28. Dezember 1814

Eingehüllt in ihren Morgenmantel saß Feli auf der Fensterbank ihres Gästezimmers und schaute hinaus in das Grau des Londoner Morgens. Gestern Abend auf der Heimfahrt hatte sie nur das Nötigste mit Phyllis geredet und war sofort nach der Ankunft am Red Lion Square zu Bett gegangen. Lange hatte sie zwischen den Laken geweint, bis sie in den frühen Morgenstunden eingeschlafen war. Hatte ihre Freundin recht und sie lief davon, wenn es schwierig wurde?

Dabei war es Mama gewesen, die nach dem Vorfall mit dem Domino darauf gedrängt hatte, dass sie London verließ. Und gestern hatte Alexander das Zimmer verlassen, nicht sie. Allerdings hatte sie sich zuvor beim Frühstück verleugnen lassen, statt ihn bei dieser Gelegenheit um ein klärendes Gespräch zu bitten. Auch hätte sie ihm nach dem Streit hinterherlaufen können. Auf diese Idee war sie nicht gekommen, sondern sie war erleichtert in ihre Kutsche gestiegen und hatte sich aus dem Staub gemacht. So, wie sie sich unangenehmen Situationen auf Bällen entzog, indem sie zum Büfett ging.

Im Licht des beginnenden Tages war es nicht zu leugnen: Phyllis hatte recht. Auf die eine oder andere Weise wich sie immer aus. Selbst gestern Abend war sie einfach aus dem Salon des Barons gelaufen und hatte sich schmollend ins Gästezimmer zurückgezogen, statt nachzufragen, welche Vorschläge Phyllis für sie hatte. Dabei ahnte sie längst, was die Freundin ihr gesagt hätte. Sie musste zurück nach Mole's End und Alexander um Verzeihung für ihr Misstrauen bitten – und ihm sagen, wie viel er ihr bedeutete. Natürlich konnte sie seine Reaktion darauf nicht absehen, doch sie würde das Risiko seiner Abweisung eingehen.

Sie sah zu der Uhr auf dem Kaminsims. Kurz vor zehn. Die passende Zeit, um sich bei Phyllis zu entschuldigen und sie in ihre Pläne einzuweihen.

Alexander betrachtete das schmale Haus im Stadtteil Holborn. Red Lion Square 5. Wenn er sich die Adresse auf Felis Brief richtig gemerkt hatte, sollte hier ihre Freundin wohnen. Er hatte mit etwas Prunkvollerem gerechnet, aber so war es ihm weitaus lieber. Er stieg aus dem Sattel, richtete seine Kleidung und betätigte den Türklopfer. Es dauerte eine Weile, bis ihm ein Dienstmädchen die Tür öffnete.

»Guten Morgen«, sagte er. »Ich möchte Mrs. Slade und Miss Sims meine Aufwartung machen.«

»Die beiden Damen sind nicht da, Sir.«

Verdammt! »Wissen Sie, wo ich sie antreffen könnte? Es ist dringlich.«

»Sie sind zu Baron Effertons Matinee gefahren.«

»Und wo findet diese statt?«

»Im Stadtpalais des Barons.«

»Ich brauche eine Adresse«, sagte Alexander beherzt. »Bitte.«

Sie musterte ihn skeptisch. »Grosvenor Square, Ecke

Duke Street«, erwiderte sie schließlich. »Aber ohne Einladung werden Sie dort nicht eingelassen.«

Das Stadtpalais des Barons zu finden, war nicht schwierig. Das Haus war das größte am Platz und zeugte vom Reichtum seines Besitzers. Kein Wunder, dass es Feli hierhergezogen hatte. Stirnrunzelnd betrachtete Alexander die Diener zu beiden Seiten der mit goldenen Beschlägen verzierten Tür. Mit einem klangvollen Titel wäre ein Einlass vielleicht ohne Einladung möglich, doch seine Kleidung verriet eindeutig, dass er weder von Stand noch vermögend war. Also musste er dafür sorgen, dass Feli zu ihm nach draußen kam. Er hatte bereits eine Idee. Dank seiner schmutzigen Stiefel und des Reitumhangs würde man ihm seine Geschichte bestimmt abnehmen.

Er band Raven am Zaun fest und lief beherzt die Treppe zum Eingangsportal hinauf. »Ich bin ein Bote aus Farnham mit einer Nachricht für Miss Felicity Sims«, sagte er, bevor einer der Diener ihn ansprechen konnte. »Ihr Vater, Baron Pratt, schickt mich. Es ist dringend.«

»Miss Sims hat die Matinee vor längerem verlassen. Am besten suchen Sie den Ort auf, wo sie in London residiert.«

»Dort war ich und man schickte mich hierher!«

Die Dienstboten wechselten einen Blick. »Warten Sie einen Augenblick«, sagte einer und ging ins Haus.

Ungeduldig sah Alexander zu, wie die Tür sich schloss.

Dass er Feli in London nicht finden könnte, war ihm nicht in den Sinn gekommen.

Endlich kehrte der Diener zurück. »Bitte folgen Sie mir.«

Alexander nickte. Vielleicht war Mrs. Slade noch anwesend und wusste Genaueres zu Felis Verbleib. Staunend lief er hinter dem Angestellten durch die marmorne Eingangshalle. Große Ölgemälde schmückten die Wände und in Nischen standen mannshohe Säulen mit Büsten antiker Gelehrter – Sokrates, Aristoteles, Platon. Zwei geschwungene Treppen führten in den ersten Stock. Am Fuße der Treppen plätscherte ein Springbrunnen, in dessen Mitte Poseidon mit einem goldenen Dreizack thronte.

»Hier entlang.« Der Diener öffnete eine Tür. Alexander trat ein und fand sich in einem Salon wieder. »Der Baron erwartet Sie.« Schon schloss der Angestellte die Tür hinter ihm.

Der Hausherr persönlich? Erstaunt sah Alexander auf den älteren Mann, dessen stattliche Leibesmitte durch eine mit Stechpalmenzweigen bestickten Weste zusätzlich betont wurde. »Mylord«, stammelte er und neigte den Kopf.

»Sie bringen Kunde von Miss Sims' Eltern?«

»So ist es. Ich darf die Botschaft aber nur der Miss persönlich ausrichten.«

»Bedauerlicherweise ist Miss Sims aus London abgereist.«

Was? »Ist sie auf dem Weg nach Farnham?«

Der Baron schüttelte den Kopf. »Sie fährt nach Mole's End. Fragen Sie dort nach dem Haus der Familie Linfield.«

»Sie will zu mir?«, rief Alexander und biss sich im selben Moment auf die Lippe.

Die kleinen Augen des Barons funkelten. »Darf ich Ihrer Äußerung entnehmen, dass Sie Alexander Linfield sind?«

»Der bin ich. Verzeihen Sie mir diese Farce, Lord Efferton. Ich sah keinen anderen Weg, um mit Miss Sims zu sprechen.«

Statt verärgert, wirkte sein Gegenüber erfreut über das Bekenntnis. »Miss Sims hat mir von Ihnen erzählt. In welchem Kontor sind Sie angestellt?«

»Bei *Balfour's Teehandel*.«

»Aber Mr. Balfour plant doch, sich nächsten Monat zur Ruhe zu setzen?«

Alexander nickte. Musste der Baron ihn an seinen niedrigen Stand und seine miserable berufliche Situation erinnern?

Zu seiner Erleichterung ging der Hausherr nicht weiter auf das Thema ein. »Darf ich fragen, was Sie Miss Sims sagen wollten?«

Alexander schoss das Blut in den Kopf. »Es … ist etwas Persönliches.«

Lord Efferton lächelte wissend. »Dann sollten Sie sich umgehend zurück nach Mole's End begeben.« Er betrachtete den feuchten Reitumhang und die dreckigen Stiefel. »Wenn Sie möchten, leihe ich Ihnen eines meiner Pferde. Mit einem ausgeruhten Tier werden Sie schneller vorankommen. Ihres bringt einer meiner Angestellten morgen zu Ihnen.«

»Danke«, sagte er überrascht. »Wieso kommen Sie mir so entgegen? Sie kennen mich gar nicht.«

»Aber ich kenne Miss Sims. Und ich möchte ihr gerne helfen, denn sie ist seit längerem in großer Not.«

»Ich weiß«, sagte Alexander. »Leider habe ich das erst gestern Nachmittag begriffen.«

»Auch ihr ist erst hier in London klargeworden, dass sie Fehler begangen hat. Jetzt möchte sie diese wiedergutmachen. Von daher sollten Sie sich mit der Rückkehr beeilen.«

»Das werde ich, Mylord. Vielen Dank für Ihre Großzügigkeit.« Er wandte sich zur Tür, blieb einer Eingebung folgend jedoch stehen. »Kennen Sie zufällig Reverend Trew?«

»Adam?« Auf dem Gesicht des Barons erschien ein Schmunzeln. »Richten Sie ihm meine herzlichen Grüße aus.«

Mit einem Mal konnte Alexander es nicht mehr abwarten, in den Sattel zu kommen.

Kurz darauf preschte er auf einem robusten Braunen aus London hinaus. Die karge Winterlandschaft flog an ihm vorbei und sein Herz wurde weit. Lord Effertons Worte hatten seine Hoffnung beflügelt. Bald würde er Feli in seine Arme schließen können.

Feli trommelte mit den Fingern auf das Polster der Kutsche. Der Weg nach Mole's End kam ihr viel länger vor als die gestrige Fahrt von dort nach London. Natürlich könnte sie ein gutes Stück weiter sein, wenn sie vorher nicht bei Lord Efferton vorbeigefahren wäre. Zum einen, um Phyllis dort abzusetzen, zum anderen, um sich bei dem Baron für ihren wütenden Abgang am Vorabend zu entschuldigen. Wenn sie ihr Verhalten ändern wollte, dann richtig. Erst danach hatte sie sich mit Evie auf den Weg zu Alexander gemacht.

»Mr. Linfield wird sich sicher freuen«, hatte ihre Freundin sie bestärkt. Phyllis hatte die Entschuldigung am Morgen gerne angenommen und sich glücklich über Felis Entschluss gezeigt. »Schreib mir sofort.«

Ach, wären Sie doch endlich da und diese Ungewissheit hätte ein Ende.

Als die herbeigesehnten Häuser von Mole's End auftauchten, verstärkte sich ihre Anspannung. Ihre Hände schwitzten in den Lederhandschuhen und ihr Magen war ein einziger Knoten.

Schon hatte die Kutsche das Dörfchen passiert, fuhr weiter auf der schmalen Straße und hielt kurz darauf vor dem Haus der Linfields. Im Salon brannte Licht. Feli atmete tief durch und stieg aus.

Die Haustür öffnete sich und Hannah trat heraus. »Miss Sims!« Das Dienstmädchen knickste.

»Ich würde gerne mit der Familie Linfield sprechen.« Zuerst wollte sie sich bei allen für ihre Lügen entschuldigen, bevor sie mit Alexander unter vier Augen sprach.

Sie folgte dem Mädchen ins Innere, wo es ihren Mantel, ihre Haube und die Handschuhe entgegennahm. Dann führte es sie zum Salon, kündigte Feli an und zog sich zurück.

Jetzt war es soweit. Feli straffte die Schultern, trat ein – und schnappte nach Luft. In dem Zimmer befanden sich nicht nur Mrs. Linfield, ihre beiden Töchter und ihr Sohn Henry, sondern auch Mama!

»Felicity«, rief ihre Mutter nicht weniger überrascht als sie. »Es hieß, du seist in London.« Mama warf einen vorwurfsvollen Blick auf Mrs. Linfield. »Aber umso besser. Jetzt kannst du sofort mit mir nach Hause kommen. – Mrs. Linfield, ich danke für die Gastfreundschaft und verabschiede mich auch im Namen meiner Tochter von Ihnen und Ihrer Familie. Felicity und mich rufen dringende Pflichten.« Sie trat vor, legte Feli die Hand auf den Arm und wandte sich zur Tür.

»Aber Mutter, ich muss unbedingt mit der Familie Linfield sprechen!«

»Nichts da. Sir Rollo wartet in Pratton Hall auf dich.« Sie strebte zur Tür, blieb dann jedoch abrupt stehen.

Ein Mann in schmutzigen Stiefeln und Reitumhang stand auf der Türschwelle und versperrte den Durchgang.

»Alexander«, hauchte Feli.

Ihre Mutter wartete eine offizielle Vorstellung nicht ab. »Sie sind Alexander Linfield, der uns den Brief geschrieben hat?«

Er neigte den Kopf. »Ebendieser, Lady Pratt.«

»Ich danke Ihnen für Ihr Schreiben.« Sie unterzog ihn einer knappen Musterung, die ihrem Blick nach nicht zu Alexanders Gunsten ausfiel. »Mein Mann wird sich Ihnen erkenntlich zeigen. Jetzt lassen Sie uns vorbei, wir sind in Eile.«

»Für ein paar Worte muss Zeit sein, Mama.« Feli schüttelte ihre Hand ab.

»Das sehe ich genauso«, sagte Alexander und blieb im Türrahmen stehen.

Auf der Stirn ihrer Mutter erschien eine steile Falte. »Dann sprich, Felicity, damit wir loskommen.«

Feli atmete tief durch. »Ich … ich wollte mich bei Ihnen allen entschuldigen, weil ich an manchen Stellen nicht bei der Wahrheit geblieben bin.«

»Das soll vorkommen«, sagte ihre Mutter ungeduldig. »Nun treten Sie beiseite, Mr. Linfield. Ich habe mich lange genug in diesem Haus aufgehalten, und Felicity erst recht.«

Erneut ignorierte er die Aufforderung. »Möchten Sie vielleicht noch etwas sagen, Miss Sims?« Seine Stimme wurde weich. »Ich komme gerade aus London. Ich … ich war dort auf der Suche nach Ihnen.«

Er war ihr gefolgt? Ihr Herz machte einen Sprung. Ja, sie wollte ihm dringend etwas sagen. Doch unter dem bösen Blick ihrer Mutter brachte sie kein Wort hervor.

»Wie es scheint, hat meine Tochter Ihnen und Ihrer Familie alles mitgeteilt. Geben Sie uns den Weg frei, ehe ich meine Dienerschaft um Hilfe rufen muss.«

»Warte, Mama!« Wenn sie nicht für den Rest ihres Lebens ihrer Liebe zu Alexander nachtrauern wollte, musste sie den Mund aufmachen. »Ich will Mr. Linfield heiraten.«

»Wie bitte?« Ihre Mutter fuhr zu ihr herum. »Das kann ja nur ein Scherz sein.«

»Es ist mein voller Ernst.«

»Ich höre wohl nicht recht. Du kannst doch nicht diesen Mann ohne Stand und Namen ehelichen wollen? Er ist ein Mitgiftjäger, sonst nichts.«

»Das bin ich nicht.« Alexander trat neben Feli. »Ich liebe Ihre Tochter, Lady Pratt.«

»Und wie wollen Sie sie ernähren? Wenn ich mich hier umschaue, hapert es am kleinsten bisschen Luxus.«

»Das stört mich nicht, Mama.«

»Es wird dich stören, sobald ganz London von Lady Oakley erfährt, wie du das Weihnachtsfest verbracht hast. Sie hat mir ebenfalls einen Brief geschrieben und von den unzumutbaren Umständen hier berichtet. Als wären drei erfolglose Saisons und der Vorfall mit dem Domino nicht peinlich genug. Sir Rollo ist die einzige Chance, deinen Ruf zu retten.«

»Nein.« Mit einem Mal verstand Feli. »Sir Rollo ist die einzige Chance, *deinen* Ruf zu retten, Mama. Meiner ist längst unwiederbringlich ruiniert, wie ich dank Lady Oakley weiß. Aber das stört mich nicht. Denn es macht mich frei, eigene Entscheidungen zu treffen.«

»Und einen gesellschaftlichen Niemand heiratest?«

Alexander trat einen Schritt vor. »Mein Vater war

James Linfield, ein Kapitän unter Admiral Nelson, Ma'am. Und mein Bruder«, er wies auf Henry, »ist ein Leutnant zur See, vor dem eine große Karriere liegt.«

»Das mag sein. Aber Sie, Mr. Linfield«, Mamas Zeigefinger schnellte hervor und richtete sich auf ihn, »Sie sind laut Ihrer Mutter nur ein Buchhalter, der mit seinem mageren Gehalt kaum seine Familie durchfüttern kann.« Sie machte eine ausladende Geste. »Schauen Sie sich um. Meine Tochter ist es nicht gewohnt, auf engem Raum mit so vielen Menschen zusammen zu leben.«

Alexander ließ sich nicht verunsichern. »Da haben Sie sicher recht, Baroness. Ebenso mit Ihren Aussagen zu meinem Beruf und meiner finanziellen Situation. Doch ich verspreche, Miss Sims glücklicher zu machen, als jeder Mann von Stand es könnte. Ich bin mir meiner Verantwortung bewusst und werde hart arbeiten, damit sie keine Not leiden muss. Wenn Miss Sims bereit ist, sich auf mich einzulassen, sollten Sie die Entscheidung Ihrer Tochter respektieren und das Wohl Ihres Kindes vor jegliche gesellschaftliche Erwartung stellen.«

Staunend sah Feli ihn an. Es war die längste Rede, die sie je von ihm gehört hatte – und die schönste.

Auch die Augen ihrer Mutter wurden groß. Bevor sie etwas erwidern konnte, erklang Mrs. Linfields Räuspern.

»Fortan wird es nicht mehr so sein, dass Alexander meine Töchter und mich versorgen muss. Auch dieses Haus wird ihm und Miss Sims bald allein zur Verfügung stehen.«

Alle Köpfe flogen zu ihr herum. Auf den Gesichtern ihrer Kinder war völlige Verblüffung zu lesen.

»Was hat das zu bedeuten, Mutter?«, rief Henry Linfield.

Mrs. Linfield lächelte. »Ich werde heiraten und mit Caroline und Fanny zu meinem zukünftigen Ehemann ziehen. Ich wollte es euch am Neujahrstag sagen, doch nun konnte ich es nicht länger zurückhalten.«

Alexander, der bisher bewundernswert die Ruhe bewahrt hatte, erbleichte. »Wen willst du heiraten?«

»Reverend Trew.«

Wie schön, dachte Feli. Also hatte ihr Gefühl über die Zuneigung der beiden sie nicht getrogen.

»Das mag ein Lichtblick sein«, tönte Mama. »Trotzdem bin ich weit entfernt davon, meine Zustimmung zu dieser Mesalliance zwischen Felicity und Ihrem Sohn zu geben.«

Alexander hob die Hand. »Bevor wir dies weiter diskutieren, Lady Pratt, würde ich gerne ein paar private Worte mit Ihrer Tochter wechseln. Denn ich – und vermutlich auch Miss Sims – haben nicht damit gerechnet, unsere Liebe zueinander wie Schauspieler auf einer Bühne bekunden zu müssen.«

»Du bestimmt nicht.« Vom Sofa erklang Henry Linfields Lachen. »Aber du hast recht, Bruder, wir lassen euch allein.« Er klatschte in die Hände und scheuchte Fanny und Caroline aus dem Zimmer.

»Natürlich bleibt die Salontür geöffnet«, sagte Mrs. Linfield. »Lady Pratt, würden Sie mir ins Arbeitszimmer folgen? Ich lasse uns dort frischen Tee servieren.«

Ihre Mutter zögerte, dann nickte sie. »Sei nicht töricht, Felicity«, zischte sie beim Hinausgehen. »Du kennst meine Erwartungen.«

Dann standen nur noch sie und Alexander im Raum.

»Danke«, sagte Feli. »Für diesen Moment zu zweit.«

»Lange wird er nicht währen, fürchte ich. Dabei habe ich dir einiges zu sagen.« Er lächelte gequält. »Ich war ein Idiot, gestern Morgen fortzulaufen. Stattdessen hätte ich dir sagen sollen, dass du alle Zeit der Welt hast, zu lernen, dass du mir vertrauen kannst. Ich habe wenig Geld, aber deshalb bin ich kein Domino oder Mitgiftjäger.«

»Das weiß ich doch.« Sie nahm seine Hände. »Du bist der verantwortungsvollste Mann, den ich kenne. Hätte ich mich gestern nicht derart geschämt, hätte ich das auch begriffen. So hat es erst deutliche Worte von meiner Freundin Phyllis und Baron Efferton gebraucht.«

»Bei mir war es jedes Mitglied meiner Familie – und ebenfalls Baron Efferton.« Er schüttelte den Kopf. »Zu ihm hätte ich einige Fragen, aber das hat zu warten. Denn ich muss dir etwas sagen. Ich verliere Ende Januar meine Anstellung. Selbst wenn ich eine neue finde, ist die Stelle vermutlich schlechter bezahlt oder nicht in London. Falls du unter diesen Umständen deine Entscheidung für mich zurücknehmen willst, verstehe ich das.«

»Das werde ich nicht. Ich habe aufgehört, vor Schwierigkeiten davonzulaufen.« Sie legte ihre Hände an seine Wangen. »Wo immer dein Weg hinführt, ich werde an deiner Seite sein. Schließlich können drei Küsse unter einem Mistelball kein Zufall sein.«

»Drei Küsse?« Er zog die Brauen hoch. »Ich erinnere mich nur an zwei.«

Sie stellte sich auf die Zehenspitzen und berührte mit den Lippen seinen Mund. »Dann schau mal nach oben.«

Alexander lachte. »Ich schaue lieber zu dir.« Er schlang seine Arme um sie und zog sie an sich. »Der Zauber der Weihnacht mag uns zueinander geführt haben, doch meine Liebe wird nach diesem Fest nicht enden.«

Es war wie in ihren Träumen. »Du bist der Mann, den ich immer gesucht habe«, flüsterte sie. Dann schloss sie die Augen und genoss die Zärtlichkeit seines Kusses.

»Ich könnte ewig mit dir so stehen bleiben«, sagte sie nach einer Weile. »Leider ist auch auf meiner Seite alles nicht leicht.«

Er beendete den Kuss, ohne sie loszulassen. »Bedeutet dir dieser Sir Rollo etwas? Oder hast du Angst vor der Reaktion des *bon ton*?«

»Weder noch. Ich fürchte mich vor der Auseinandersetzung mit Mama.« Sie seufzte. »Doch diesem Kampf bin ich schon viel zu lange aus dem Weg gegangen.«

Sanft strich er über ihren Rücken. »Soll ich dich ins Arbeitszimmer geleiten, damit du es hinter dich bringen kannst?«

Sie nickte. »Aber bitte bleib bei mir.«

Im Arbeitszimmer herrschte eisiges Schweigen. Ihre Mutter thronte mit steifer Miene vor dem Schreibtisch, dahinter rührte Mrs. Linfield gedankenverloren in ihrer Teetasse. Beide Frauen erhoben sich, als Feli mit Alexander hereinkam.

»Ich hoffe, du bist zur Vernunft gekommen, Kind«, sagte Mama.

»Das bin ich, aber nicht so, wie du es dir wünschst.« Feli straffte die Schultern. »Ich werde Alexander heiraten. Euren Segen brauche ich dazu nicht, ich bin inzwischen alt genug.«

»Felicity! Für solche Worte könnte dein Vater dir jegliche finanzielle Mittel streichen.«

»Das weiß ich. Ich hoffe, dass er es nicht tut. Doch selbst wenn, würde es nichts an meiner Entscheidung ändern.«

Mrs. Linfield lächelte. »Sie sind in unserer Familie herzlich willkommen, Miss Sims. Ich freue mich, Sie als Tochter begrüßen zu dürfen.«

Mama schnaubte. »Wir reisen auf der Stelle ab, Felicity.«

Feli verschränkte die Arme. »Ich bleibe, Mutter.«

Alexander hob begütigend die Hand. »Miss Sims und ich haben einiges zu besprechen, Baroness. Doch zum Neujahrstag werden wir in Pratton Hall eintreffen, damit ich bei Ihrem Gemahl um Felis Hand anhalten kann. Ich gebe Ihnen mein Ehrenwort, dass über diese Zeit der Anstand gewahrt bleibt.«

»Pah!« Mama lief puterrot an. »Als ob es darauf noch ankäme. Außerdem weiß ich nicht, ob dein Vater eine ungehörige Tochter wie dich empfangen will. Auf eine Verlobungsfeier oder Hochzeit in Pratton Hall brauchst du dir keine Hoffnung zu machen.«

Sie rauschte an ihnen vorbei aus dem Arbeitszimmer, hastig gefolgt von Mrs. Linfield.

»Du bist Schande für unsere Familie, Felicity«, war das Letzte, was Feli von Mama im Flur hörte.

Alexander legte den Arm um Feli, die Lady Pratt starr hinterherblickte. Wie hatte sie all die Jahre mit einer solchen Mutter ausgehalten? »Du siehst blass aus. Geht es dir gut?«

Sie wandte den Kopf zu ihm. »Mit Mama zu streiten und im Unfrieden mit ihr auseinanderzugehen, war grässlich. Gleichzeitig fühle ich mich unendlich erleichtert.« Ein zaghaftes Lächeln umspielte ihren Mund. »So erleichtert, dass ich mich frage, warum ich es nicht früher gemacht habe. Trotzdem bin ich ziemlich mitgenommen.«

»Das glaube ich. Wenn ich könnte, würde ich dir ein Eclair bringen.«

Sie lachte. »Das bräuchte ich gar nicht. Küss mich lieber noch einmal.«

Nur zu gerne kam er dieser Bitte nach.

»Heißt das, dass es nie wieder Eclairs geben wird,

weil du jetzt meine Küsse hast?«, fragte er, nachdem er sich von ihr gelöst hatte.

»Natürlich nicht. Zu unserer Verlobung werden Unmengen auf dem Büfett liegen.«

»Wo auch immer wir diese feiern werden.«

»Wie wäre es hier? Viele Gäste werden es nicht sein. Im *ton* bin ich zur Persona non grata geworden.«

Sie sprach leichthin, aber er bemerkte den Schatten in ihrem Blick. »Es belastet dich doch.«

»Phyllis und meine engsten Freunde werden bestimmt zu mir halten – und zu unserer Feier hoffentlich kommen. Bei etlichen anderen macht es mir nichts, sie nicht mehr sehen zu müssen.« Sie zuckte mit den Schultern.

»Wir werden es schaffen, Feli. Das verspreche ich dir.«

Die Zärtlichkeit in ihren Augen verriet, dass sie ihm glaubte. »Freust du dich, dass deine Mutter den Reverend heiraten wird?«, wechselte sie das Thema.

Er nickte. »Obwohl ich nicht damit gerechnet habe. Was die Liebe betrifft, bin ich wahrlich nicht der Schnellste. Es freut mich, und das nicht nur, weil es einen Teil unserer Probleme löst. Ich bin sicher, dass Adam Trew sie glücklich machen und meinen Schwestern ein liebevoller Stiefvater sein wird.« Er lächelte. »Das erscheint mir wie ein weiteres Weihnachtswunder.«

»Du hast recht. Zwei Hochzeitsankündigungen an einem Tag, das ist etwas Besonderes. Am besten besprechen wir mit deiner Mutter und deinen Geschwistern, wie es weitergehen soll. Auch Wunder brauchen Planung, vor allem, wenn meine Familie mich verstoßen sollte, wie Mama gedroht hat.«

»Was immer geschieht, ich werde an deiner Seite sein.« Er nahm ihre Hand, führte sie zu seinem Mund und hauchte einen Kuss darauf. »Ich habe in meinem Leben auf so vieles verzichtet. Auf deine Liebe werde ich nicht verzichten – komme, was da wolle.«

An der Tür erklang ein geräuschvolles Klopfen. »Wenn ihr beiden Turteltäubchen es einrichten könnt, kommt zu uns in den Salon.« Grinsend lehnte Henry am Eingang des Arbeitszimmers.

Hastig trat Alexander einen Schritt von Feli zurück und ärgerte sich im gleichen Moment über sich. Sie waren doch nun Verlobte. »Wir wollten gerade zu euch kommen.«

»Wer's glaubt.« Henry lachte und marschierte Richtung Salon.

»Mit deinem künftigen Schwager wirst du es nicht leicht haben«, sagte Alexander, während sie Henry folgten.

»Warte ab, bis du meine Schwester kennenlernst. Aber vermutlich vermeidet sie jegliches Aufeinandertreffen mit uns, um ihrem Ansehen nicht zu schaden.«

»Das klingt, als wäre ihr Fernbleiben kein großer Verlust.«

»Das stimmt. Trotzdem ist sie meine Schwester. Aber ich muss mich wohl damit abfinden, dass uns viele ablehnen werden.«

»Ich hoffe, du bereust deine Entscheidung für mich nicht eines Tages doch. Du verlierst weit mehr als ich.«

Sie blieb stehen. »Ich hatte schon alles verloren, bevor ich dich kennenlernte. Meine Selbstachtung, meine eigene Meinung, all meine Hoffnung – und meinen Ruf.« Sie lächelte. »Ich gehöre zu dir und wer das nicht versteht, hat in meinem Leben nichts zu suchen.«

Ein weiteres Räuspern von Henry, der aus dem Salon zu ihnen in den Flur lugte, hielt Alexander von einer Erwiderung ab. Er würde Feli später sagen, wie stolz er war, eine starke Frau wie sie die Seine nennen zu dürfen.

Im Salon warteten nicht nur seine Mutter und seine Geschwister, sondern auch Reverend Trew.

»Ich habe gehört, unter welchen dramatischen Umständen Elisabeth unsere geplante Vermählung offenbart hat«, sagte der Geistliche. »Zuallererst beglückwünsche ich Sie, Mr. Linfield und Miss Sims, dass Sie beide ebenfalls in den Stand der Ehe treten wollen.« Er warf einen liebevollen Blick auf seine künftige Frau. »Dann möchten wir erklären, warum wir so lange mit der Verkündung unserer Verlobung gewartet haben.«

Seine Mutter legte die Finger ineinander. »Ich habe mich deinetwegen nicht getraut, Alexander. Du hast dein ganzes Leben unserer Familie geopfert. Hast auf deinen Traum verzichtet, wie dein Vater zur See zu fahren, weil du in unserer Nähe bleiben und dich um uns kümmern musstest. Du hast dir kaum eine Freude gegönnt oder dich um dein eigenes Glück gesorgt. Ich habe es nicht übers Herz gebracht, dir zu sagen, dass ich hinter deinem Rücken eine neue Liebe gefunden habe, während du unseretwegen einsam in London gearbeitet hast.«

Bestürzt sah er sie an. »Ich hätte dir niemals Vorwürfe gemacht, Mutter. Mein Ziel war immer, dass es dir und meinen Geschwistern gut geht.«

»Das tut es, mein Sohn.« Sie hob den Kopf und er sah die Tränen in ihren Augen schimmern. »Ich wünsche mir nichts sehnlicher, als dass nun auch du dein Glück findest.«

Er lächelte. »Da der Schneesturm uns Feli ins Haus geweht hat, habe ich das längst.«

»Na, so schnell ging das nicht.« Fanny kicherte. »Wir alle haben vor dir gemerkt, dass du in sie verliebt bist – und sie in dich.«

Er spürte die Hitze in sein Gesicht steigen. Auch Felis Antlitz zierte eine leichte Röte. »Warte ab, bis du ins richtige Alter kommst«, sagte er. »Dann kichern wir.«

»Dürfen wir Sie jetzt, wo Sie bald zur Familie gehören werden, mit dem Vornamen ansprechen, Miss Sims?«, fragte Caroline.

»Ich bitte darum. Wobei mir Feli lieber ist als Felicity.«

Caroline strahlte. »Nimmst du uns einmal zu einem Ball nach Pratton Hall mit? Oder nach London?«

»Darauf solltest du besser nicht hoffen.« Feli seufzte. »In meinem Elternhaus werde ich mich künftig wohl ebenso selten aufhalten wie in London. Ich möchte mich an dieser Stelle auch bei allen für Mamas unfreundliche Worte entschuldigen. Es tut mir leid, wie sie sich benommen hat.«

Seine Mutter schüttelte den Kopf. »Für Lady Pratts Verhalten trägst du keinerlei Verantwortung. Zudem bin ich sicher, dass die Baroness ihre Meinung überdenken wird.«

Es klopfte und Hannah trat ein. »Ein Bote aus London hat einen Brief für Mr. Linfield und Miss Sims abgegeben.« Das Dienstmädchen reichte ihm ein Schreiben.

Fragend sah Alexander Feli an. »Ein Brief für uns beide?«

»Ich habe keine Vorstellung, von wem er sein könnte.«

Er brach das Siegel und sie steckten die Köpfe über dem entfalteten Papier zusammen. Je weiter er las, desto größer wurden seine Augen – und Felis ebenfalls.

»Macht es nicht so spannend«, rief Henry. »Von wem ist der Brief? Und was steht drin?«

Verschwörerisch sahen Alexander und Feli sich an. »Wenn man es genau betrachtet«, sagte er geheimnisvoll, »ist es das dritte Weihnachtswunder.«

Henry runzelte die Stirn. »Ich verstehe kein Wort.«

»Sagen wir so.« Feli lachte. »Wir alle sollten uns für die Zwölfte Nacht nichts vornehmen.«

»Warum?« Neugierig kam Caroline näher.

Alexander grinste. »Weil wir in Baron Effertons Londoner Stadtpalais eingeladen sind.«

»Und wenn Alexander und ich möchten«, ergänzte Feli, »können wir dort unsere Verlobung verkünden.«

»Hurra!«, jubelte Fanny und die anderen lachten und klatschten begeistert.

Feli strahlte über das ganze Gesicht. »Der Baron ist großartig. Er muss geahnt haben, welche Probleme meine Mutter macht.« Leise, sodass nur er es hören konnte, setzte sie hinzu: »Ich würde die Einladung gerne annehmen, wie ist es mit dir? Wirst du dich dort wohlfühlen?«

»Ich habe nur wenige Minuten mit Lord Efferton gesprochen, aber die haben mich von ihm als Menschen überzeugt. Daher mache ich mir keine Sorgen.« Alexander lächelte. »Außerdem ist es das, was du dir wünschst.«

»Das stimmt. Mit meinen Londoner Freunden zu feiern, würde mir viel bedeuten. Was ist mit dem Postskriptum? Dort steht, er hätte eine Überraschung für uns.«

»Darüber mache ich mir ebenfalls keine Gedanken. Wichtiger finde ich das zweite Postskriptum. Es wird einen Büfetttisch ausschließlich mit Eclairs geben. Damit kann alles nur gut werden.«

Feli lächelte. »Du hast recht. Mehr als Schokoladeneclairs, Kussbälle und dich brauche ich nicht, um glücklich zu sein!«

5. Januar 1815

Die Zwölfte Nacht

Während Alexander mit Feli und seiner Familie die Stufen zu Baron Effertons Stadtpalais emporstieg, nestelte er zum wiederholten Male an seiner Kleidung. Allein den Knoten des Halstuchs zu schlingen, hatte eine Ewigkeit gedauert. Am Ende war er mit seinem Erscheinungsbild zufrieden gewesen. Aber würde es auch Gnade vor den anwesenden Adligen finden?

»Du hast nie besser ausgesehen«, raunte Henry ihm zu. »Außerdem sollst du hier nicht den Beau Brummell spielen.«

Alexander verzog das Gesicht. »Du hast gut reden. Mit deiner Uniform bist du immer fein raus.«

»Dein Bruder hat recht.« Feli strich ihm über den Arm. »Du hast mir auch in schmutzigen Stiefeln und Reitumhang gefallen.«

Er seufzte. Jetzt war sowieso nichts mehr zu ändern. Und spätestens bei der Bekanntgabe der Verlobung würden alle erfahren, dass er nicht von Stand war.

In der Eingangshalle nahm man ihnen Hüte, Mäntel und Handschuhe ab und gleich darauf betraten sie den pompösen Ballsaal des Hauses. Wie im Foyer war die griechische Antike das beherrschende Thema des weitläufigen Raumes. Gemälde zeigten Szenen aus der Sagenwelt und in Nischen erhoben sich Skulpturen aus weißem Marmor. Im Gegensatz zur Halle handelte es sich hier nicht um berühmte Denker, sondern um die Göttinnen und Götter des Olymps. Dazwischen war alles mit weihnachtlichem Grün dekoriert.

»Herzlich willkommen, liebe Miss Sims, liebe Familie Linfield und lieber Reverend Trew!« Mit ausgebreiteten Armen kam Baron Efferton auf sie zu.

Kurz war Alexander von der Weste des Barons abgelenkt. Auf tintenblauem Stoff waren in Weiß die Umrisse der Heiligen Drei Könige aufgestickt, deren Festtag morgen begangen wurde. Über den Männern prangte der goldene Stern mit seinem langen Schweif. Dann besann er sich wieder und übernahm die Vorstellung seiner Angehörigen.

Der Baron neigte den Kopf. »Von dem nautischen Können Ihres seligen Gemahls habe ich gehört, Mrs. Linfield. Nelson konnte sich froh schätzen, einen solch fähigen Kapitän zu haben. Wie ich sehe, ist einer Ihrer Söhne in die Fußstapfen des Vaters getreten. Ich bin sicher, auch von Ihnen können wir einiges erwarten.« Lord Efferton lächelte. »Dass Sie, liebe Mrs. Linfield, einen alten Freund von mir ehelichen möchten, erfüllt mich mit besonderer Freude. An Ihrem Glück mit Reverend Trew zweifle ich keine Sekunde.«

Unter den freundlichen Worten des Barons entspannte seine Mutter sich sichtlich.

»Miss Fanny«, fuhr der Baron fort. »Falls es Ihnen im Ballsaal zu langweilig wird, finden Sie im Nachbarraum junge Damen und Herren Ihres Alters beim Apfelschnappen und anderen fröhlichen Spielen.« Fanny nickte begeistert und der Baron wandte sich Caroline zu. »Wenn Sie möchten, Miss Linfield, stelle ich Sie im Anschluss gerne einigen meiner Gäste vor.«

Caroline schoss das Blut in den Kopf. »Ich ... ich bin noch nicht in die Gesellschaft eingeführt, Mylord.«

»Nun, auf einem solch besonderen Fest wie der Zwölften Nacht können wir ruhigen Gewissens darüber hinwegsehen.« Er zwinkerte ihr zu. »Zumal italienischen Grafen und deutschen Prinzen unsere englische Etikette nicht ganz geläufig ist.«

»Dann sehr gerne«, hauchte sie.

Lächelnd sah der Baron zwischen Feli und Alexander hin und her. »Wollen wir Ihre Verlobung gegen halb zehn bekanntgeben? So bleibt vorher ausführlich Zeit für die Begrüßung Ihrer Freunde, Miss Sims.« Er trat einen Schritt beiseite und wies zu einer Gruppe an der kurzen Seite des Saales. »Man freut sich schon auf Sie beide.«

Beim Anblick der Damen und Herren weiteten Felis Augen sich. »Sie sind alle da? Wie schön! Kommt, Alexander und Henry, ich muss euch unbedingt vorstellen.«

Aus den Augenwinkeln sah Alexander noch, wie Lord Efferton seine Mutter, seine Schwestern und den Reverend mit sich nahm, dann fand er sich Felis Bekannten gegenüber. Angestrengt versuchte er, sich alle Vor- und Nachnamen, Titel und Verwandtschaftsbeziehungen zu merken, um keinen Fauxpas in der Anrede zu begehen. Doch bei der vierten Person gab er auf. Feli würde ihm sicher diskret beispringen, wenn er mit einem Namen oder Rang hakte.

Aber kaum hatte die Vorstellung geendet, umringten die Frauen Feli, redeten lebhaft auf sie ein und zogen sie ein Stück beiseite. Alexander blieb gemeinsam mit Henry bei den Ehemännern zurück. Leider wirkte sein sonst so wortgewandter Bruder ebenso gehemmt wie er. Kein Wunder. Worüber sprach man in Adelskreisen: Wie viele hunderte Pfund man am Abend zuvor in einer Spielhölle verloren hatte?

Zu seiner Erleichterung ergriff der blonde Gentleman das Wort. »Sie haben über die Weihnachtsfeiertage Landgang erhalten?«, fragte er Henry.

»Nach dem Ende des Krieges hat die Marine nicht viel zu tun«, wich sein Bruder dieser heiklen Frage aus.

»Ein Umstand, der sich bald ändern könnte«, erwiderte der Blonde ernst.

Der Lord mit den kurzen braunen Haaren runzelte die Stirn. »Weißt du etwas, was wir nicht wissen, Sebastian?«

Alexander stutzte. Wenn er es nicht besser wüsste, würde er sagen, der Adlige sprach mit leichtem Cockney-Akzent. Wie konnte das sein?

Der dritte Gentleman, dessen dunkles Haar in einen Zopf gebunden war, lachte. »Du solltest doch inzwischen wissen, dass Sebastian jede Menge Geheimnisse hütet.«

»So geheim ist das nicht mehr«, sagte der Mann namens Sebastian. »Die Gerüchte werden lauter, dass Napoleon seine Verbannung nach Elba nicht länger hinnehmen will.«

»Er will zurückkehren?«, rief der Kurzhaarige. »Das würde unweigerlich Krieg bedeuten.«

»Hat das Napoleon je gestört?« Sebastian seufzte. »Mr. Linfield, wenn ich Ihnen dadurch nicht den Abend verderbe, würde ich Ihnen gerne ein paar Fragen zur Einsatzfähigkeit unserer Flotte stellen.«

Henry nickte. »Aber ich bin nicht sicher, ob ich Ihnen helfen kann. Ich bin nur Leutnant, Sir.«

»Und damit realistischer in Ihren Einschätzungen als die hochdekorierten Admiräle im Kriegsministerium.« Er wies zum Büfett. »Lassen Sie uns etwas zu trinken holen und eine ruhige Ecke aufsuchen.«

Und schon war sein Bruder mit diesem Sebastian verschwunden.

»Gefällt Ihnen dieser Abend, Mr. Linfield?«, erkundigte sich der dunkelhaarige Lord mit dem Zopf. »Als Kaufmann aus dem Bürgertum habe ich lange gebraucht, mich in die Adelswelt einzufinden. Ohne meine Frau Cleo wäre mir das bis heute nicht gelungen. War nicht so einfach mit all den Standesdünkeln, die mir entgegenschlugen.«

Der Kurzhaarige grinste. »Frag mal mich, Elias. An manchen Tagen wäre ich gerne wieder ein Bow-Street-Runner aus Whitechapel.«

Seine Worte ließen Alexander aufhorchen. »Kann es sein, dass ich in der Zeitung von Ihnen gelesen habe?«, fragte er.

»Von Elias oder von mir?« Der Kurzhaarige lachte. »Der Earl of Sheringham und ich hatten beide das

zweifelhafte Vergnügen, in Lady Diarys Kolumne auf-
zutauchen.«

»Tatsache ist, dass wir zwei uns in Mayfair nicht ganz
heimisch fühlen«, sagte der Earl of Sheringham. »Ich
könnte mir vorstellen, dass es Ihnen ähnlich geht, Mr.
Linfield.«

»Das ist wahr. Allerdings werden meine gesellschaftlichen Verpflichtungen im *ton* sehr begrenzt sein.«

»Sagen Sie das nicht zu laut.« Der Earl grinste. »Baron
Efferton hat Sie unter seine Fittiche genommen. Sie
könnten sich öfter in Londoner Ballsälen wiederfinden,
als Ihnen lieb ist.«

»Habe ich da meinen Namen gehört?« Mit einer für
seine Leibesfülle beachtlichen Geschwindigkeit kam
Lord Efferton zu ihnen. »Das trifft sich gut, denn ich
wollte mit Mr. Linfield, Miss Sims und Ihnen, Elias,
reden.« Seine Äuglein funkelten. »Schließlich habe ich
dem zukünftigen Brautpaar im Postskriptum meines
Briefes eine Überraschung angekündigt.«

Phyllis umarmte Feli herzlich. »Wie schön, dich zu sehen – und natürlich deinen künftigen Gemahl.«

Lavinia nickte. »Du musst uns genau erzählen, wie
du deinen Mr. Linfield kennengelernt hast.«

Cleo und Juliana schauten Feli ebenfalls erwartungsvoll an, Phyllis lächelte wissend.

Derart im Mittelpunkt ihrer Freundinnen zu stehen, war ungewohnt. »Das ist eine längere Geschichte.«

»Je länger, desto lieber.« Juliana lachte. »Was gibt es Schöneres als eine Liebesgeschichte mit einem guten Ausgang?«

»Was das gute Ende betrifft, bin ich mir in einigen Punkten nicht sicher. Vor allem, wenn ich an meine Mutter denke.« Feli seufzte. »Es begann nämlich damit, dass ich kurz vor Weihnachten aus Pratton Hall weggelaufen bin. Mama wollte mich mit einem unausstehlichen Baronet verheiraten. Weil ich angeblich wegen meiner Vorgeschichte niemand Besseren mehr finden würde.« Sie senkte den Kopf.

Cleo legte ihr die Hand auf den Arm. »Ein verständlicher Grund, wegzulaufen. Ich bin immer froh, wenn zwischen meiner Mutter und mir viele Meilen liegen.« Sie zwinkerte ihr verschwörerisch zu. »Wie kam Mr. Linfield ins Spiel?«

Bestärkt von Cleos Zuspruch erzählte Feli weiter. Vom Schneesturm bis zu ihrer Versöhnung mit Alexander im unerwarteten Beisein ihrer Mutter.

»Was haben deine Eltern gesagt, als ihr an Neujahr in Pratton Hall eingetroffen seid?«, fragte Juliana.

»Es war nur Papa da. Mama ist mit Margret und meinem Schwager zu deren Landsitz gefahren.« Feli verzog das Gesicht. »Ihre Abwesenheit sagt mehr als tausend Worte.«

Phyllis runzelte die Stirn. »Und dein Vater?«

»Er hat sich alles in Ruhe angehört und würde – im

Gegensatz zu meiner Mutter – eine Ehe mit Mr. Linfield billigen. Alexanders Verantwortungsgefühl gegenüber der Familie hat ihn beeindruckt. Du weißt, wie hoch er Pflichtbewusstsein und Nächstenliebe schätzt. Er sagte uns sogar finanzielle Unterstützung zu.«

Phyllis atmete auf. »Also hat sich die Drohung deiner Mutter nicht bewahrheitet.«

Sie nickte. »Allerdings gab Papa zu bedenken, dass der Geldfluss nach seinem Tod in dieser Höhe vermutlich nicht weitergeführt werden wird und wir finanziell daher auf eigenen Füßen stehen sollten.«

»Das ist sowieso besser«, sagte Lavinia. »Hast du dich inzwischen mit deiner Mutter aussprechen können?«

»Leider nicht. Ich habe ihr einen Brief geschrieben und Papa wollte ihr ins Gewissen reden. Doch noch habe ich nichts von ihr gehört. Und von Margret auch nicht.«

»Gib ihnen Zeit«, sagte Cleo. »Auf mich macht dein Mr. Linfield einen ausgezeichneten Eindruck. Ich bin sicher, ihr werdet zusammen glücklich.«

»Glücklich – das ist mein Stichwort.« Lord Efferton trat in Begleitung von Alexander und Elias zu ihnen. »Darf ich Sie für einen Augenblick aus dem Gespräch mit Ihren Freundinnen lösen, Miss Sims, um Sie mit einem Anliegen von mir in Beschlag zu nehmen?«

Sie nickte und folgte mit Alexander und Elias dem Baron in einen angrenzenden Salon.

»Ich werde ohne Umschweife zur Sache kommen«, sagte Baron Efferton, kaum dass sie auf den Polstermöbeln Platz genommen hatten. »Ich besitze in Southampton eine Reederei. Der Mann, der bisher dort in meinem Namen die Geschäfte geleitet hat, will beruflich andere Wege beschreiten. Deshalb benötige ich dringend einen neuen Prokuristen. Ich hatte auf Elias gehofft, aber er hat abgelehnt. Seit Wochen suche ich einen ebenso vertrauenswürdigen wie kompetenten Nachfolger. Doch selbst Zeitungsannoncen blieben erfolglos. Ich habe schon an einen Verkauf des Handelshauses gedacht, da standen Sie plötzlich in meinem Haus, Mr. Linfield.« Er strahlte Alexander an.

Dieser erwiderte den Blick nur verhalten. »Ich glaube, ich habe Ihre Stellenanzeige gelesen, Baron. Darin wurden zehn Jahre Berufserfahrung gefordert, die ich nicht besitze. Zudem habe ich nie als Prokurist gearbeitet.«

»Ich weiß.« Ein verschmitztes Lächeln trat auf Lord Effertons Gesicht. »Doch in meinem Gespräch mit Mr. Balfour habe ich so viel Gutes über Sie gehört, dass ich mir die Reederei in Ihren Händen bestens vorstellen kann. Über die genauen Bedingungen sollten wir in Ruhe reden, aber ich plane neben Ihrem Gehalt eine großzügige Gewinnbeteiligung für Sie. Für den Anfang können Sie beide gerne in meinem Stadthaus in Southampton wohnen. Alle drei Monate würde ich Sie bitten, mir in London Bericht zu erstatten. Eine hervorragende Gelegenheit, auf der Durchreise Ihre Familie in Mole's End zu besuchen und Freunde in London wiederzutreffen.«

Feli konnte es kaum glauben.

Alexander offensichtlich auch nicht. »Das klingt zu gut, um wahr zu sein.«

Elias nickte. »Es ist ein exzellentes Angebot. Das Handelshaus hat ebenso fabelhafte Bilanzen wie Angestellte. Der Kaufmann in mir hätte sofort zugesagt, doch als Ehemann, Sohn und Bruder liegen meine Prioritäten bei meiner Familie.«

»Was meinst du, Feli?« Fragend sah Alexander sie an. »Unter diesen Umständen würde ich gerne ausführlicher mit Baron Efferton sprechen.«

»Unbedingt. Das fühlt sich an wie ein weiteres Weihnachtswunder. Vielen Dank, Lord Efferton.«

Der Baron lächelte verschmitzt. »Sie dürfen nicht vergessen, dass auch ich von einer Übereinkunft profitieren würde.« Er blickte auf seine Taschenuhr. »Halb zehn. Es ist an der Zeit, Ihre Verlobung miteinander bekannt zu geben.«

»Wollen wir uns vorher ein Eclair zur Stärkung holen?«, flüsterte Feli Alexander zu, als sie den Ballsaal betraten.

»Gerne. Lass uns gleich …« Er brach ab und blieb stehen. »Deine Eltern sind hier.«

Ihr Kopf flog herum. »O nein«, sagte sie tonlos. Mit suchendem Blick standen ihre Mutter und ihr Vater mitten im Saal – und entdeckten sie prompt. Schon eilte Mama auf sie zu, Papa konnte kaum Schritt halten.

Feli drückte den Rücken durch und griff nach Alexanders Hand. »Mama, wenn du gekommen bist, um mein Verlöbnis mit Alexander in letzter Sekunde zu verhindern, wird das erfolglos sein«, erklärte sie mit fester Stimme.

»Sprich um Himmels willen leiser, Kind.« Peinlich berührt schaute ihre Mutter in Richtung von Baron Efferton, auf dessen sonst so freundlichem Gesicht grimmige Falten erschienen waren. »Ich habe meine Meinung geändert. Was nicht heißt, dass ich deine Entscheidung gutheiße«, setzte sie ebenso hastig wie gedämpft hinzu. »Aber deine Schwester meinte, dass es vielleicht nicht zu einem Skandal kommt, wenn wir uns offiziell mit der Wahl deines Gemahls einverstanden zeigen.«

»Mit anderen Worten«, ihr Vater drängte sich an seiner Frau vorbei zu ihnen, »möchten wir bei den Ersten sein, die euch gratulieren.«

Vor Erleichterung stiegen Feli Tränen in die Augen.

»Dann machen wir es nun offiziell.« Baron Efferton gab dem Musikerensemble ein Zeichen. Seine Züge wirkten wieder entspannt.

Ein Tusch ertönte. Ihre Freunde und Alexanders Familie scharten sich um sie und im Ballsaal wurde es leise.

»Es ist mir eine große Ehre und eine noch größere Freude«, sprach der Baron in die eingetretene Stille, »die Liebe zwischen zwei Menschen bekanntgeben zu dürfen.« Er streckte die Hand aus und winkte Feli und Alexander neben sich. »Heute verloben sich Miss Felicity Sims, Tochter von Lord und Lady Pratt, und Mr. Alexander Linfield, Sohn des seligen Kapitäns James Linfield und von dessen Frau Elisabeth. Ich wünsche dem zukünftigen Brautpaar alles Glück der Welt.«

Alexander ergriff Felis Hände und hauchte einen Kuss auf ihre Wange. Applaus brandete auf und die Gäste strömten von allen Seiten zu ihnen, um zu gratulieren. Wie in Trance nahm Feli die guten Wünsche von Familie, Freunden und Bekannten entgegen. Jeder schien ihr von Herzen ihre Liebe zu gönnen, niemand machte eine spöttische Bemerkung. Auch Alexander zollten alle Achtung.

»Passiert das hier wirklich oder träume ich?«, flüsterte sie ihm zwischen den Gratulationen zu.

»Es geschieht wirklich, aber auch für mich fühlt es sich an wie ein Märchen.«

Endlich waren alle Hände geschüttelt und Feli fand sich mit Alexander und Henry im Kreis ihrer Freundinnen und derer Ehemänner wieder.

»Als deine Eltern aufgetaucht sind, habe ich kurz die Luft angehalten«, sagte Phyllis.

»Ich auch«, gestand Feli und Alexander nickte.

Cleo winkte ab. »Zur Sorge bestand kein Anlass. Habt ihr nicht Baron Effertons Gesicht gesehen, als er Lord und Lady Pratt entdeckte? Er liebt es, den Amor zu spielen. Er hätte sich von nichts und niemandem seinen Auftritt als Ehestifter ruinieren lassen.«

»Hätte ich das gewusst!« Feli lachte und die anderen fielen mit ein.

»Jetzt scheinen sich alle bestens zu verstehen.« Alexander wies in eine Ecke des Saales, wo der Baron mit ihren Eltern, Mrs. Linfield und Reverend Trew plauderte.

»Dann ist bei euch nun alles in Ordnung?«, fragte Juliana.

»Dank des großzügigen Angebots des Barons, sein Handelshaus in Southampton zu führen, ja«, antwortete Alexander.

Elias lachte. »Ich befürchte, dass ich in Mr. Linfield eine ernsthafte Konkurrenz am Markt bekommen werde. Wir sollten auf jeden Fall im Austausch bleiben, vielleicht bieten sich Kooperationen an.«

»Gerne, Lord Sheringham.«

Feli freute sich nicht minder. Alexander schien ihre Bekannten zu mögen.

»Du hast nicht auf meine Frage geantwortet, Feli«, holte Juliana sie aus ihren Gedanken. »Bekümmert dich noch etwas?«

»Nichts von Bedeutung.« Sie machte eine wegwerfende Handbewegung. »Ich werde in den nächsten Tagen einfach Lady Diarys Kolumne in der *Morning Post* ignorieren.«

»Du erwartest einen bissigen Kommentar von ihr?«, fragte Lavinia.

»Da sie sich im Frühjahr ausgiebig über mich ausgelassen hat, ja.« Feli zuckte mit den Schultern. »Sie hat damals zwar auf Initialen verzichtet, trotzdem wusste wohl jeder, dass ich gemeint war.«

Cleo legte ihr die Hand auf den Arm. »In der unangenehmen Situation, sich in den Zeilen der Dame wiederzufinden, war fast schon jeder aus unserer Runde. Ich würde mir keine großen Gedanken machen.«

Juliana nickte. »Bestimmt ist Lady Diary noch in seliger Weihnachtsstimmung und schreibt zur Abwechslung etwas Nettes.«

»Schmeichelhaftes von Diary?« Elias verdrehte die Augen. »Das wäre ein Wunder.«

Alexander schmunzelte. »An Wunder sind Feli und ich inzwischen jederzeit bereit, zu glauben.«

Er legte seinen Arm um ihre Taille und in diesem Moment spürte Feli es. Was immer Lady Diary schreiben würde, es würde sie nicht treffen. Eine ungekannte Leichtigkeit ergriff von ihr Besitz. Es war nicht mehr wichtig, was andere über sie dachten oder sagten.

»Die Musik spielt auf.« Fröhlich blickte sie in die Runde. »Wollen wir tanzen gehen?«

Ihr Vorschlag fand bei den Ehepaaren begeisterte Zustimmung, Henry bot Phyllis den Arm.

»Danach essen wir aber ein Eclair, bevor am Ende keine mehr da sind«, raunte Alexander ihr auf dem Weg zur Tanzfläche zu.

»Das dürfte nicht passieren. Baron Efferton hat drei Schachteln bei Gunter's bestellt.«

»Umso besser.« Ihr zukünftiger Ehemann grinste. »Doch spätestens, wenn wir da waren, werden sie aufgegessen sein.«

Sie blieb stehen und gab ihm einen Kuss auf die Wange. »Du ahnst nicht, wie sehr ich dich liebe.«

»O doch.« Sein Blick wurde weich. »Mit jeder Minute, die ich auf diesem Ball verbringe, merke ich, wie trostlos mein Dasein durch Pflicht und Verantwortung in den vergangenen Jahren war. Durch dich kann ich wieder fröhlich und dankbar sein – für alles, was ich habe und für alles, was kommen wird.« Er griff in eine Tasche seines Gehrocks und holte drei weiße Mistelbeeren heraus. »Du bist mein Weihnachtswunder, Feli. Jetzt und für ewig.«

13. März 1815

A Lady's Diary

Was hat eine junge Dame nach drei erfolglosen Saisons und einem Skandal zu erwarten?

Ein Leben als alte Jungfer?

Oder eine Ehe mit einem liebevollen Bräutigam?

Dass auf die ehemalige Miss S. die zweite Möglichkeit zutrifft, dürfte für viele Lords und Ladys des tons *überraschend kommen. Und doch fand vor zwei Tagen im Stadthaus der Familie P. eine traumhafte Hochzeit statt – mit den besten Schokoladeneclairs, welche die Verfasserin je gekostet hat (und die nicht von Gunter's stammten, sondern von Braut und Bräutigam selbst gebacken wurden!).*

Dennoch schienen einige Gäste dem strahlenden Hochzeitspaar sein Glück nicht zu gönnen. Miss S.' Gemahl entstamme einfachen Verhältnissen, hörte man es hier und da hinter vorgehaltener Hand tuscheln.

Diese Aussage ist wahr, allerdings führt Mr. L. seit neuestem in Southampton das Handelshaus eines uns wohlbekannten Barons – und zwar mit ersten, vielversprechenden Erfolgen, wie es aus zuverlässigen Quellen heißt. Dass der Bruder von Mr. L. zum Commander befördert wurde und ein eigenes Kommando auf See erhalten hat, sei nur am Rande erwähnt. Ebenso die Tatsache, dass diverse Ehepaare von Rang und Namen zu den engen Freunden des Hochzeitspaares zählen, wie auf der Feier deutlich zu erkennen war. Man darf davon ausgehen,

Mr. und Mrs. L. regelmäßig in Londoner Ballsälen anzu-treffen.

Für zusätzlichen Gesprächsstoff bei dieser Vermählungs-feier sorgte ein riesiger, mitten im Ballsaal hängender Kussball. Weihnachtsdekoration im März? Wie die Verfas-serin herausfand, eine Hommage von den bezaubernden Schwestern des Bräutigams an das romantische Kennen-lernen des Brautpaars in den Tagen des Christfests.

Und was lernen junge, unverheiratete Damen aus dieser Geschichte? Dass es sich durchaus lohnen kann, in einer dunklen Winternacht auf verschneiten Straßen unterwegs zu sein. Denn Weihnachtswunder geschehen, man muss nur den Mut haben, an sie zu glauben!

Fortsetzung folgt ...

Liebe Leserin, lieber Leser,

es ist bei den »Regency Roses« zur schönen Tradition geworden, dass eine Nebenfigur aus vorangegangenen Bänden zur Hauptfigur des aktuellen Romans wird.

Von wem wohl die nächste Geschichte handelt?
In meinem Newsletter erfahren Sie es als Erstes – und erhalten zusätzlich exklusive Hintergrundgeschichten zu meinen Romanen.
Einfach meine Homepage *www.danagraham.de* besuchen, sich für den Newsletter anmelden und auf fantastisch-romantische Post von mir freuen.

Herzlichst,
Ihre Dana Graham

Historische Anmerkungen

In die Geschichte um Feli und Alexander habe ich viele Weihnachtstraditionen der englischen Regencyzeit eingewoben. Haben Sie sich beim Lesen gewundert, dass kein einziger Christbaum erwähnt wird? Diese waren im Regency noch nicht sehr verbreitet, da der Brauch aus dem deutschsprachigen Raum stammt. Meist schmückten nur Familien mit Verbindung nach Deutschland zum Fest einen Baum. Die königliche Familie hatte ab ca. 1800 einen Weihnachtsbaum. Erst als die »The Illustrated London News« 1848 ein Foto von Königin Victoria und ihrer Familie vor deren Christbaum veröffentlichte, wurde dieser in England populär.

Der Christmas Pudding (Plumpudding), den es auch beim Weihnachtsdinner der Linfields gibt, wird meist schon am fünften Sonntag vor dem Fest angerührt, da er einige Wochen ruhen muss. Jede Familie hat ihr eigenes Rezept. Im Gegensatz zu unserer deutschen Vorstellung eines Puddings, handelt es sich beim Christmas Pudding um einen Mehlbeutel bzw. Serviettenkloß.

Der Mummenschanz (engl. Mummers' Play) ist in vielen Ländern Europas zu verschiedenen Anlässen bekannt. Häufig steht er auch in Verbindung zum Fastnachtstreiben. Das Wort *mumme* ist seit dem Spätmittelalter als »Maske« oder »verkleidete Person« bekannt und findet sich heute noch in *vermummen* und *einmummen* wieder. Der Wortteil *schanz* ist vermutlich auf das Mittelhochdeutsche *Schanze* zurückzuführen, was im weiteren Sinne »Wagnis« oder »Spiel« bedeutet. Da mancherorts Gesetze das Tragen von Masken verboten, haben sich die Mummenschanzspieler stattdessen ihre Gesichter bemalt, wenn sie mit ihrem wilden Spiel auf der Suche nach zahlungswilligem Publikum durch die Straßen zogen.

Im Regency dauerte die Weihnachtszeit bis zum Dreikönigstag. Dabei stand das gesellschaftliche Miteinander im Vordergrund, Geschenke erhielten meist nur die Kinder. Den letzten Abend der Weihnachtszeit, die sogenannte Zwölfte Nacht, feierte man ausgelassen und wohl auch recht trinkfreudig. Je nachdem, wie man zählte, fand sie am 5. oder 6. Januar statt. Anschließend wurde alle Weihnachtsdekoration aus dem Haus entfernt und verbrannt, da es sonst für das restliche Jahr Unglück brachte (ich sehe Fanny schon wieder mahnend den Zeigefinger heben). Im Zuge der Industriellen Revolution, in der Fabriken möglichst durchgehend laufen sollten, verkürzte sich die Dauer der Weihnachtszeit allmählich.

Danksagung

Ich schulde allen, die an der Entstehung von »Schneesturm ins Glück« beteiligt waren, großen Dank – und eine noch größere Menge Schokoladeneclairs!

Juri: Für die kompetente und humorvolle Art, die Geschichte zu lektorieren. Ich musste mehr als einmal über deine Kommentare am Rand laut lachen!

Meiner Mutter: Wie immer auf der Suche nach Szenen, die man kürzen kann. Diesmal hat es vor allem Sir Rollos Auftritte erwischt (wofür Feli dir sicher dankbar ist).

Diana: Hat als Reiterin stets das Verhalten der im Roman vorkommenden Rösser im Blick. Irgendwann merke auch ich mir, dass Pferde bei Gefahr nicht wiehern – versprochen!

Angela: Sorgt dafür, dass Zofen und kleine Mädchen namentlich nicht verwechselt werden, dass Beil gegen Axt getauscht wird, Braut und Bräutigam ihre

Hochzeitseclairs gemeinsam backen und Tippfehler nicht überhandnehmen.

Meiner Familie: Die tapfer meine Recherche ertragen hat (»Schon wieder Schokoladeneclairs backen? Das haben wir doch erst letzte Woche gemacht!«). Für das nächste Buch suche ich mir ein anderes Rezept aus!

Über die Autorin

Dana Graham, Jahrgang 1975, studierte Pädagogik und unterrichtet an Grund- und Förderschulen. Seit ihrer Kindheit denkt sie sich gerne spannende Geschichten aus, zum Schreiben ist sie jedoch erst gekommen, seit sie selbst Kinder hat. Die Autorin veröffentlichte bereits mehrere Romane und lebt mit Mann und zwei Töchtern in der Nähe von Frankfurt am Main. Sie liebt Vollmilchschokolade und trinkt gerne Earl Grey Tee mit Milch – richtig viel Milch!

Sie möchten keine Neuerscheinung von Dana Graham verpassen? Sie möchten exklusive Leseproben und spannende Hintergrundgeschichten zu neuen Büchern? Dann tragen Sie sich auf der Homepage der Autorin für den Newsletter ein: danagraham.de/newsletter

Bücher von Dana Graham

Regency Roses (1)
Eine Lady in Not

Drei Dinge braucht eine Lady, um eine gute Partie zu machen: eine noble Herkunft, eine hohe Mitgift und gutes Aussehen.
Emma Morten besitzt nichts davon.

Emma Morten, Tochter eines einfachen Landedelmanns, hat nur eine Möglichkeit, dem Dasein als Gesellschafterin ihrer schrecklichen Großtante zu entgehen: Sie muss heiraten. Ihre Chancen dafür stehen allerdings denkbar schlecht, denn ihr Vermögen ist ebenso gering wie ihr Stand und ihre Schönheit. Dass Emma klug, wortgewandt und politisch interessiert ist, macht die Angelegenheit nicht einfacher, denn all dies ist für eine Dame nicht vorgesehen.

William St. Clair, neuer Earl of Huntington, ist einer der begehrtesten Junggesellen der Saison. Für Mauerblümchen wie Emma hat er bloß Verachtung übrig. Als dem Earl jedoch ein gesellschaftlicher Skandal droht, ist es ausgerechnet Emma, die ihn davor bewahren kann. Soll sie dem Mann helfen, der sie öffentlich verspottet hat?

Regency Roses (2)
Eine Lady unter Verdacht

Aus schierer Not hat Lady Juliana sich auf einen gefährlichen Handel eingelassen.
Jetzt ist ihr Englands bester Spion auf den Fersen.

Regency Roses (3)
Der Lord ohne Lächeln

Der Lord ohne Lächeln ist niemand, der leicht vergibt –
vor allem nicht der Frau, die einst seine Liebe verriet.

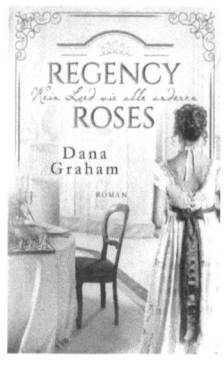

Regency Roses (4)
Im Herzen ein Lord

Darf eine Debütantin aus bestem Hause sich in einen Bow-Street-Runner aus der schmutzigsten Ecke Londons verlieben?

Sohn der Unterwelt

Eine Götter-Fantasy im antiken Griechenland

Welchen Preis bist du bereit, für deine Liebe zu zahlen?

Kryos ist der unerwünschte Sohn des Gottes der Unterwelt. Um seinem tristen Dasein im Hades zu entkommen, nimmt er einen ungewöhnlichen Auftrag an. Er soll den frevelhaften König von Akora zu Fall bringen und dazu in den Körper von dessen Sohn Yamin schlüpfen. Es gibt nur ein Problem: Prinz Yamin ist verlobt!

Kryos' aufkeimende Gefühle für Prinzessin Io machen es nicht leichter, zu verbergen, wer er wirklich ist. Auch Io verwirrt das veränderte Auftreten des Prinzen mehr, als ihr lieb ist. Schließlich hat sie bislang nach einem Weg gesucht, ihrer politisch arrangierten Ehe mit Yamin zu entgehen. Gemeinsam kommen Kryos und Io einer Intrige gegen den Göttervater Zeus auf die Spur, die sie beide in tödliche Gefahr bringt. Und schon bald muss Kryos sich entscheiden zwischen der Liebe einer Irdischen und einem Platz im Olymp.

Ein Centurio zum Verlieben

Romantische Zeitreise

Er eroberte einst ein Weltreich.
Sie erobert nun sein Herz.

Judith glaubt nicht an Geister – bis ihr im Museum plötzlich einer gegenübersteht. Und was für einer! Marcus Arrius Sertorius, einst Hauptmann in der römischen Legion: arrogant, launisch und für seine zweitausend Jahre unverschämt gut aussehend. Marcus ist überzeugt, in der jungen Studentin eine Seherin gefunden zu haben, die ihn von seinem geisterhaften Dasein befreien kann. Fortan steht Judiths Leben Kopf! Wie kann man sich auf eine Seminararbeit, einen Job im Museum und einen Sommerflirt konzentrieren, wenn man Tag und Nacht von einem verfluchten Centurio heimgesucht und mit lateinischen Weisheiten belehrt wird? Noch dazu mischt Marcus sich zu Judiths Ärger kräftig in ihr Liebesleben ein und bringt dabei ihre Gefühle ganz schön durcheinander. Denn sich in einen antiken Geist zu verlieben, ist keine gute Idee. Oder?